U0083243

民國文化與文學研究文叢

十二編

李 怡 主編

第13冊

艾蕪與文化中國——紀念艾蕪誕辰 115 週年第一屆國際學術研討會論文集（上）

本書主編 李怡、周文

國家圖書館出版品預行編目資料

艾蕪與文化中國——紀念艾蕪誕辰115週年第一屆國際學術研討會論文集（上）／本書主編 李怡、周文 -- 初版 -- 新北市：花木蘭文化事業有限公司，2020〔民109〕
序4+目4+208面；19×26公分
（民國文化與文學研究文叢 十二編；第13冊）
ISBN 978-986-518-248-9（精裝）
1. 艾蕪 2. 學術思想 3. 中國文學 4. 文集
820.9 109011006

ISBN-978-986-518-248-9

民國文化與文學研究文叢

十二編　第十三冊　ISBN：978-986-518-248-9

艾蕪與文化中國——紀念艾蕪誕辰115週年
第一屆國際學術研討會論文集（上）

本書主編　李怡、周文
主　　編　李　怡
企　　劃　四川大學大文學學派項目組
總 編 輯　杜潔祥
副總編輯　楊嘉樂
編　　輯　許郁翎、張雅淋　美術編輯　陳逸婷
出　　版　花木蘭文化事業有限公司
發 行 人　高小娟
聯絡地址　235 新北市中和區中安街七二號十三樓
　　　　　電話：02-2923-1455／傳真：02-2923-1452
網　　址　http://www.huamulan.tw 信箱 hml 810518@gmail.com
印　　刷　普羅文化出版廣告事業
初　　版　2020年9月
全書字數　335581字
定　　價　十二編14冊（精裝）台幣36,000元

艾蕪與文化中國——紀念艾蕪誕辰 115 週年
第一屆國際學術研討會論文集（上）

李怡、周文 主編

主編簡介

李怡，四川大學文學與新聞學院教授，中國現代文學研究會副會長，主要研究中國新詩、魯迅與區域文化。

周文，四川大學文學與新聞學院講師，四川郭沫若研究會副秘書長，主要研究郭沫若、中國現代文學思潮。

提　要

2019 年 6 月 20 日，是艾蕪 115 週年誕辰，四川大學文學與新聞學院協同成都新都區清流鎮人民政府，與中國作協、中國現代文學館、四川省委宣傳部等單位於 2019 年 6 月 11 日至 12 日聯合舉辦了「艾蕪與文化中國」國際學術研討會，亦被學界稱之為「第一屆艾蕪國際學術研討會」。會議不僅有來自中國社科院、中國現代文學館、中國國家圖書館、新西蘭惠靈頓維多利亞大學、韓國東亞大學、四川大學、首都師範大學、陝西師範大學、中國傳媒大學、西南大學等高校、科研機構 110 多學者的積極參與，更得到了社會各界的廣泛關注與讚譽。為進一步推進艾蕪研究、擴大此次會議成果，同時也與學界共享此次盛會，特將會議論文分為「艾蕪與中外文化」、「文藝思想研究」、「地方、經驗與文學」和「文獻輯佚與研究」四個版塊結集出版。

民國時期新文學史料的保存與整理
——《民國文化與文學》第十二編引言

李　怡

與過去的中國現代文學研究相比，作為新框架的民國文學研究尤其強調豐富的文獻史料。因此，如何延續中國文學在民國時期的文獻工作就顯得十分必要了。

中國現代文學自民國時期一路走來，浩浩蕩蕩，波瀾壯闊，這百年歷程中的一切文學現象——作家作品、文學運動、思潮、論爭之種種信息，乃至影響文學發展的各種社會法規、制度、文化流俗等等都可以被稱作是不可或缺的「史料」，對百年中國文學發展歷程的所有總結回顧，首先就得立足於對「史料」的勘定和梳理。史料與闡釋，可以說是文學研究的兩翼，前者是基礎，後者則是我們的目標；而文學研究的興起則大體上經歷了這樣的過程：先是對文學新作於文學現象的急切的解讀闡釋，然後轉入對史料文獻的仔細梳理和考辨，再後可能是又一輪的再闡釋與再解讀。

民國創立，這是中國現代文學發生發展的最重要的時代，伴隨著現代文學影響的逐步擴大，除了宣示性推介或者批評性的闡釋之外，作品的結集、特定文獻的輯錄也日顯重要，這其實就是史料工作的開始。

史料意識的興起，反映著一個時代的知識分子對其所遭遇歷史的重視程度和估價敏感度。在這個意義上看，中國現代文學的史料意識大約是在它出現之後的數年就已經顯露，在十多年之後逐漸強化起來，反映速度也還是頗為可觀的。

如果暫不考慮個人文集的出版，那麼對特定主題或特定年代的文學作品的彙編則肯定已經體現了一種保存文獻、收藏歷史的「史料意識」。

1920 年，在現代文學創立的第四個年頭，中國出版界就出現了對不同文學文體的總結性結集。

《新詩集》（第一編），由新詩社編輯部編輯，新詩社出版部 1920 年 1 月出版，收入胡適、劉半農、沈玄廬、康白情、周作人、俞平伯等人的初期白話新詩 103 首，分「寫實」、「寫景」、「寫意」、「寫情」四類編排。在序文《吾們為什麼要印新詩集》中，編者闡述了編輯工作的四大目的：一、彙集幾年試驗的成績，打消懷疑派的懷疑；二、提供一個寫新詩的範本；三、編輯起來便於閱讀新詩；四、便於對新詩進行批評。〔註 1〕這樣的目的已經體現出了清晰的史料意識。正如劉福春所指出的那樣：「這是我國出版的第一部新詩集。如果將發表在 1918 年 1 月 15 日《新青年》上胡適、沈尹默、劉半農的 9 首白話詩看作是第一次發表的新詩的話，至此詩集出版才兩年的時間，不能不說編者確是很有眼光。」「從詩集所注明的作品出處看，103 首詩共錄自 20 餘種報刊，這些報刊除《新青年》、《新潮》等影響較大的之外，有不少現今已很難見到，像《新空氣》、《黑潮》、《女界鐘》等。很多詩作因這本詩集不是『選』而得到了保存，使得我們今天重新回顧這段歷史的時候，可以較真實、完整地看到新詩最初的足跡。」〔註 2〕也在這一年，許德鄰編《分類白話詩選》由上海崇文書局於 1920 年 8 月出版，收入初期白話新詩 230 餘首，同樣按「寫景」、「寫實」、「寫情」與「寫意」四類編排。

在散文方面則有《白話文苑》（第一冊）與《白話文苑》（第二冊），洪北平編，上海商務印書館 1920 年 5 月出版，分別收入胡適、錢玄同、梁啟超、蔡元培等人白話散文作品 33 篇和 16 篇；同年，《白話文趣》由苕溪孤雛編，群英 1921 年出版，收入蔡元培、陳獨秀、錢玄同、梁啟超、魯迅等人白話的雜文、記敘文共 17 篇。

小說方面，止水編《小說》第一集由北京晨報社出版部 1920 年 11 月出版，編入止水、冰心、大悲、魯迅、晨曦等人的白話短篇小說共 25 篇，1922 年 5 月，「文學研究會叢書」推出《小說彙刊》，由上海商務印書館出版。匯輯葉紹鈞、朱自清、盧隱、許地山等人的短篇小說共 16 篇。

〔註 1〕《吾們為什麼要印新詩集？》，《新詩集》第 1 頁，上海新詩社出版部 1920 年 1 月初版。

〔註 2〕劉福春《尋詩散錄》第 5 頁，廣西師範大學出版社 2008 年。

戲劇方面，1924 年 2 月，淩夢痕編《綠湖第一集》由民智書局出版，收入淩夢痕、侯曜、尤福謂等人的獨幕劇本 6 部；1925 年 3 月，上海戲劇協社編《劇本彙刊第一集》在上海商務印書館出版，收入歐陽予倩、汪仲賢、洪深等人的獨幕劇共 3 部。

由以上的簡述我們大體可以知道，隨著現代文學的傳播，史料保存意識也迅速發展起來，無論是為了自我的宣傳、討論還是提供新文體的寫作範本，各種文學樣式的匯輯整理工作都很快展開了，從現代文學誕生直到新中國的建立，這種依循時代發展而出現的各種文學年選、文體彙編持續不斷，成為民國時期中國現代文學史料保存的主要方式。與新中國建立以後日益發展起來的強烈的「著史」追求不同，民國時期的文學史料的保存常常在以鑒賞、批評為主要功能的文學選本之中：

以文體和時間歸集的選本，例如 1923 年《中國創作小說選》（第一集），1924 年《中國創作小說選》（第二集），1925 年《彌灑社創作集》，1926 年《戀歌（中國近代戀歌集）》，1928 年《中國近代短篇小說傑作集》，1929 年《中國近十年散文集》，1930 年《現代中國散文選》，1931 年《當代文粹》、《新劇本》，1932 年《當代小說讀本》、《現代中國小說選》，1933 年《現代中國詩歌選》、《初期白話詩稿》、《現代小品文選》、、《現代散文選》、《模範散文選注》，1935 年《中華現代文學選》、《現代青年傑作文庫》、《注釋現代詩歌選》、《注釋現代戲劇選》，1936 年《現代新詩選》、《現代創作新詩選》、《幽默小品文選》，1938 年《時代劇選》，1939 年《現代最佳劇選》，1944 年《戰前中國新詩選》，1947 年《歷史短劇》、1949 年《獨幕劇選》等等。

以作家性別結集的選本，例如 1932 年《現代中國女作家創作選》，1933 年《女作家小品選》、《女作家隨筆選》，1934 年《女作家詩歌選》、《女作家戲劇選》，1935 年《當代女作家小說》，1936 年《現代女作家詩歌選》、《現代女作家戲劇選》等。

抗戰是民國時期最為重大的國家民族事件，我們也可以見到大量關於這一主題的文學選集，例如 1932 年《上海事變與報告文學》，1933 年《抗日救國詩歌》、《滬戰文藝評選》、1937 年《抗戰頌》、《戰時詩歌選》、1938 年《抗戰詩選》、《抗戰詩歌集》、《抗戰獨幕劇集》、《抗戰劇本選集》、《國防話劇初選》、《戰時兒童獨幕劇選》、《街頭劇創作集》、1939 年《抗戰文藝選》、、1941 年《抗戰劇選》等等。從中透露出了文學界與出版界強烈的時代意識和民族意識，或者也可以說，是特殊時代的民族情感強化人們對現代文學的文獻價值的認定。

就作家個人史料的整理出版方面，最值得一提的是魯迅逝世引發的悼念潮與全集出版。早在魯迅生前，就有回憶文字見諸報端（如 1924 年曾秋士《關於魯迅先生》，〔註 3〕1934 年王森然撰寫第一個魯迅評傳〔註 4〕），魯迅逝後，報刊雜誌上發表了大量歷史回憶，親朋舊友開始撰寫出版紀念著作（如許廣平、許壽裳、蔡元培、周作人、許欽文、孫伏園、郁達夫等），包括魯迅先生紀念委員會編《魯迅先生紀念集》等著述〔註 5〕匯成了現代文學有史以來最大規模的個人史料，《魯迅全集》在 1938 年的編輯出版（上海復社版），是魯迅先生逝世之後，中國文學界一次前所未有的對當代作家文獻的搜集彙編工程，編輯委員會由蔡元培、馬裕藻、許壽裳、沈兼士、茅盾、周作人、許廣平等組成，參與編輯的有近百人。胡愈之、張宗麟總攬全域並籌措經費，許廣平與王任叔（巴人）為編校，參與校對的還包括金性堯、唐弢、柯靈、王任叔等一大批人，黃幼雄、胡仲持負責出版，徐鶴、吳阿盛、陳熬生分別聯繫排版、印刷與裝訂事宜，陳明負責發行。搜集、整理、編輯、出版乃至序跋、題簽等由一代文化界精英承擔，盡顯現代文學作為時代文化主流的強大力量。

到作家選集的編輯出版已經成為「常態」的今天，人們格外注意搜集選編的「史料」又包括了那些影響文學史整體發展的思潮、流派、論爭的文字，其實，這方面的整理、呈現工作也始於民國時期，那些文學運動、文學論爭的當事人和富有歷史眼光的學人都十分在意這方面材料的保存。據我掌握的材料看，早在 1921 年 1 月，新文學運動的開展、白話新詩的倡導才剛剛 3、4 年，胡懷琛就編輯出版了《嘗試集的批評與討論》，〔註 6〕到 1920 年代後期的「革命文學」論爭之時，又有錢杏邨編輯的《現代中國文學作家》（上海泰東圖書局，1928 年），霽樓編輯的《革命文學論爭集》（生路社，1928），它們都收錄多位論爭參與人的言論。之後，我們還可以讀到各種的文學論爭資料，包括李何麟編的《中國文藝論戰》（中國書店 1929 年）、蘇汶編《文藝自由論

〔註 3〕曾秋士《關於魯迅先生》，《晨報副刊》1924 年 1 月 12 日，曾秋士即孫伏園。

〔註 4〕王森然：《周樹人先生評傳》，收入《近代二十家評傳》，北平杏岩書屋 1934 年 6 月版。

〔註 5〕北新書局 1936 年 12 月初版。

〔註 6〕胡懷琛：《嘗試集的批評與討論》，上海泰東書局 1921 年 3 月。

辨集》(現代書局 1933 年)、吳原編《民族文藝論文集》(正中書局 1934 年)、胡懷琛編《詩學討論集》、胡風編《民族形式討論集》(華中圖書公司 1941)等。

1930 年代，在現代文學發展進入第二個十年之後，文學的歷史意識也有所加強，「新文壇」、「新文學史」這樣的歷史概括也出現在學者的筆下，值得注意的是，這些對「新文壇」、「新文學」的記錄都努力保存各種文獻史料。1933 年，王哲甫編撰出版了《中國新文學運動史》(北平傑成印書局)，除了對現代文學運動的描述、評論外，著作還列有「新文學作家傳略」、「作家圖片」、「著作目錄」等，皆有史論與史料彙編的雙重功能。同年阮無名《中國新文壇秘錄》(上海南強書局)出版，雖然「秘錄」一語帶有明顯的商業意味，但全書卻體現了頗為嚴謹的文獻意識，正如今人所評，該書「一方面為了保存歷史的真實和完整，對資料不輕易摘引、節錄；一方面更注意搜集容易被人忽略的零碎資料，前後加以串聯，詳加說明，使之條理分明，獨成系統。雖然，他聲明在組織這些材料時，儘量不加評論，當然在編輯過程中也無法掩飾自己的觀點，只要暗示幾筆也就夠了。」〔註 7〕阮無名即阿英(錢杏邨)，他是中國現代文學史上最早具有自覺的史料文獻意識的學人。1934 年，阿英再編輯出版了《中國新文學運動史資料》(上海光明書局，署名張若英)，這部著作雖然以新文學運動的發展為線索安排專題性的章節，但卻不是編者的評論，而是在每一專題下收羅了相關的歷史文獻，可謂是現代文學發展演變的史料大彙編。對讀今日出版的現代文學著作，我們不難見出，阿英這些最早的文獻工作足以構建起了歷史景觀的主要骨架。

在民國時期，現代文學史料整理工作最具規模也最具有影響力的成果是《中國新文學大系》的出版。

1935 年，良友圖書公司隆重推出趙家璧主編《中國新文學大系》10 大卷，其中「創作」的 7 卷，共收小說 81 家的 153 篇作品，散文 33 家的 202 篇作品，新詩 59 家的 441 首詩作，話劇 18 家的 18 個劇本，「理論」與「論爭」兩卷，「史料・索引」一卷，加以「創作」各卷的「導言」，收錄的理論文章也有近 200 篇，可以說是全方位彙集、展示了現代文學創立以來的全貌。從文學發展的角度來說，這是推動新文學作品「經典化」的重要努力，從現代文學歷史的梳理來說，則可以說是第一次文學文獻的大匯輯。《史料・索引》

〔註 7〕姜德明：《書邊草山》第 176 頁，杭州：浙江人民出版社，1982 年。

由阿英主持，在編輯中，他注意到了現代文學的版本流變問題，又將「史料」分作作家作品史料、理論論爭史料、文學會社史料、官方關於文藝的公文、翻譯作品史料、雜誌目錄等十一類，我們可以認為，這是中國現代文學史料學的第一次自覺的建構。

不過，即便良友圖書公司和史家阿英有著這樣自覺的史料學的追求與建構，在當時歸根結底也屬於民間的和學者個人的愛好與選擇，而不是國家事業的組成部分，甚至也沒有成為學科發展、學科建設的工作願景。由此觀之，我們可以發現，民國時期中國現代文學史料的保存、整理與出版工作的顯著特點。

就如同中國現代文學本身在整體上屬於作家個人、同人群體的創造活動一樣，在整個民國時期，這些文獻史料的搜集、保存和整理出版工作的主要動力還在民間的趣味和熱情，在國家政府一方面，幾乎就沒有獲得過太多的直接支持，當然，也就因為尚未被納入國家大計而最終淪為國家政府意志的附庸。這樣的現實有兩個值得注意的結果：

其一，由於缺乏來自國家層面的頂層學科規劃，現代文學的文獻史料工作的民間發展受到了種種物質和制度上的限制，長遠的學科發展方略遲遲未能成型，文學史料工作在學術規範、學理探究、思想交流等方面建樹不多。

其二，同樣道理，由於國家政府放棄了對文史工作的強力介入，更由於現代文學陣營本身對民國專制政府的從未停止的抵抗和鬥爭，各種類型的文學著作不斷撕開書報檢查的縫隙，持續為我們揭示歷史的真相，因而，在總體上我們又可以認為，民國時期的文獻史料是豐富和多樣的，如果我們將所有的文學出版物都視作必不可少的「史料」，那麼，這些風格各異、思想多元的民國文學——包括作家個人的文集、選集、全集以及各種思潮、流派、運動、論爭的文字留存，共同構築了現代文學文獻史料的巍峨大廈，足以為後世的研究提供源源不絕的資源和靈感。

2020年2月改於成都

四川大學副校長晏世經教授、新都區、清流鎮領導與全體與會代表合影

與會代表熱烈發言

四川大學文學與新聞學院院長李怡教授主持閉幕式

與會代表滿懷興致地參觀艾蕪紀念館

與會來賓揮毫潑墨

漢學家、韓國東亞大學金龍雲教授在會場

四川大學劉福春教授代表著名文獻學家、華東師範大學陳子善教授向清流鎮捐獻艾蕪遺稿

四川大學文學與新聞學院學生原創話劇《南行記》首演

著名表演藝術家方旭先生專程赴四川大學指導學生《南行記》演出

會議現場專題發言討論

寫在前面的話

李怡

2019 年 6 月 11 日至 12 日，逢作家艾蕪 115 週年的誕辰紀念，中國現代文學研究會、中國作家協會創作研究部、四川省作協、四川大學聯合舉辦了「艾蕪與文化中國」國際學術研討會。四川大學文學與新聞學院與新都區委、新都區人民政府具體承辦了此次會議。來自中國社科院郭沫若研究館、中國現代文學館、中國國家圖書館、新西蘭惠靈頓維多利亞大學、韓國東亞大學、四川大學、首都師範大學、陝西師範大學、中國傳媒大學、西南大學等高校、科研機構的 110 多學者濟濟一堂，氣氛熱烈。

對於艾蕪而言，聲名最盛也的確最值得討論的就是他的《南行記》。時至今日，我們依然需要不斷的追問：在現代中國文學普遍以「東去」（近現代城市上海）或「北上」（文化中心北平）為主要方向之時，艾蕪為什麼卻偏偏要「南行」？去到那樣一個人跡罕至的莽荒之地？是單純的好奇嗎？艾蕪的確以他的《南行記》敘寫了一出人生的傳奇。但是，他本人南行的初衷卻並不僅僅是為了尋找遙遠南疆的奇聞趣事，而恰恰是對巴蜀生存環境的有意識有目的的反抗。艾蕪在他的自傳裏曾生動地描述過南行前的心境，他說自己「彷彿一隻關久了的老鷹，要把牢籠的痛苦和恥辱全行忘掉，必須飛到更廣闊、更遙遠的天空去一樣」，只有離開，「才能抒吐胸中的一口悶氣。」。為此，艾蕪以詩明志：「安得舉雙翼，激昂舞太空。蜀山無奇處，吾去乘長風。」堅定的去意一覽無餘。

「南行」就這樣被艾蕪當作了擺脫蜀中沉悶、痛苦和恥辱的選擇。可以推想，在這種心境之中南行，他必定會努力去發現巴蜀生存方式的對立面，發現一個與蜀中「牢籠」式的生活根本不同的新的人生境界。也就是說，不管艾蕪是否意識到，他的創作就已經與巴蜀文化連接了起來，當然這不是一種徑直的對接，即不是巴蜀文化讓艾蕪繼承了什麼，而是巴蜀文化的匱乏讓艾蕪努力去尋找著心理的補償，去作文化的「填空」。巴蜀文化與艾蕪《南行記》的連接是曲曲折折的，或者叫做「逆向生成」的。正是在這個意義上，我一向都不把《南行記》簡單納入到巴蜀鄉土文化的範疇內加以解讀，儘管像野貓子這類邊地強盜的強悍之氣也會讓人想起某些巴蜀人的性格。同樣作為西部文化的一部分，巴蜀與滇緬邊地的相似之處是存在的，但是儘管如此，從整體上看《南行記》，它仍然是艾蕪尋找「更廣闊更遙遠」的人生世界的結果，在這個新的世界裏，最讓艾蕪激動不已，也是艾蕪最希望傳達的主要還是與巴蜀盆地迥乎不同的生存景觀。

同儒化色彩更為濃重的傳統中國的東部文化（特別是江浙、北方）比較，巴蜀作為偏僻的西部文化的一部分保留了較多的野性和蠻性，但是同滇緬山區這樣的真正的荒野邊地比較，它終究還是中國文化最重要的地區之一，傳統中國文化對人們各種世俗欲望的扭曲在這裡也同樣存在。在拋棄了仁義道德的面具之後，這些扭曲的欲望甚至還與西部的野性古怪地扭合在一起，野性與狡詐相連接化作了人與人爭奪社會利益的工具。相反，在那遙遠的邊地，倒可能真正存在一種反世俗反社會的剛健的人生，一種坦蕩、灑脫的人生，只有這裡還流淌著真正的西部精神。《南行記》最動人的魅力正在於此，無論是殺人越貨的強盜（《山峽中》）、喝酒吃肉的遊方和尚（《七指人》）、讓人切齒的偷馬賊（《偷馬賊》），還是欺騙顧客的貨郎（《松嶺上》）以及偶然同行的旅伴（《荒山上》、《我的旅伴》），他們都活得那樣的瀟灑，那樣的無拘無束，無掛無牽，殺人偷竊似乎是生存競爭的必要方式，而來自這些陌生的路人甚至陰冷的強盜的些許的關懷，倒格外的倍感親切，因為，他們的關懷是那樣真誠，那樣恰如其分！這也是一個根本與等級、與地位、與各種世俗關係無干的嶄新的生存世界，奔走在這個世界中的人們全憑自己的生命的活力在生存，在發展，活得那麼自然，那麼率真，全無更多的世俗的算計，因為這裡本來就沒有我們所看到的那種盤根錯結的世俗環境。這正如艾蕪在《我的旅伴》中所描述的那樣：「我們由裝束表示出來的身份，顯然在初次接觸的當兒，跟猜疑、輕視、驕傲、諂媚這些態度，一點也沒緣的。就像天空中的烏鴉飛在一道那麼合適，那麼自然。」這就是滇緬邊地的簡潔單純的人際關係，與實力派控制下的巴蜀社會大為不同。

對讀《南行記》和艾蕪抗戰以後接近沙汀風格的鄉土小說（那才真正是鄉土小說），將是一件有意義的事，從中，我們將愈發懂得巴蜀生存的苦悶和壓抑，而生活在巴蜀的人們又是多麼需要多麼羡慕那真正的強勁和坦蕩。艾蕪的《南行記》是理想的和傳奇的，但理想和傳奇同時也是對巴蜀文化的一種有意識有目的的補償！當然，它同時也補償了中國傳統文化的透乏。

今天的人們，依然被艾蕪小說這些獨特的魅力所吸引，艾蕪 115 週年的學術研討是生機勃勃的。我們編輯了會議的論文，作為這一次熱烈討論的紀念。

感謝各位與會學者的慷慨授權。

感謝艾蕪故里——清流鎮人民政府對艾蕪系列紀念活動的贊助和支持，我們不僅組織了這一次會議，也持續推動著艾蕪研究的深入，這都離不開艾蕪故鄉的長期襄助和鼓勵！

特別感謝著名文獻學家龔明德先生，是他長期「駐守」清流，在寂寞中長期推動艾蕪研究才使得這裡的文脈不絕，作家的精神不亡！

特別感謝四川大學雷雨話劇社的同學們，導演蘇月琪、副導演方雨，是你們對《南行記》的創造性改編帶給我們與會者極大的思考的激情，當然，最不能忘懷方旭導演的赤誠和專業，在研討會期間首演《南行記》開幕的那一瞬間，你從最後一級臺階飛奔而下，就為了趕緊關閉劇院的側門，一位戲劇工作者對藝術的熱愛和尊重令人感佩不已。

艾蕪是值得我們反覆研討的，《南行記》也是值得我們反覆改編和上演的，讓我們期待下一次的學術盛會吧！

目次

上冊

一、艾蕪與中外文化

二、文藝思想研究

下　冊

三、地方、經驗與文學

四、文獻輯佚與研究

一、艾蕪與中外文化

艾蕪《山峽中》的「浮士德冒險」

成都大學文學與新聞學院　段從學

1925 年 5 月 8 日，魯迅在和呂蘊儒、向培良的《北京通信》中，提出了在無路可走的困境中闖開生路的著名主張：「我自己，是什麼也不怕的，生命是我自己的東西，所以我不妨大步走去，向著我自以為可以走去的路；即使前面是深淵，荊棘，狹谷，火坑，都由我自己負責。」〔註 1〕三天之後，也就是同年 5 月 11 日，意猶未盡的魯迅又在《導師》裏隔空喊話，把為「我自己」設計的道路，擴展到現代社會的變革與發展之上，對未來中國青年提出了這樣的期待：

> 青年又何須尋那掛著金字招牌的導師呢？不如尋朋友，聯合起來，同向著似乎可以生存的方向走去。你們所多的是生力，遇見深林，可以開闢成平地的，遇見曠野，可以栽種樹木的，遇見沙漠，可以開掘井泉的。問什麼荊棘塞途的老路，尋什麼烏煙瘴氣的鳥導師！〔註 2〕

沒有證據表明曾在出發之前讀過這篇文章。但遠在成都的艾蕪，卻正是在魯迅發表《導師》之後不久，就準確地循著魯迅精神的指引，從成都出發，開始了在「荊棘」和「狹谷」中闖開自己的生路，尋找「黃金世界」的「南行」。〔註 3〕在隻身「南行」，一路輾轉漂泊的旅途中，艾蕪從流浪漢、小偷、

〔註 1〕魯迅：《北京通信》，《魯迅全集》第 3 卷，人民文學出版社，2005 年，第 54 頁。

〔註 2〕魯迅：《導師》，《魯迅全集》第 3 卷，人民文學出版社，2005 年，第 59 頁。

〔註 3〕《導師》發表在 1925 年 5 月 15 日的《莽原》週刊第 4 期，艾蕪離家「南行」的時間，為同年的「六七月間」。參見王毅：《艾蕪傳》，北京十月文藝出版社，2005 年，第 52 頁。

騙子、盜馬賊、轎夫、客棧僕役等「邊緣人群」身上汲取生存的力量，又把自己鋼鐵一般頑強的生存意志投射到他們身上，毫不顧忌地越過審美和生活實踐的界限，創造了一個真假莫辨、善惡交織的「南行故事」。

雖然形式和影響都無法和歌德的《浮士德》相比，但從內在精神譜系的角度看，艾蕪的「南行故事」卻超越了「小舞臺」的限制，在天地「大舞臺」上書寫了自己的「浮士德故事」：一個犯下了若干過錯的「有罪者」，最終通過永不停息的追求和奮鬥，贖回了他曾經犯下的過錯，把自己塑造成了現代性的「正義者」。本文無意於全面梳理「南行故事」與「浮士德故事」之間的異同，而只想通過對《山峽中》的文本細讀，探討艾蕪如何在「參與犯罪」的同時，又巧妙地將自己和「犯罪分子」區別開來，塑造成了一個「永遠追求」光明和理想的「正義者」，藉此揭示中國新文學中的現代性「新人」得以誕生和持存的動力學原則。

《山峽中》的三個世界

小說的情節並不複雜：「我」因為生活所迫，偶然闖進一群盜賊的「小世界」，懷著新鮮和好奇的心理嘗試著參與了他們的生活方式，目睹了他們的罪惡之後，最終依然離開「他們」繼續獨自前行，尋找「另外的光明」。〔註 4〕但不同於「棄惡從善」「改過自新」之類慣常俗套的是，「我」不僅興致勃勃地參與了「他們」的偷盜行為，在他們身上發現了善良的人性之美，發現了異乎尋常地旺盛的生命強力，而且在離開了「他們」之後，也並沒有從迷途重返正道的欣喜，反而若有所失地生發出了「煙靄也似的遐思和悵惘」，回味起這短短幾天的「有趣經歷」來了。

如果把「南行故事」當作一個整體，把「我」看成是同一個行動者的話，問題就更清楚：離開了魏大爺和野貓子之後的「我」，並沒有返回到通常所說的「正常生活」軌轍，而是繼續冒險深入類似的邊緣人群暫時的「小世界」，繼續品味和體驗「他們」所特有的「惡的誘惑」，在天地「大舞臺」上書寫著自己的「南行故事」。最初被生活所迫的加入，反轉過來變成了主動的冒險和嘗試。這種主動的追逐，把「我」從為生活所迫的反抗者，變成了主動追逐和體驗「惡的誘惑」的「中國浮士德」，也把「小世界」裏的小偷、盜賊、騙

〔註 4〕艾蕪：《山峽中》，《艾蕪文集》第 1 卷，四川人民出版社，1981 年，第 163 頁。以下引述小說原文，不再詳注。

子等邊緣人群變成了善良的「好人」。「小世界」的生活，也因此而被賦予了誘人的浪漫主義氣息。

為了更好地理解和透視這個轉變，我們有必要對《山峽中》的「三個世界」，事先做一個簡單的歸納。

首先進入我們視野的，當然是前面說過的老頭子魏大爺、鬼冬哥、夜白飛、小黑牛一夥人組成的「小世界」。「我」加入進來後，又變成了「我們這幾個被世界拋卻的人們」共同的「暫時的自由之家」。隨著「我」的離開，這個「小世界」又被還原成為「他們的世界」，退出了我們的視野。

小說中的第二個世界，是通過作為符號的「張太爺」暗示出來。這位「張太爺」奪走了原本屬於小黑牛「那多好呀」的一切：土地、耕牛，「還有那白白胖胖的女人」。因為這位「張太爺」，小黑牛被迫離開自己的家園，淪為「小世界」的一員，成為了一個不合格的「笨賊」，最終被殘忍地拋進了兇險的江流。老頭子魏大爺對夜白飛硬著心腸的叱責，道出了這個世界的基本性質：「天底下的人，誰可憐過我們？……個個都對我們捏著拳頭哪！」

這個世界，也就是我們熟悉的「醜惡舊世界」。中國現代文學最擅長的，就是展示這個「大世界」的骯髒、陰謀和醜惡，揭示其必崩潰的「歷史必然」，指引人們掙脫其束縛以獲得解放的「光明道路」。圍繞著「醜惡舊世界」，魯迅給我們留下了他對阿 Q 們畸形靈魂的深入剖析，茅盾詳細描述舊中國的崩潰命運，巴金熱烈呼喚封建社會的徹底覆滅，「從三十年代初革命文學的旗幟下，更不斷傳出對黑暗統治的切齒控訴」〔註 5〕。相形之下，艾蕪並不擅長觀察和描寫「醜惡舊世界」。四十年代中後期，他也曾寫出了《山野》《石青嫂子》《一個女人的悲劇》等飽受時人讚譽的作品，但我們今天談到艾蕪，仍然會本能地忽略這些數量龐大的後期作品，直接把他定格在「南行故事」上。

艾蕪在《山峽中》，採用的是避開正面交鋒，採用時斷時續的側面暗示來處理「醜惡舊世界」這個現代文學的龐然大物。從踏上南行的漂泊之路，艾蕪就宣告了和這個「醜惡舊世界」的決裂，變成了一個永遠向著「前方」，向著充滿了誘惑的「前面」行進的青春姿態。「醜惡舊世界」也因為這個青春的姿態而變成了一個模糊的背影，淡出了艾蕪的視野。對這個永遠向著「前面」走去的姿態而言，「醜惡舊世界」已經是不值得再為之操心的過去之物，只有充滿了誘惑，充滿了無窮可能性的「前面」，才是他唯一傾心的事物。

〔註 5〕王曉明：《沙汀艾蕪的小說世界》，上海文藝出版社，1987 年，第 124 頁。

借用因為魯迅而流傳開來的說法，這個「前面」，就是《山峽中》的「黃金世界」。小說借野貓子哼唱的謠曲，畫出了這個世界的面目：

> 那兒呀，沒有憂！
>
> 那兒呀，沒有愁！

「我」因為目睹小黑牛的悲劇而終於打定主意離開「小世界」的動力，就來自於這個「黃金世界」：

> 小黑牛在那個世界裏躲開了張太爺的拳擊，掉過身來在這個世界裏，卻仍然又免不了江流的吞食。我不禁就由這想起，難道窮苦人的生活本身，便原是悲痛而殘酷的麼？也許地球上還有另外的光明留給我們的吧？明天我終於要走了。

魯迅曾把幾千年的中國歷史概括為「想做奴隸而不得的時代」和「暫時做穩了奴隸的時代」的交替循環，鼓勵中國的青年們大膽「創造這中國歷史上未曾有過的第三樣時代」〔註6〕。艾蕪那勇往直前，向著「前面」走去的青春姿態，顯然就是魯迅理想中的正在創造「第三樣時代」的中國新青年。

「小世界」裏的善與惡

對被拋在身後的「醜惡舊世界」，和隱約在「前面」的「黃金世界」，艾蕪採取了側面暗示的方法來處理。小說集中展示的，是眼前這個「暫時的自由之家」，也就是「小世界」裏的複雜性。

小說一開始，就以簡潔有力的粗線條，勾勒出了「小世界」的生存環境：夜色越來越濃，逐漸吞沒了橫在江面上的「巨蟒似的」鐵索橋；兇惡的江水奔騰著、咆哮著，「激起嚇人的巨浪」；「陰鬱、寒冷、怕人」的山中夏夜。這樣的生存環境，既是眼前的自然景象，更是作者主觀感情的投射：從外面看，這是一個「陰鬱、寒冷、怕人」的世界。確實，無論放在怎樣的「大世界」中來評價，盜賊們的世界，都只能棲身在「陰鬱、寒冷、怕人」的角落裏，棲身在「大世界」的合法性權威暫時失去了效力的地方。橋頭那失去了往日榮耀的神祠，正是在這個意義上喪失了它在往日的「醜惡舊世界」裏曾經享有的無上權威，成為了「我們」的庇護所：

〔註6〕魯迅：《墳・燈下漫筆》，《魯迅全集》第1卷，人民文學出版社，2005年，第225頁。

> 橋頭的神祠，破敗而荒涼，顯然給人類忘記了，遺棄了，孤零零地躺著，只有山風、江流送著它的餘年。
>
> 我們這幾個被世界拋卻的人們，到晚上的時候，趁著月色星光，就從遠山那邊的市集裏，悄悄地爬了下來，進去和殘廢的神們，一塊兒住著，作為暫時的自由之家。

有必要預先說明的是：這個「小世界」首先是從外部被「我」看見並勾勒出來的。這個隱含在開端之中的外部視角，表明了「我」和「小世界」之間的關係，也為最後的離去埋下了伏筆。小說寫得很清楚：「至於說到要同他們一道走，我卻沒有如何決定，只是一路上給生活壓來說氣憤話的時候，老頭子就誤以為我真的要入夥了。今天去幹的那一件事，無非是由於他們的逼迫，湊湊角色罷了，並不是另一個新生活的開始。」

但在最後離去之前，「我」還是追隨著這群盜賊，走進了「陰鬱、寒冷、怕人」的「小世界」，成為了這個「暫時的自由之家」的一員。「我」對「小世界」的觀察和敘述視角，也因此發生了改變。連續的無人稱的客觀景物描寫，一下子變成了複數第一人稱「我們」，破敗而荒涼的神祠，則變成了「暫時的自由之家」。

隨著這一轉變，「大世界」和「小世界」之間的關係出現了逆轉。敘述者的感情天平明顯地倒向了後者。夜白飛的粗野的咒罵，把「陰鬱、寒冷、可怕」的標簽，擲還了「大世界」：

> 他媽的！這地方的人，真毒！老子走盡天下，也沒碰見過這些吃人的東西！……這裡的江水也可惡，像今晚要把我們沖走一樣！

而「小世界」裏的一群盜賊，也拋開了他們的職業身份，在這個「暫時的自由之家」裏，享受著家庭式的日常生活：大家都圍坐在火堆旁邊，老頭子不緊不慢地抽著旱煙，以自己的經驗和老資格訓斥著新入行的年輕人；鬼冬哥迎合著老頭子「誇自己的狠」，繪聲繪色地講述自己職業生涯的精彩片段；「我」一邊聽他們的故事，一邊心不在焉地隨手翻著書；火堆上的鐵鍋裏煮著大塊的鹹肉，翻滾著，沸騰著，透過鍋蓋發出誘人的香氣……「陰鬱、寒冷、怕人」的小世界，變成了溫馨的日常生活世界。

野貓子的出場，為這個溫馨的日常生活世界，添上了濃墨重彩的一筆：

> 神祠後面的小門一開，白色鮮朗的玻璃燈光和一位油黑臉蛋的年青姑娘，連同笑聲，擠進我們這個暗淡的世界裏來了。黑暗、沉悶和憂鬱，都悄悄地躲去。

不能說艾蕪有意識地借鑒了《紅樓夢》描寫王熙鳳第一次出場的藝術經驗。但從表現手法和藝術效果上看，兩者卻形神皆通，保持了高度的契合。這個名叫「野貓子」的女盜賊一出現，就用她的木頭小人兒、她的撒嬌、她的粗野率真的笑罵把前面描繪的家庭日常生活氛圍推向了高潮，把盜賊們的「小世界」變成了其樂融融的大家庭。可以說，如果沒有野貓子這個人物，《山峽中》就只能放在《水滸傳》之類古代俠義小說傳統中來看。只有在把中心轉移到「我」和野貓子身上之後，小說才變成了西方浪漫主義傳奇，進而變成了尼采式超人的個人主義精神史。

破敗的神祠雖然因其破敗而成了「我們」「暫時的自由之家」，但也惟其破敗，所以始終不能把呼嘯的山風和江水的咆哮聲隔斷在門外。「小世界」裏濃濃的家庭日常生活氛圍，也總是一再地被小黑牛痛苦的呻吟所打斷。小黑牛的傷勢和呻吟，把「我們」和「醜惡舊世界」的外部對抗，轉變成了「小世界」內部的生存選擇。老頭子魏大爺不得不按照「小世界」的生存法則，殘忍地把吵嚷著想要「不幹了」的小黑牛，拋進了兇險的江流。由此，也讓「我」看清楚了「小世界」的浪漫與溫馨背後隱含著的罪惡，促使「我」下定決心離開了「他們」，繼續向著「前方」尋找理想的「黃金世界」。

超越善惡的人性冒險

不過，儘管小黑牛的死不是決定性的原因，而只是加速了「我」的離去，把「我」最初加入「小世界」之時的念頭，變成了實際的行動，但如果不能有效地把「我」的離去和小黑牛的死亡，和「小世界」裏的惡割裂開來，那麼「我」的離去就很難和想要「不幹了」的小黑牛區別開來。而「我」也就只能像對待「醜惡舊世界」那樣，斷然拋開《山峽中》的「小世界」獨自前行，而不至於在離開之後又對其產生了深切的懷念。也就是說，只有把「我」的離去轉化成為不是被迫的逃離，而是一種主動的自由選擇，「我」才能和「小世界」裏的「官逼民反」的盜賊區別開來，成為一個被「前方」的「黃金世界」，而不是被過去的「醜惡舊世界」牽引和支配著的現代人。

為此，艾蕪巧妙地將「我」和「小世界」之間的衝突，轉換成了「我」和野貓子之間的人性冒險。「我」用自己的善良贏得了「他們」的信任，最終得以自由地離開了「小世界」，重新踏上了繼續尋找「黃金世界」的道路。而「他們」，也以對「我」的信任，表明了自己的善良，在某種程度上贖回了殺死小黑牛的「罪惡」。

按小說的敘述，「我」第二天醒來的時候，其他人早已經照例離開神祠前往附近集市「做買賣」去了，只有野貓子單獨留了下來。能否，以及如何離開「小世界」的問題，就被轉移到了「我」和野貓子身上。當「我」揭穿了野貓子的謊言，指出了「他們」昨晚將小黑牛拋進了江中的事實後，野貓子理所當然地站到了「小世界」生活規則一邊，斷然拒絕了「我」的請求，要求「我」繼續規規矩矩地留在「小世界」裏，打消離開的念頭，「往後再吃幾個人血饅頭就好了」。

尚未成年的少女野貓子，憑什麼能夠阻止「我」離開呢？小說給出的答案是：個頭矮小的野貓子用「刀功」證明了她的武力，遠遠在「我」之上，讓「我」難以脫身。但這個答案的說服力其實相當微弱。野貓子之展示自己的「刀功」，與其說是為了威脅，倒不如說是想要在「我」面前炫耀自己的本領。兩人的較量，完全是一場彼此心領神會的誘惑和挑逗。毫無心機的野貓子把自己藏在柴草中的「一把雪亮的刀」遞給「我」，「我」則根據野貓子的指令和要求，「由她擺佈，接著刀，照著前面的黃桷樹砍去」。其結果當然是「只砍了半寸多深」，恰好證實了野貓子對自己的嘲弄，為其展示「刀功」提供了反面的陪襯：

> 「讓我來！」
>
> 她突地活躍了起來，奪去了刀，做出一個側面騎馬的姿勢，很結實地一揮，嗆的一刀，便沒入樹身三四寸光景，又毫不費力地拔了出來，依舊放在柴草裏面，然後氣昂昂地走來我的面前，兩手插在腰上，微微地噘起嘴巴，笑嘻嘻地嘲弄我：
>
> 「你怎麼走得脫呢？……你怎麼走得脫呢？」

不難看出，野貓子與其說是在對「我」進行武力威脅，倒不如說是藉此展示她與眾不同的魅力。

從老頭子第一天讓兩人扮作小夫妻在集市上行竊，次日卻將兩人獨自留在山中神祠等情形來看，野貓子這種亦真亦假的威脅和炫耀背後的潛臺詞，「我」顯然不會一無所知。短短的一篇《山峽中》，實際上潛含著一個歐洲早期浪漫主義的羅曼司，一個行吟詩人和美麗而野蠻的強盜首領之女的愛情故事。所以，野貓子「武力威脅」的結果，也只是「我給這位比我小塊頭的野女子窘住了」，而不是「困住了」，或者「嚇住了」之類。

很顯然，問題不在野貓子的「刀功」，而在於「我」無法否定盜賊「小世界」生活哲學的正當性。這群盜賊的生活哲學，集中體現在老頭子的這段話裏：

> 天底下的人，誰可憐過我們？……小夥子，個個都對我們揑著拳頭哪！要是心腸軟一點，還活得到今天嗎？你……哼，你！小夥子，在這裡，懦弱的人是不配活的。

熟悉艾蕪者不難發現，老頭子這裡發出的呼喊，實際上是艾蕪反覆渲染，反覆表達的母題。《南行記》開篇的《人生哲學的一課》，表達的就是這種生活哲學：「就是這個社會不容我立腳的時候，我也要鋼鐵一般頑強地生存！」。〔註 7〕後來的《偷馬賊》等作品，讚揚的也是這種千方百計要在大地上紮下生存之根的生活哲學。面對野貓子的嘲笑和責難，「我」實際上並沒有否認這種生活哲學的正當性，而是採取了一種模棱兩可的說辭來為自己辯護：「『你的爸爸，說的話，是對的，做的事，卻錯了！』」。正是「我」這種既無力反駁和說服對方，但卻又堅持要離開的態度，才引出了野貓子的「武力威脅」。

老頭子魏大爺的生活哲學，可以分為兩點來看。第一點是正命題：要挺起腰杆，硬著心腸活在這個世界上。第二點是反命題：懦弱的人不配活在這個世界上。正命題指向自我，可以說是一種個人的道德信念；反命題指向他者，屬於如何處理公共事務的政治哲學問題。從《人生哲學的一課》等作品看，艾蕪對正命題充滿了由衷的敬意和讚賞。可以說，正是為了踐行這個尼采式的生存哲學，艾蕪才毅然拋開「醜惡舊世界」，開啟了自己的「南行故事」。進而，也才會興致勃勃地參與了魏大爺一夥的偷盜活動。

即便是處死小黑牛，小說也將其處理成了「不得已的，誰也不高興做的事情」，明顯表現出了對「小世界」的盜賊及其生活哲學的迴護。老頭子魏大爺在黑夜裏「發出鋼鐵一樣的高聲」，斬釘截鐵地宣告「小世界」的生存信條的姿態，既是「不得已」的生動寫照，也是「挺起腰杆，硬著心腸活在這個世界上」的直觀呈現。也就是說，處死小黑牛雖然暴露了「他們」的殘忍，暴露了「小世界」背後隱含著的罪惡，但在艾蕪看來：恰好是這種殘忍，才證明了自己讚賞和奉行的人生哲學的正當性。

〔註 7〕艾蕪：《人生哲學的一課》，《艾蕪文集》第 1 卷，四川人民出版社，1981 年，第 30 頁。

但對反命題，也就是指向他者的政治哲學問題，艾蕪的態度就不一樣了。《山峽中》的小黑牛，單是「小黑牛」這個名字，就給人一種不協調的軟弱感。這個名字，確實只應該屬於一個「老實而苦惱的農民」，而不應該安在一個「在刀上過日子」的人頭上。當野貓子得知「我」想要離開「他們」，脫口嘲弄「你也想學小黑牛」的時候，「我」軟弱無力的辯解，實際上等於默認了野貓子「他們」對小黑牛本人的評價：一個「懦弱的人，一輩子只有給人踏著過日子的」。讚賞和奉行正命題的艾蕪，顯然不會覺得他是一個值得學習和讚揚的對象。如果一定要說的話，艾蕪對《松嶺上》那位殺死了欺侮自己的老爺一家，也殺死了自己家人的白髮老者的讚賞，似乎還比對小黑牛的讚賞多一些。《山峽中》的「笨賊」小黑牛，自始至終只是一個被同情的對象。

歌德的浮士德認定自己有一顆「永不滿足」的心，絕對不會說出「請停下」這樣的昏話，才欣然和魔鬼簽訂了賭約。《山峽中》的「我」，也是在事先認定了自己必然離去的前提下，才加入了「他們」一夥，成為「小世界」的一員，踏進了「暫時的自由之家」。按照小說的敘述，還在小黑牛被拋入江流之前，「我」就打算向老頭子說明自己的本意，準備在合適的時候「獨自走我的」，只不過被小黑牛「一陣猛烈的呻喚打斷了」，沒來得及開口。小黑牛之死其實是「我」離開「他們」的理由和藉口，而不是決定性的原因。決定性的原因，仍然是「我」永遠向著「前面」，尋找「黃金世界」的現代性精神。

換句話說，「我」只不過是在向「前面」尋找「第三世界」的途中，懷著好奇之心想要暫時嘗試一下「小世界」的生活，偷嘗一口生活的禁果而已。明乎此，我們就不難理解何以野貓子的「武力威脅」更像是一次炫耀性的引誘，而強盜首領老頭子即便是在斷然拒絕夜白飛的哀求，決定將小黑牛拋入江中的「作惡」時刻，仍然以其「鋼鐵一樣的高聲」顯示了自己的強者魅力。「小世界」的「惡」，本來就是「我」極力想要品嘗的人生經驗的一部分，而且是最具誘惑力的一部分。在這種情形之下，離開，還是繼續留下來的問題，實際上就成了「我」的個人選擇。

所以很自然地，當「我」決定離開之後，因小黑牛的遭遇而預想出來的可怕場面並沒有出現。就在因為想要離開的事和野貓子發生爭執，受到後者的「武力威脅」之後不久，一位官老爺帶著太太和十幾名持槍士兵路過人跡罕至的神祠，照例施展其淫威「盤問我們是做什麼的，從什麼地方來，到什麼地方去」。「野貓子咬著，嘴唇不作聲」，把兩人的命運交付給了「我」。「我」

機智從容地應對士兵們的盤問，沒有讓官老爺及其士兵識破「我們」的身份，證明了「我」與「大世界」的徹底決裂，證明了「我」的善良。衝突由此急轉直下，不待苦苦思索如何向老頭子說明情況的「我」開口，「他們」就在「我」的睡夢中悄悄離開了。臨行前，還特意在「我」的書裏留下了三塊銀元。而野貓子，還特意把自己須臾不離身的木人兒，也特意留在灰堆旁，表明了此前的「衝突與考驗」中蘊含著的人性溫情。

遭遇官老爺及其士兵的時候，野貓子和「我」，實際上都先後把自己的命運交付到了對方手上。面對士兵們的盤問，野貓子把一切問題都交由「我」來應付和對答，等於是用自己的生命做賭注，賭一個根本沒有理由的信念：這個剛剛被威脅過的讀書人會是「我們一夥的」。而「我」，則用實際行動證明了野貓子的信念，和野貓子一起應付過了士兵們的盤問，實際上也就等於放棄了自己離開「小世界」的最好機會，把自己的生命交付到了野貓子「他們」手上。能不能按照自己的願望離開，決定權從此完全轉移到了「小世界」裏的這群盜賊們手上。

雙方同時以生命為賭注的結果，是野貓子和「我」都贏了。「我」證明了自己的善良，野貓子「他們」也證明了自己的善良。一切罪惡與不幸，都被拋給了隱藏在背後的那個「醜惡舊世界」。借助於這個相互證明的人性冒險，小說成功地把「我」在「小世界」裏的經歷，變成了一場浪漫的奇遇——如果不能說「豔遇」的話。這場浪漫的奇遇，證明了善良人性的普遍性，把《山峽中》變成了對人性的堅強與善良的讚美。正因為如此，「我」才會在離開之後，反過來陷入了對「小世界」的無窮回味之中：

> 看見躺在地上的灰堆，灰堆旁邊的木人兒，與乎留在我書裏的三塊銀元時，煙靄也似的遐思和惆悵，便在我岑寂的心上縷縷地升起來了。

可以想見的是，這種充滿了「遐思和惆悵」的感情，無疑會在繼續向著「前面」尋找「黃金世界」的旅途中，再一次把「我」引入各種奇異的「小世界」，繼續展開各種各樣的「浮士德冒險」。所以，《山峽中》中的浪漫「奇遇」，其實不是告別，而是讓「我」更加堅定地站在了「小世界」的生存信念之上，強化了「我」對不可測知的「前面」的信任感，增強了「我」繼續前行，尋找「黃金世界」的信念。

事實上，艾蕪的「南行故事」，也就是一次又一次的具體的形式和遭遇不同，但總體精神並無根本差別的「異鄉奇遇」。推動和引導「我」不斷前行的動力，也就在這種一次又一次的重複之中，從過去的「醜惡舊世界」的壓迫，悄然變成了「前方」的誘惑，變成了對未來「黃金世界」的積極追尋。艾蕪由此也和受制於過去時態的「醜惡舊世界」，最終目標也是再一次回到「醜惡舊世界」的《水滸傳》式的「官逼民反」劃清了界限，把自己變成了一個被充滿了無窮可能性的「黃金世界」所引誘，向著開放性的「前方」不斷前行的現代人。

艾蕪《南行記》自然主義的現實價值

韓國東亞大學　〔韓〕金龍雲

西方文學及藝術社會史對自然主義的必要條件做出了如下闡述：弱化宗教或政治對個人的普遍指向，立足於自身體驗的個人自由意志能夠將現實形象化，最終形成一種包容的社會氛圍，反省過去，同時展望未來。正是由於這一點，自然主義才得以在希臘文化、文藝復興，以及 19～20 世紀市場化全球化的中心綻放。從這個角度來說，《南行記》的自然主義可以說是由獨特的情節和內容所構成的。

一

艾蕪置身於五四運動和革命文學爭議之外，不僅遠離擺脫前近代的理念指向及方法爭議，甚至還在北伐戰爭策劃發動之際，斷然選擇南行。《南行記》的敘事主體，身處的並不是試圖將謀求近代的現實認識與方法統一起來的空間，而是被渴望擁有土地家畜的登場人物們所環繞，踏上了從成都至東南亞的流浪之旅。即便如此，小說的敘事，依然記錄著扎根於自由意志的各種經歷體驗。《南行記》以體驗為媒介反映現實，並將其內部問題形象化為普遍的共鳴。這部作品的內容和形式，都令 1919 年 3.1 運動至 1945 年解放期間創作的韓國小說望塵莫及。倒是韓國詩人奇亨度〔註 1〕80 年代發表的《幻想日誌》

〔註 1〕奇亨度（1960～1989）：生於韓國仁川，詩人，新聞記者。1985 年從延世大學政治外交系畢業後，入職中央日報社，在政治部、文化部、編輯部工作，並持續發表作品。1989 年詩集即將付印之際，被發現在鍾路一家電影院死亡，死因為腦卒中。大學期間他曾榮獲尹東柱文學獎等校內頒發的文學獎項，1985 年作品〈霧〉獲選《東亞日報》新村文藝獎詩歌獎，隨後開始在文藝雜誌上發表詩歌作品。就職《中央日報》期間，陸續發表多篇作品，備受矚目。他的詩和《零下的風》〔註2〕這兩部作品，頗令我聯想到《南行記》的小說形象，那種快要被無奈現實扼殺的氛圍。

二

韓國文學依存於政治又與政治對立，這是不可避免的事實，但同時也造就了獨特的作品氛圍。權力不希望文學揭露現實矛盾，所以勢必要支持無視現實矛盾的文藝創作。致力於現實批判的作家在政權交替完成後也會在批判題材的選擇上產生困惑。尤其是在文在寅上臺之後，韓國文學迎來了另一個時代，亟需在政治與文學的關係上摸索出新的自由的水平。從這種意義上來說，韓國文學應該將《南行記》這部作品銘記於心，時刻參考。《南行記》支配著自然主義普遍價值以體驗為媒介的整個關係網，掩卷之餘令人不禁陷入深思，想要尋求方法對策。

三

《南行記》可以說是脫社會政治次元的空間內的體驗，是被迫放棄農耕生活的人們為了生存選擇反農業共同體價值的過程。他們要在極端條件下尋找生存的權宜之計，他們的日常，反映了近代化討論中聞所未聞見所未見的邊疆現實。對過去的反芻，或者對未來的展望，都在漸漸消失，導致作品中完全看不到認識現實尋求對策的異托邦指向，只是在自己所處的各種不同狀況下對人際關係做出取捨。在無需對社會歷史層面進行思考的自由中，生存方法的選擇與命運緊緊地交織在了一起。

四

《南行記》的主人公自我放逐至底層，他身處極致的絕境卻只將其視之為感受的集合，遊走於相異的狀況、不同的關係之間，將農業共同體棄子們的體驗刻畫為對真實的固守。對於主人公來說，這些狀況並不代表自己的生活條件。南行流浪是艾蕪自己的選擇，而不是宿命，所以他所經歷的現實與自我之間勢必存在距離。這種「距離」既說明了敘事主體和登場人物之間的

作，多是刻畫幼年時期的不快記憶或者城市人的生活，具有很強的獨創性和個性。代表作有遺作詩集《口中的黑葉》（1989），散文集《短途行記》（1990），《奇亨度全集》（1999）等。

〔註2〕收錄於散文集《短途行記》（1990）。

區別，也是他一手打造出的現實的真實。但是由於小說中接二連三出現的狀況壓倒了所有登場人物，他們為了生存而作出的種種非常選擇，最終並沒有成為批判的對象。為了自保怪罪他人的情節遍布書中，卻並不令人生厭鄙視，就是因為這些情節全都扎根於現實。各種突如其來的無意義的反轉帶給我們很多樂趣，原因就在於小說中的情節與我們的生活有著明顯的距離。

五

艾蕪描寫的情節雖不屬於存在主義範疇，卻也具備與之相近的生活條件。淹死小黑牛就是一個典型的例子。此次極端事件以成員們的岑寂收尾這一事實本身，可以說就是他所追求的自然主義的本質。換句話說，「他們回來了。大家都是默無一語地悄然睡下，顯見得這件事的結局是不得已的，誰也不高興做的。」(《山峽中》) 就是真實的延續。《南行記》以更惡劣的情節做類比，藉此引發自己的現實處境並不是那麼不堪的錯覺。丟鞋的「我」對偷鞋人的憐憫，馬哥頭團夥對煙販子的同情，都是很好的例證。與其說這是因為人性的美好，倒不如說是彰顯自己優勢地位的選擇。這也可以說是情節中的真實。

六

《南行記》的南行是宿命，所以每一篇作品都必須以離別作結尾。作品中的人際關係，不是互相拋棄，而是客觀條件要求，為了南行必須選擇離別。《松嶺上》中，年輕人作別老人，並不是價值評價的結果，而是不得不踏上另一段旅途。南行中注定的離別與相遇，是一連串的取捨選擇，但並不像長江水從西向東流那樣具有必然性。因此，艾蕪在《南行記》重印題記中的表態「我更喜歡另一個古人說的話：流水不腐」，其實與《南行記》並沒有什麼特別的關聯。因為不可持續，也因為無可避免，《南行記》的離別更加極致，不帶有絲毫對未來的期許。在這樣的情況下，追逐生命的本能更深化了人類的悲劇情節。從這種意義上來說，《南行記》的文學機制，就是一個以生命本能作為悲劇的起點，並不斷推進的過程。換句話說，也就是極端情況下的自然主義。

七

敘事主體由成都綿延至雲南—緬甸—南洋，如此種種狀況或許也持續了相當長的一段時間。但是最遲在改革開放開始之前，讀者仍能夠保持與《南行記》這部作品產生共鳴。如果《南行記》中剔除了這些極端情節，作品中的關係又會以何種面目出現呢？基於悲劇的那些違法對應，在一帶一路的現實環境下又會發生怎樣的變化呢？生活的目標在於生存本身，而這樣的社會機制在《南行記》中形同虛設，《南行記》的絕望，在遇到方法和內容都能得到確保的政策之後，又會有何種呈現呢？

八

「一帶一路」既是《南行記》的完成，也是迎合 21 世紀的轉換。為此，黨和政府有必要關注文學藝術在國際關係中的疏離，尋求超越國境界限的解決方案。唯有如此，方能令艾蕪的《南行記》驚歎，方能令那個時代的讀者羨慕。筆者期待中國學者們對艾蕪的小說給予全新的價值評價，因為中國學者們的研究成果將會為韓國評論界提供更有意義的評論依據。

韓國的艾蕪研究

韓國東亞大學　〔韓〕金慈恩

韓國人的艾蕪研究始於1998年7月，北京師範大學的金環碩撰寫了碩士論文《艾蕪的〈南行記〉》。此前韓國學者們對艾蕪的瞭解全都來自於現當代文學史著作，而金環碩相繼發表了多篇論文，2001年12月的《艾蕪的〈南行記〉小考》，2002年9月的《融於現實主義中的浪漫主義》，2018年的《艾蕪小說的異托邦解讀——以〈山峽中〉為中心》等等，向韓國學術界介紹這位作家。除了金環碩以外，韓國的艾蕪研究就只有金孝京2007年8月撰寫的韓國外國語大學教育學院碩士論文《艾蕪的〈南行記〉研究》這一根獨苗了。

這兩位學者不約而同都將《南行記》作為研究對象，著眼於它的史潮論性格上現實主義與浪漫主義的融合。金環碩對《山峽中》的異托邦視角研究可謂獨闢蹊徑，而金孝京在碩士論文附錄中將《人生哲學的一課》、《山峽中》、《松嶺上》、《森林中》譯成韓文，為韓國艾蕪研究的大眾化打下了基礎。〔註1〕

一、金孝京的研究

綜合前文所述，韓國的艾蕪研究尚處於起步階段。迄今為止尚無一篇全面梳理艾蕪創作成果的論文面世，也反映了這一現狀。從這種意義上來說，金環碩和金孝京的《南行記》研究，其實已經超越了依託中國學者研究成果整理個人思緒的階段，在作品分析過程中確立了獨樹一幟的觀點。

〔註1〕在韓國，對中國作家及作品的研究一般都會在作品譯成韓文之後才會活躍起來。《魯迅全集》翻譯出版之後，韓國的魯迅研究百花齊放成果頻出，就是典型的例證。

需要特別指出的是，金孝京2007年發表的《艾蕪的〈南行記〉研究》並沒有參考金環碩的研究成果。他在論文中首先闡述了艾蕪有別於上世紀二三十年代中國文壇的相對獨立性，並著重觀察了前文中提及到《南行記》中收錄的《人生哲學的一課》、《山峽中》、《松嶺上》、《森林中》等作品中登場的「善惡共存的人性」，「追求理想的流浪精神」以及「艱難困苦中不屈的生命意志」。在論文的最後一章，金孝京又剖析了艾蕪的性格、意義、文體等，為本論的主要內容作旁證。

二、金環碩的研究

在韓國的艾蕪研究領域，金環碩堪稱名副其實的代表人物。他指出，《南行記》的大部分登場人物都「在深淵中掙扎著向讀者發出吶喊。」「他們深陷不幸卻絕不屈服，使盡渾身力氣，動員一切方法，與那個黑暗的時代做鬥爭」。正是因為金環碩對《南行記》中的現實狀況抱有這樣的認識，所以他主張「《南行記》人物醜惡殘忍的一面是為當時的社會現實和歷史背景所迫」，而「他們心靈中純潔美好的一面是屬於未來的」。但是金環碩在同一篇論文中也明確指出，《南行記》「人物的反抗絕不是自我覺醒的抵抗意識」，而是一副「卑躬屈膝灰頭土臉被排擠在社會生存權之外的小市民」做派。

金環碩認為，小說中的主人公之所以選擇離群而去，是因為他們對生活的價值指向截然不同。

「肯定底層人民的抵抗精神，但對他們歪曲走偏的生活手段不敢苟同」，他們的抵抗方式「就算不從法律或者倫理道德角度去討論，也完全說不上光明正大，而且還給無辜的人們帶來了傷害」。

對主人公所處的極端環境，金環碩也持有獨特的觀點。《南行記》的流浪，或許是「游離於人類社會之外，歷盡苦難坎坷，但內心深處對光明和自由的熱切渴望，卻像黑暗時代裏的一束光那樣明亮」。〔註2〕他的這種價值評判，是從未來指向的角度看當時社會現實。被從農業共同體中連根拔起拋在一邊的人們，無奈地飽嘗絕望無措的滋味。

金環碩引用了雷銳對於流浪者的兩面性的論述，由此也可以看出他的未來指向性觀點。「流浪者的性格就是無政府主義者的性格，儘管他們沒有什麼

〔註2〕金環碩：《艾蕪的〈南行記〉小考——以人物形象為中心》，《中國現代文學》，第21輯，韓國中國現代文學學會，2001.12，262～271頁。

宣言、綱領，但他們有行動。如果他們的反抗矛頭是對著黑暗的社會制度的話，他們的性格室友積極意義的。當然，如果他們對社會的破壞事不顧一切、不分良莠的話，他們的行動就帶有消極的性質了。」〔註3〕

金環碩指出，「流浪者形象的最大特徵，就是熱愛自由，蔑視一切社會法制」〔註4〕這也可以看作是對雷銳觀點的認同。

我們來分析一下金環碩對《南行記》的史潮論評價。據他所言，「《南行記》的現實主義特色，主要反映在題材選擇和人物描寫這兩個方面」，「作者立足於自己的切身體驗和觀察」，「對邊疆人民生活的刻畫」，絕妙地反映了《南行記》的現實主義傾向。

金環碩還指出，《南行記》所具有的浪漫主義色彩，正是根源於「作者對理想和自由的熱愛」。《南行記》「反映社會的黑暗現實時，作者的憤怒躍然紙上；描寫底層人民的抵抗精神時，作者毫不吝嗇奉上讚美之詞」，這也是浪漫主義傾向的一種表現。除此之外，《南行記》中的底層人民形象所持的「積極樂天的人生觀」，以及「頗具主觀色彩的」「對自然環境的描寫」，也是將「自然環境和心理狀態相統一」的結果，這一點同樣表現出濃厚的浪漫主義傾向。〔註5〕

《南行記》呈現出異托邦性格這一論點非常有趣。金環碩認為，《南行記》是「中國人民將危機轉化為希望和樂觀」而結出的成果，是一部「對辛亥革命後中國近代政治體制的不完整性提出異議的同時，撕開封建舊體制裂縫」的作品。〔註6〕因此，《南行記》登場人物享有的流浪生活，儼然是一方異托邦空間。考慮到異托邦是一個存在於現實和烏托邦之間的替代方案，筆者對《南行記》中的時空蘊含著何種意義、何種內容充滿好奇，期待金環碩對艾蕪的進一步研究。

〔註3〕雷銳：《論艾蕪筆下的流浪者形象》，《廣西師範學院學報》，1987年第2期（金環碩論文271頁再引用）

〔註4〕金環碩：《艾蕪的〈南行記〉小考——以人物形象為中心》，《中國現代文學》，第21輯，韓國中國現代文學學會，2001.12，270頁。

〔註5〕金環碩：《融於現實主義中的浪漫主義——關於〈南行記〉的審美特性》，《中國小說論叢》第16輯，韓國中國小說學會，2002.09，227～232頁。

〔註6〕金環碩：《艾蕪小說的異托邦解讀——以〈山峽中〉為中心》，《中國小說論叢》第55輯，韓國中國小說學會，2018.08，197頁。

作家艾蕪在韓國

廣西師範大學　〔韓〕金宰旭

20 世紀 90 年代以來，韓國學者在中韓發表的有關韓國中國現代文學研究的論文中，既有從宏觀視角對韓國關涉中國現代文學的論著史著、論文和碩博士學位論文、作家作品、翻譯成果等的梳理，也有從微觀角度對魯迅、郭沫若、茅盾、巴金、老舍等「六大家」以及胡適等的作品翻譯和研究的介紹。〔註 1〕但是，對被譽為中國「流浪小說之王」的艾蕪，卻未能有所涉及。艾蕪在中國現代文學史上的貢獻是獨特的。他早期創作的短篇小說集《南行記》中所描寫的南國背景、流浪人形象，在中國現代文學史上獨一無二，他後來創作的長篇小說《百鍊成鋼》，補充了 1950 年代工業題材作品創作的不足。在此，筆者不揣淺陋，對作家艾蕪在韓國的傳播和研究狀況，首次作初步的整理和簡要的考察。

嚴格地說，韓國的艾蕪研究在 21 世紀才起步，比較稚嫩。這表現在迄今為止，在韓國還未正式出版過艾蕪作品的譯本和專題研究著作。因此，考察和認識作家艾蕪在韓國的傳播和研究，可以從更廣的範圍進行，即除了專題

〔註 1〕如：金時俊、金泰萬《中國現代文學研究在南朝鮮的歷史與現狀》，《中國現代文學研究叢刊》1991 年 4 期；朴宰雨《韓國的中國新文學研究近十七年的情況簡析》，《中國現代文學研究叢刊》1997 年第 2 期；金璟碩《中國現代六大作家作品翻譯及研究在韓國》，《中國比較文學》1999 年 4 期；金惠俊《中國現代文學在韓國的譯介——以 20 世紀 80、90 年代為主》，《廣東社會科學》2001 年 5 期；朴宰雨《韓國魯迅研究的歷史與現狀》，《魯迅研究月刊》2005 年 4 期等；金惠俊《中國現當代文學的翻譯和研究在韓國——以 2000 年代為主》，《韓中語言文化研究》第 22 輯，韓國中國語文文化研究會，2010 年 2 月，以及朴宰雨《韓國的中國現代文學研究通論》，圖書出版早晨，2008。中文本。

論文、學位論文外，還可以檢視韓國學者的相關文學史著作，以及中國現當代文學史著作的翻譯本。〔註2〕

一、韓文專題論文、學位論文

到目前為止，韓國所發表的艾蕪專題論文只有四篇。其中三篇《艾蕪〈南行記〉小考》(2001)、《融合於現實主義的浪漫主義——關於〈南行記〉的審美特點》(2002)、《艾蕪小說的異托邦式讀法——以〈山峽中〉為中心》(2018)的作者為金璟碩。此外，有韓國外國語大學教育大學院金孝京的碩士論文《艾蕪〈南行記〉研究——以〈人生哲學的一課〉〈松嶺上〉〈山峽中〉〈森林中〉為中心》(2007)。

金璟碩現任韓國慶熙大學中文系教授，是韓國最早發表專門研究艾蕪論文的學者。他在北京師範大學留學時撰寫過碩士論文《論艾蕪的〈南行記〉》(1998)。論文第一部分探討《南行記》中人物形象所反映的作家創作思想，第二部分分析《南行記》的審美特徵。他的《艾蕪〈南行記〉小考》、《融合於現實主義的浪漫主義——關於〈南行記〉的審美特點》，就是據碩士論文第一、第二部分增補改寫而成的。

《艾蕪〈南行記〉小考》是在韓國專門談艾蕪及其作品的第一篇論文，表達了作者對艾蕪及其主要作品《南行記》的初步認識。第1章敘述《南行記》創作背景、文學史上的意義、所收作品等。論文的重點在於第3、4章。這兩章通過對《南行記》中的人物形象分析艾蕪的創作個性。第3章主要談《南行記》中第一人稱「我」的意義。作者認為《南行記》中的「我」既可能是作者，也可能是敘述者。作者從這種觀點出發理解《人生哲學的一課》《山峽中》《我詛咒你那麼一笑》等作品中所描寫的各種「我」的形象，進而探討「我」和小說中的各種人物之間的關係。第4章論述在中國現代文學史上獨一無二的艾蕪創作的「流浪者」形象的意義。作者這樣理解艾蕪創造的流浪者形象之特點和意義：「《南行記》中的流浪者形象在艱苦的人生旅途中仍保持著強烈的生活意志和樂觀態度，這就是艾蕪在《南行記》描寫的流浪者形象之最了不起的一面。這些流浪者形象豐富了中國現代文學史的人物畫廊，使艾蕪在中國現代文學史上得到一定的地位。」

〔註2〕以下涉及的論文、著作、翻譯的發表或出版情況，詳見後附「參考文獻」，文中不一一注明。

在《融合於現實主義的浪漫主義——關於〈南行記〉的審美特點》一文中，作者認為，與現實主義合為一體的浪漫主義是艾蕪創作的特點。作者以《南行記》為中心分析作品中所表現的浪漫主義、現實主義因素。第 2 章敘述《南行記》浪漫主義色彩的來源，即艾蕪對理想和自由的熱情、底層人民形象依舊對生活保持著積極樂觀的態度、充滿異國風情南國美景和中國南部險峻的原始自然風光。第 3 章主要談到《南行記》中的現實主義因素。《南行記》的藝術風格相對接近於浪漫主義，但它反映出邊疆底層人民的悲慘生活以及他們頑強的抵抗意識和積極的人生觀，也充滿著現實主義創作精神。第 4 章敘述在《南行記》中發現的艾蕪創作的另一個特點，即很濃厚的抒情性和詩意。作者認為，「《南行記》的抒情性在作品中體現的十分具體，並有著如情節一般的作用。這種抒情手法不僅有助於調節氛圍和把握情節節奏，還對深化主題有著十分重要的作用。」

金璟碩以上兩篇論文雖在韓國發表，但其觀點、主要內容多參考中國學者的成果。從這一側面來說，他 2018 年發表的論文《艾蕪小說的異托邦式讀法——以〈山峽中〉為中心》，有格外的意義。論文據米歇爾．福柯（Michel Foucault）提出的代案空間的概念「異托邦」，分析《南行記》的某種意義。作者認為：「《南行記》中流浪者們所追求的烏托邦在現實分明不存在，只不過是他們心中的一個幻想。但是作為異托邦人，他們所享有的流浪生活成了可以向其他正常空間提出異議和反駁的空間』。」從這一觀點出發，作者透過《山峽中》流浪者們的人生經歷，用異托邦式的角度來解讀他們對反殖民中國社會的抵抗話語。作者最後指出：「《山峽中》不僅讓當時無法為底層民眾實現烏托邦的民國體制產生了裂痕，同時還為他們提出了異托邦實現的可能。」

《艾蕪〈南行記〉研究——以〈人生哲學的一課〉〈松嶺上〉〈山峽中〉〈森林中〉為中心》是韓國唯一一篇以艾蕪作品為主題的學位論文。該論文共 5 章，主要論點在於第 3、4 章。第 3 章作者通過分析作品的主題意識，觀察艾蕪在作品所揭露的善惡共存的人性，不懈追求的理想，以及在流浪、苦難中不斷的生命意志。第 4 章專門考察艾蕪《南行記》創作上的獨特文學特徵，即自傳傾向、具有堅強的人生意志的流浪者、以獨特筆觸描寫的人物與自然風景。作者最後說：「艾蕪架構了屬於自己的偉大、獨特的文學世界，是一位出類拔萃的作家。」特別值得提到的是該論文附錄的《人生哲學的一課》《松嶺上》《山峽中》《森林中》四篇譯文。這是韓國唯一能見到的艾蕪作品韓譯本。

二、韓國學者編著的中國現當代文學史中的艾蕪

韓國學者編著的中國現當代文學史著作中有關艾蕪的內容，是體現韓國學界認識和評介艾蕪的另一個重要方面。

韓國對中國現代文學的介紹，最早是 1920 年 11 月發表的《以胡適為中心的中國文學革命》，〔註 3〕1923 年 8 月 26 日至 9 月 30 日，《朝鮮日報》分前後五期翻譯介紹胡適《五十年來之中國文學》。20 世紀 20 年代末開始出現中國現代文學作品的翻譯。1927 年 8 月，柳基石翻譯發表魯迅的《狂人日記》，1929 年 1 月，梁白華翻譯出版《中國短篇小說集》等。〔註 4〕到 21 世紀，幾乎韓國整個大學所開設有關中國學的學科，在這樣的比較良好的學術環境下，已經出現了不少的中國現代文學的著譯和碩士博士論文等。表面上看，近 100 年期間韓國中國現代文學研究、翻譯的進展比較穩定。但實際情況不是這樣，在其發展過程的不同時期，出現過不少文學之外的障礙。比如 1930 年代的抗日戰爭、1950 年的韓國戰爭等。特別是 1950 年韓國戰爭爆發後中韓外交關係斷絕，自此以後近 30 年在韓國（韓半島南部）中國現代文學的研究和翻譯被迫中斷，產生了很大的空白。

韓國最早的中國現代文學史著作出版於 1949 年〔註 5〕，但因政治原因相對較比較完整的中國現代文學史著做到 1990 年代年才得以延續，目前已有 20 種以上，但其中有艾蕪及其作品的著作只有 5 種。

1992 年 3 月，金時俊出版了《中國現代文學史》。〔註 6〕該書第三編《中日戰爭期與國內戰爭期的文學（1937～1949）》第五章《小說》敘述包括艾蕪和巴金、老舍、趙樹理、沙汀等 15 名作家的簡歷、作品等。對於艾蕪，在介紹簡歷後，提到抗日戰爭前後艾蕪創作的主要小說集名、中長篇小說名。例

〔註 3〕此文是韓國人梁白華翻譯日本學者青木正兒寫的同名論文，從 1920 年 11 月號到次年 2 月號上分四次連載於《開闢》雜誌。朴宰雨，《韓國的中國新文學研究近十七年的情況簡析》，《中國現代文學研究叢刊》1997 年第 2 期，第 273 頁。

〔註 4〕金惠俊《中國現代文學在韓國的譯介——以 20 世紀 80、90 年代為主》，《廣東社會科學》2001 年 5 期，第 145 頁。

〔註 5〕尹永春《中國現代文學史》，雞林社，1949 年 12 月。該書是內容比較簡單的小冊子。

〔註 6〕金時俊出版《中國現代文學史》前，在韓國已經出現了幾種中國現代文學史的著作，如許世旭《中國現代文學論》（文學藝術社，1982 年）、金時俊、李充陽著《中國現代文學論》（韓國放送通信大學，1987 年）等。但這些著作作為文學史其內容不夠完善，書中也沒有艾蕪的內容。

如，抗日戰爭前的短篇小說集《南行記》《南國之夜》《夜景》等，中篇小說《春天》，散文集《漂泊雜記》；抗日戰爭期間所發表的短篇小說集《黃昏》《冬夜》《秋收》《荒地》，中篇小說《江上行》；抗日戰爭後所發表的短篇小說集《鍛鍊》《煙霧》等，中篇小說《鄉愁》《一個女人的悲劇》，長篇小說《豐饒的原野》。此外，還談到短篇小說集《南行記》之成書過程及其特點，最後簡單敘述新中國成立後艾蕪創作特點，提到長篇小說《百鍊成鋼》。

作者指出，艾蕪的「代表作實屬初期的《南行記》」，「這部短篇小說集所收錄的作品大部分都是他少年時期在中國南方邊境的經歷，主要以農民、勞動者們悲慘的生活狀況和少數民族生活等異乎尋常的事件、風俗為素材，令讀者趣味盎然。」

韓國著名的中國文學學者許世旭於 1999 年出版《中國現代文學史》。該書中敘述艾蕪及作品有兩個部分。第一部分在第四章《中國現代文學的發展期（1927～1937）——文學的政治化與藝術化》第三節《30 年代小說》第 2 項「革命類」中，第二部分在第五章《中國現代文學的停滯期（1937～1949）——憂患與激情的文學》第三節《40 年代小說》第 2 項「國民黨統治區」的一個部分「諷刺現實的作家」中。在前一部分敘述 1930 年代所發表的短篇小說集如《山中牧歌》《南國之夜》等，對《人生哲學的第一課》、《山峽中》作了簡要評析。作者認為，艾蕪這一時期的小說「是塑造了處於社會底層的不幸的勞動者、農民形象，被稱為革命小說的感人佳作。」在後一部分提出 1940 年代的短篇小說集或中長篇小說如《荒地》《黃昏》《愛》《冬夜》《秋收》《江上行》《童年的故事》《鍛鍊》《我的旅伴》《豐饒的原野》《故鄉》《我的青年時代》《煙霧》《鄉愁》《山野》《一個女人的悲劇》等，並述評長篇小說《豐饒的原野》《故鄉》和《山野》的主要內容及特點。最後，作者引用中國學者的評價「沙汀和艾蕪堪比『現實主義文學的二重奏』，沙汀可以說是理智的喜劇型，而艾蕪則是情感的悲劇型。」表達對沙汀和艾蕪的總體認識。

2007 年 2 月出版了徐義永、金璟碩著《中國現代文學史》。該書中所介紹的有關艾蕪及作品的內容比較簡略。在第四編《第三個十年（1937～1945）》第二章《小說》第 2 節中敘述沙汀後談到艾蕪，簡介了艾蕪帶著「勞工神聖」的思想離開家鄉四川南下流浪的情況概括指出短篇小說集《南行記》的創作特色。

在本文所述的中國現代文學史著作中，2008 年出版的宋澈奎《宋先生的中國文學教室（3）》有自己的特點。與其他史著或教材類著作不同，該書為一般讀者而寫，文筆簡潔生動，容易理解。全書三卷，艾蕪及其作品的內容在第三卷《從近代至現代文學》第四部《都市、農村和社會主義》第 21 章《克服時代激浪的文人》中。這一章所介紹的作家還有老舍、殷夫、張天翼、沙汀、蕭軍和蕭紅。作者以「流浪作家艾蕪」為題評介艾蕪，認為，艾蕪短篇小說集《南行記》「書中展現的中國西南地區的風景和別具異國特色的人情，非常引人入勝。」作者較詳細的評述了《人生哲學的一課》《山峽中》的內容和人物形象特點。此外，在提到《南國之夜》《海島上》《秋收》《南行記續篇》等短篇小說集名後指出，艾蕪以流浪為題材的短篇小說「給中國現代文學史留下了任何人無法取代的中國唯一的流浪小說家的稱號。」作者還感慨沙汀與艾蕪的情誼：「兩位作家同年生同年死的這種奇妙的緣分，怕是古今中外都很難再找見了。」

2016 年 8 月，曾發表艾蕪論文的金璟碩出版獨著《中國現代文學史》。作者在該書第十二章《1940 年代小說》第 3 節《沙汀、艾蕪和張天翼》中敘述艾蕪簡歷、短篇小說集《南行記》的創作背景，還提到《荒山上》《人生哲學的一課》《山峽中》《松嶺上》《森林中》、《流浪人》和《月夜》等作品名。作者認為：「《南行記》雖然是艾蕪記錄流浪生活的一部現實主義作品，但是另一方面，它又彷彿一幅中國南方的自然風景畫，具有強烈的浪漫主義色彩。《南行記》是中國現代文學史上鮮有的紀遊文學。」

在前面提到的中國現代文學史著作中，相對印數大、傳播廣的是金時俊《中國現代文學史》。金時俊是首爾大學中文系教授，曾任韓國中國現代文學學會會長，可稱為韓國的中國現代文學研究奠基者。他的《中國現代文學史》對早期韓國學界影響很深刻。該書初版翌年 9 月就三次再版。這部《中國現代文學史》因轉載於 NAVER「知識百科」，對韓國人影響是難以估量的。此外，曾任韓國中國現代文學學會初代會長許世旭《中國現代文學史》也有一定的影響力，但內容中有一些因為作者不完全掌握相關資料而發生的文獻錯誤。

三、韓國版中國朝鮮文現當代文學史中的艾蕪

20 世紀 80、90 年代中國朝鮮文現當代文學史著作韓文版（以下簡稱朝鮮文韓文版）為研究空白不少的韓國學界，提供了一些研究上的便利。中國朝

鮮族使用的朝鮮文和韓國（南韓）使用的韓文相通，只有若干語法、語言習慣和詞彙上的差異。在韓國出版的朝鮮族學者的著作，有的根據韓國語法校正後出版，有的用朝鮮文原本出版。對韓國讀者而言，前者的可讀性比後者強。

迄今為止，在韓國出版的朝鮮文韓文版中國朝鮮文現當代文學史有 3 種，即權哲、金濟峯《中國現代文學史》（1989）、朴龍山《中國現代文學史》（1997年）和金宗洙、崔建《中國當代文學史》（1991）。這三種朝鮮文中國現當代文學史著作都談到了艾蕪及其作品。

在以上三部著作中，對韓國學界和讀者影響最大的是權哲、金濟峯《中國現代文學史》。該書於 1989 年先在大邱中文出版社出版影印版，同年又由 HANGYEORE 和青年社重印，青年社版到 1992 年三次再版，由此可見當時韓國學界對這本書的積極需求。為適應韓國讀者閱讀，重印時對文句的語法有一些改動（其內容和構造沒有變化）。該書中敘述艾蕪在第三編《抗日戰爭期前半期文學》第二章《抗日戰爭期前半期的文學創作》第 3 節《沙汀、艾蕪和張天翼的小說》中。作者在該節評述艾蕪短篇小說集《南國之夜》《南行記》《夜景》《秋收》《荒地》和長篇小說《豐饒的原野》的第一、二部《春天》《落花時節》。

朴龍山《中國現代文學史》1997 年出版影印版。該書下冊第十章《反侵略、反壓迫旗幟下的文學創作》第 1 節《張天翼、沙汀和艾蕪的小說創作》中評介艾蕪及其作品。值得注意的是，在韓國出版的韓文、朝鮮文、翻譯版中國現代文學史著作中，該節中談到艾蕪的內容最多，大約有 5600 字左右。作者不但介紹一般中國現代文學史著作所述的艾蕪簡歷、主要作品，而且集中考察《南行記》，評述艾蕪初期小說具有的浪漫主義色彩和藝術特點。這表明作者相當重視艾蕪在中國現代文學史上的意義。

1991 年出版的金宗洙、崔建《中國當代文學史》是韓國出版的唯一中國朝鮮文當代文學史著作，對 1980、90 年代剛剛起步的早期韓國中國現代文學研究者的影響較大。該書第五章《17 年時期小說文學》第 1 節「概觀」中介紹這一時期工業題材作品成果時，述及艾蕪長篇小說《百鍊成鋼》的情節、主要人物和主題。

考察韓國學者和中國朝鮮族學者寫的中國現當代文學史著作，可以發現一個值得思考的現象。前述三種朝鮮文韓文版史著是應韓國學者要求在韓國影印或重印的，但在這些著作之後出現的韓國學者的中國現當代文學史，與這些朝鮮文韓文版史著之間卻沒有任何繼承或發展關係。即在 1992 年以來出現的大部分韓國學者的中國現當代文學史著作中，未能發現朝鮮文韓文版的痕跡。例如，金時俊在《中國現代文學史》「緒論」中特別介紹了已有的 20 種《中國現代文學史》著作，但其中沒有提到朝鮮文韓文版。許世旭的《中國現代文學史》參考了已有中文、韓文著作，甚至參考了不少的日文著作，但其中也沒有朝鮮文韓文版。20 世紀 90 年代前後對韓國學界有不少影響的朝鮮文韓文版，突然「消失」了。究其原因，如一位韓國學者所說，「這一時期，延邊朝鮮族同胞書寫的文學史類書籍相繼翻版發行，從而比較有體系的文學史得以普及。但是這些書籍體現很強的中國教科書的特徵，反映了較強的政治觀念」〔註 7〕。我同意本文的看法，朝鮮文韓文版是吸收了中國學界研究成果的「比較有體系的文學史」著作，但因「具有較強的政治性」妨礙了其繼續傳播。具有某種「政治性」的著作不意味著沒有任何參考的價值，從這方面說，韓國學者對待朝鮮文韓文版的態度存在著某種偏見，這給韓國艾蕪研究產生了一些消極影響。

四、中國大陸、香港和日本的文學史譯本中的艾蕪

在韓國翻譯出版的多種中國現代當代文學史著作中，有 12 種有評介艾蕪作品的內容。

1986 年出版的 *Jeong Yujung*（정유중）、*Lee Yuyeo*（이유여）譯《中國現代文學史——革命與文學運動》，譯自日本學者菊地三郎 1953 年出版的《中國現代文學史：革命と文學運動》。該書第四編《崩坏する的南方文学（1946～49 年）》第三章《作品》談及艾蕪的《落花時節》《委屈》（《春天》《夏天》之後二部），還刊有《我的旅伴》書影。在「附錄 1」中介紹了艾蕪簡歷及主要作品《我的旅伴》《回家》《南行記》《落花時節》《一個女人的悲劇》《流浪人》《海》）

1991 年出版的高麗大學中國語文研究會譯《中國現代文學發展史》，譯自黃修己 1988 年出版的《中國現代文學發展史》。該書第二章《第二個十年（1928～1937）》第五節《社會主義現實主義的傳入》，提及《南行記》。第九章《左

〔註 7〕金惠俊《中國現代文學在韓國的譯介——以 20 世紀 80、90 年代為主》，《廣東社會科學》2001 年 5 期，第 147 頁。

翼文藝創作的發展（一）》第四節論及艾蕪短篇《人生哲學的一課》《山峽中》《山中送客記》《松嶺上》《海島上》《偷馬賊》和《洋官與雞》《我詛咒你那麼一笑》《南國之夜》《我的愛人》《咆哮了的許家屯》《左手行禮的士兵》《弱與強》《松嶺上》等。同年出版的金秀永（朝鮮族）譯《現代中國的現實主義文學史》，譯自溫儒敏 1988 年出版的《新文學現實主義的流變》。這是一本論著，在第二章《第二個十年（1928～1937）》第五節《社會主義現實主義的傳入》提及艾蕪《南行記》。

1993 出版的金泰萬譯《中國現代文學史解說——中國現當代文學二百題・現代篇》，譯自 1984 年出版的馮光廉、朱德發等編著《中國現當代文學二百題》。該書第 114 節以《人生哲學之第一課》《秋收》《石青嫂子》為例說明艾蕪短篇小說創作的成就，第 149 節《中國當代長篇小說發展的基本輪廓》，提到七部作品，含《百鍊成鋼》。同年出版的金惠俊譯《中國現代散文史》(2007)，譯自林非 1981 出版的《中國現代散文史稿》。該書第四章《小品創作的輪廓（下）》一、三十年代小說作家的小品創作・艾蕪，論及短篇小說集《南行記》和散文集《漂泊雜記》。

1994 出版的高麗大學中國語文學會譯《中國當代文學史(1949～1987)》，譯自 1988 出版的邱嵐著《中國當代文學史略》。該書第七章《五十年代下半期的小說》第四節《〈紅日〉和其他幾部名著》含《林海雪原》《百鍊成鋼》《上海的早晨》《三家巷》和《苦鬥》。

1996 年出版的 *Kim Jeongho*(김정호，朝鮮族)譯，《中國現代小說史(1949～1989)》，譯自 1990 出版的金漢著《中國當代小說史》。該書第一編《建國初三十年現實主義一元化形態的小說》第五章《新中國工業文學的拓荒——三十年工業題材小說創作一覽》，簡要評介艾蕪的長篇《百鍊成鋼》和短篇《夜走靈官峽》《工地之夜》《延安人》。

1997 年出版的崔奉源譯《中國現代文學史》，譯自香港 1972 年出版的李輝英編著《中國現代文學史》。該書第二編《中國現代文學的演變》第八章《小說產量豐富》第四節《反映農村題材的小說家》例舉了吳祖湘、沙汀、艾蕪、陳白塵、周文、羅淑、草明、歐陽山、蘆焚、蹇先艾、蔣牧良、葉紫、姚雪垠，提及艾蕪的短篇小說《人生哲學的一課》和短篇小說集《南行記》《夜景》，第三編《高舉抗戰文藝的大旗》第十四章《小說創作與抗戰》第四節《重要的小說作家與作品（中）》述評沙汀、艾蕪、王西彥、蕭紅、徐盈、梅林、齊同、錢鍾書，提及艾蕪的長篇《豐饒的原野》以及短篇小說《紡車復活的時候》《石青嫂子》。同年出版的朴宰雨譯《中國現代小說流派史》，譯自嚴家炎1989出版的《中國現代小說流派史》，第五章將艾蕪列入「社會剖析派」中。

1998年出版的*JeongSuguk*（정수국）、*Yun Eunjeong*（윤은정）譯《中國現代文學概論》，譯自1990出版的魏洪丘等主編《中國現代文學流派概觀》。該書第一編《小說流派》第六章《社會剖析派小說》，簡析艾蕪的中篇《春天》（《豐饒的原野》）及其續篇《落花時節》，長篇《故鄉》。

2002年出版的*Kim Yeongmun*（김영문）等《从人物看中國現代小說的理解》，譯自1984出版的田仲濟、孫昌熙主編《中國現代小說史》。該書第二章《解放途中的婦女形象》三《翻身解放後》（一），介紹分析艾蕪長篇小說《山野》，（二）介紹分析艾蕪短篇小說《秋收》《紡車復活的時候》《石青嫂子》第四章《從昏睡到覺醒的農民形象》二《在艱難道路上掙扎覺醒的一代農民（一）》介紹分析短篇小說《山峽中》，附錄《中國現代小說發展概貌》，提及艾蕪短篇小說集《南行記》《南國之夜》《夜景》和中篇《春天》，並概述艾蕪小說的特色。2015年出版的Kim Hyeoncheol（김현철）等譯《中國現代文學發展史（上）》，譯自 2010 吳福輝所著《插圖本中國現代文學發展史》。該書第三章《多元共生》第二十一節《左翼的風行、分化和紛爭》，談及《南行記》中的《山峽中》《茅草地》《我詛咒你那麼一笑》，第四章《風雲驟起》第三十五節《桂林：戰時「文化城」的戲劇潮出版潮》，談及長篇小說《故鄉》《山野》。

以上十二種史著中，日本菊地三郎的《中國現代文學史——革命與文學運動》和香港李輝英的《中國現代文學史》出版時間較早，但提供了與中國大陸史著不同的視角和史實；黃修己的《中國現代文學發展史》是中國大陸使用面最廣的大學教材之一。田仲濟、孫昌熙主編的《中國現代小說史》和馮光廉、朱德發等編著的《中國現當代文學二百題》是中國大陸影響較大的學習參考書；林非的《中國現代散文史稿》、溫儒敏的《新文學現實主義的流變》、嚴家炎的《中國現代小說流派史》和吳福輝的《插圖本中國現代文學發展史》，則是頗具學術個性和特色的著作。儘管還有一些中國現當代文學史著和專書由於各種原因在韓國未能翻譯出版，但就目前已有的譯本中，2／3是有學術價值或傳播較廣的，這說明韓國學界對譯本原作的選取是靠譜的，有眼光的。此外，十二種中 90 年代出版的就達九種，而其中八種在中韓建交後翻譯出版，占全部譯本的2／3，可見韓國學界關注和研究中國現代文學的高潮就在一時期，這與中國國內現代文學研究的進展情況類似。之所以不嫌累贅詳細列出這些著作中述及艾蕪的部分（包括將他與哪些作家並列），是想說明中國學者對艾蕪的文學史定位的客觀和準確，這些譯著不僅對韓國學界大有幫助，而且對韓國中文閱讀水平不高的學生，有不同程度的影響。

五、存在問題與希望建議

以上的簡述表明，起步較晚的韓國艾蕪研究，存在三個方面的不足：一是研究的內容較狹窄。研究還停留在艾蕪早期的短篇小說集《南行記》，特別集中於其中《人生哲學的一課》《山峽中》等幾篇作品。二是成果不多。尚沒有艾蕪作品的譯文和有關艾蕪的專書和專著出版，對中國學界的研究成果有選擇的吸收不夠，已有的論文尚未形成觀察艾蕪及其作品的獨特視角。三是缺少專門或著重研究艾蕪的學者，曾寫過碩士論文的金孝京畢業後不從事學術工作，近20年間發表三篇論文的金璟碩作為現今韓國唯一研究過艾蕪的學者，新的成果還在期待中。

如果擴大一下視野，看看韓國學者編著的中國現當代文學史著作，也存在一些缺陷。有的史著不談艾蕪，如洪昔杓《中國現代文學史》（梨花女子大學出版部，2009）、申振浩《中國現代文學史》（學古房，2008）等。艾蕪與沙汀被稱為「雙子星座」，但韓國唯一的中國現代小說史 Park Jaebeom（박재범）《中國現代小說史》（BOGOSA，2015）只談沙汀，卻忽略了艾蕪。金璟碩是在韓國發表有關艾蕪論文的唯一現職教授，但在他寫的《中國現代文學史》中，缺乏對艾蕪創作主要特點的把握和艾蕪創作在中國現代文學史上意義的概括。此外，有的著作中還出現比較嚴重的文獻錯誤，比如誤寫艾蕪原名，誤署作品發表時期，混淆單篇作品和小說集名稱，對作品故事的復述或轉述與原作有大的偏差等。〔註8〕這類錯誤也出現在一些譯著中。〔註9〕

〔註8〕如，金時俊《中國現代文學史》誤署《秋收》《一個女人的悲劇》等作品集發表時間、《漂泊雜記》集名，所談的《南行記》之成書過程也有錯誤。許世旭《中國現代文學史》中說：「《人生哲學的第一課》採用第一人稱描寫了漂流於昆明的知識分子的絕望生活，主人公從事於賣草鞋、拉馬車等賤業中得到嚴重的皮膚病，但他毫不屈服於坎坷的命運。《南行記》描寫一個知識分子在緬甸為討生活經歷下層生活的故事。《山峽中》（1934）以荒涼的滇西山峽為背景，

韓國學界對艾蕪及作品的關注和研究不夠，原因是多方面的。事實上，韓國的中國現代文學研究到 1980 年代才開始，1990 年代中期以後才真正展開，對剛剛起步的韓國學界來說，首先研究中國現代「經典」作家及作品，重點研究中國表現韓國人作品的作家作品，也是自然的。再有，韓國大學中文系的中國文學教育課程，還是以古代文學為中心，在相對有限的中國現代文學課程中，很難更多顧及和深化艾蕪這樣相對較「次要」的作家。

儘管如此，仍然應該看到，在已往學者的努力下，韓國學界的艾蕪研究已經開始並有了部分基礎。20 世紀 90 年代以來的各種中國現當代文學史著作和翻譯本，已經關注到艾蕪創作的特點及其在中國文學史上的意義，新世紀以來開始出現了專題論文和學位論文。此外，韓國學界對與韓半島有關係的中國作家有特殊情結，如魯迅、巴金、郭沫若、胡適以及無名氏、舒群、駱賓基、蕭軍等。韓國學界重視研究魯迅、巴金、郭沫若等作家的理由中除了他們是中國現代文學史上「大作家」以外，還是與韓半島人有這樣那樣聯繫的作家。韓國學者發表的有關魯迅、胡適、巴金和無名氏等的論文，除了評介他們的作品和文學貢獻外，不少是談他們與韓半島人關係和對韓半島影響。艾蕪也是與韓半島有一定關係的作家。1981 年 5 月 28 日至 6 月 10 日，艾蕪作為中國文聯代表團副團長訪問過北朝鮮，他的日記有這期間活動的記載。回國後，他在《散文》《成都日報》《文匯月刊》《人民日報》發表了《1981 年，板門店》《金剛山遊記》《早上在平壤城裏散步》《回憶一個美麗的國家》四篇描寫北朝鮮的散文。這或許也會成為推進此後韓國學界研究艾蕪及其作品的動因之一。

描繪了一個聰明率真的女孩被強製成為山賊後被頭目殘酷役使的題材比較特異的小說。」第 190～191 頁。經查：《人生哲學的第一課》原文中的「我」，沒有得嚴重的皮膚病。《南行記》不是作品名，而是短篇小說集名。《南行記》中的《山峽中》中的那個聰明率真的女兒就是那個「頭目」的女兒，作品中未出現「被頭目殘酷役使」的場面。宋潡奎《宋先生的中國文學教室（3）》中說「『小黑牛』原本也只是個老實的農民，只是妻子平白被地主搶去後，失去了生活的希望，才會與盜賊為伍。」第 427 頁。原文《山峽中》中並無「只是妻子平白被地主搶去後，失去了生活的希望」這樣的內容。

〔註 9〕如，黃修己著《中國現代文學發展史》中說，「其他如《松嶺上》，寫二十多年前殺侮辱自己妻子的地主，孤獨地藏身深山，被看成老人妖怪的白髮老人」。第 298 頁。原文的「白髮老人」是二十多年前殺「地主」的人，不是「地主」。譯者則把「白髮老人」譯為「被殺」的那個地主。《山峽中》原文的「小黑牛」是人名，但譯者在有的部分譯為牛的一種即「黑色的小牛」。

開展和推進韓國的艾蕪研究，需要韓中兩國學界共同努力。就韓國來說，韓國學界應該充分認識已往研究中的得失和研究人力不夠的學界現實，首先儘量確立研究基礎，即盡快糾正已往研究中的文獻偏差和史實失誤（筆者也考慮寫一篇辨正韓國艾蕪研究中文獻失誤的文章），繼續積極吸收中國學界（包括用中國的朝鮮文研究）的學術成果，可能的話，也要參考北朝鮮學界的研究成果。同時充分認識碩士生等研究者研究中國現代文學的難點，引導他們對艾蕪的關注。更重要的是，組織力量對艾蕪作品尤其是代表作以及有學術價值的艾蕪傳記等進行翻譯。完成這樣的學術基礎，才有可能期望提出自己觀察艾蕪及其作品的視角和見解，推進研究的展開和深入。

就中國學界來說，建議首先考慮兩件事情：一、指導教師引導和鼓勵中文系的韓國留學生以艾蕪為題撰寫畢業論文、學位論文。二、組織艾蕪作品等的韓文翻譯。借助於中國現在提出文學「走出去」戰略的機會，儘量爭取國家或省（部）基金支持，申報翻譯艾蕪代表性作品和可讀性強的艾蕪傳記項目。這兩件事，至少艾蕪家鄉的四川各大學文學院和中文系應該而且有能力做。此外，建議四川艾蕪研究會邀請有關韓國學者參觀訪問艾蕪故居，並為他們研究艾蕪提供文獻和其他可能的幫助。

2019 年 5 月於桂林

參考文獻

一、論文、學位論文

1. 金環碩：《艾蕪〈南行記〉小考》，《中國現代文學》第 21 號，韓國中國現代文學學會，2001 年 12 月。
2. 金環碩：《融合於現實主義的浪漫主義——關於〈南行記〉的審美特點》，《中國小說論叢》第 16 輯，韓國中國小說學會，2002 年 9 月。
3. 金環碩：《艾蕪小說的異托邦式讀法——以〈山峽中〉為中心》，《中國小說論叢》第 55 輯，韓國中國小說學會，2018 年 8 月。
4. 金孝京：《艾蕪〈南行記〉研究——以〈人生哲學的一課〉〈松嶺上〉〈山峽中〉〈森林中〉為中心》，碩士論文，韓國外國語大學教育大學院中國語教育專業，指導教授李永求，2007 年。正文後附譯文《人生哲學的一課》《松嶺上》《山峽中》《森林中》。

二、文學史著作

1. 金時俊《中國現代文學史》，首爾，知識產業社，1992。
2. 許世旭《中國現代文學史》，首爾，法文社，1999。
3. 徐義永、金璟碩著《中國現代文學史》首爾，學古房，2007。
4. 宋澈奎：宋先生的中國文學教室（3），首爾，소나무（SONAMU），2008。
5. 金璟碩：中國現代文學史，首爾，學古房，2016。

三、重印中國朝鮮文文學史

1. 權哲、金濟峯編著《中國現代文學史》，大邱，中文出版社，1983；HANGYEORE（한겨레），1989；青年社，1989 初版，1992 三版。改訂文字後重印權哲、金濟峯編著《中國現代文學史》，延邊人民出版社，1983。
2. 朴龍山編著《中國現代文學史》，學古房，1989 初版，1997 二版。影印朴龍山編著《中國現代文學史》，延邊大學出版社，1987。
3. 金宗洙、崔建著《中國當代文學史（1949～1984）》，青年社，1991 初版。重印金宗洙、崔建著《中國當代文學史》，延邊人民出版社，1990。

四、中國大陸、香港和日本的文學史著作譯本

1. *Jeong Yujung*（정유중）、*Lee Yuyeo*（이유여）譯《中國現代文學史——革命與文學運動》，*DONG NYEOK*（동녁），1986。譯〔日本〕菊地三郎著《中國現代文學史：革命と文學運動》，東京青木書店，1953。
2. 高麗大學中國語文研究會譯《中國現代文學發展史》，汎友社，1991 初版，2006 五版。譯黃修己著《中國現代文學發展史》，中國青年出版社，1988。
3. 金秀永譯（朝鮮族）《現代中國的現實主義文學史》，文學和知性社，1991。譯溫儒敏著《新文學現實主義的流變》，北京大學出版社，1988。
4. 金泰萬譯《中國現代文學史解說——中國現當代文學二百題・現代篇》，烈音社，1993。譯馮光廉、朱德發主編《中國現當代文學二百題》，山東文藝出版社，1984。
5. 金惠俊譯《中國現代散文史》，高麗苑，1993；韓國學術情報，2007。譯林非著《中國現代散文史稿》，中國社會科學出版社，1981。
6. 高麗大學中國語文學會譯《中國當代文學史（1949～1987）》，高麗苑，1994。譯邱嵐著《中國當代文學史略》，高等教育出版社，1988。
7. *Kim Jeongho*（김정호，朝鮮族）譯《中國現代小說史（1949～1989）》，文學与知性社，1996。譯金漢著《中國當代小說史》，杭州大學出版社，1990。

8. 崔奉源譯《中國現代文學史》，成均館大學出版部，1997。譯李輝英編著《中國現代文學史》，香港東亞書局，1972。
9. *Jeong Suguk*（정수국）、*Yun Eunjeong*（윤은정）譯《中國現代文學概論》，新雅社，1998。譯魏洪丘等主編《中國現代文學流派概觀》，成都出版社，1990。
10. *Kim Yeongmun* 김영문等《從人物看中國現代小說的理解》，亦樂，2002.10。譯田仲濟、孫昌熙主編《中國現代小說史》，山東文藝出版社，1984。
11. Kim Hyeoncheol（김현철）等譯《中國現代文學發展史》（上），CHINAHOUSE，2015。譯吳福輝著《插圖本中國現代文學發展史》，北京大學出版社，2010。

流浪文學中的現代中國

南民族大學文學院　彭超

摘要：

艾蕪作品如一副行走的文化地理圖，表現出「悲歌」、「歡歌」和「牧歌」多重審美意識形態。艾蕪流浪文學中的流亡情愫成為「文學共和」的動力因子，催生他的左翼文學觀，推動他現代國家觀的形成。歷史轉折與文學創作，顯示艾蕪「文學共和」到「政治共和」的實現。其文的現實性、政治性見證現代中國的一個重要歷史維度，同時也表徵了「流動」的現代文學整體史觀。

關鍵詞：艾蕪；流浪文學；文學共和；現實性和政治性

引語

文學以具象的方式記載並闡釋著歷史。如何理解中國歷史？走進中國現代文學，便是走進現代中國歷史。政治是歷史的重要維度，左翼文學強烈的意識形態將政治烙印在文學之中，成為歷史鏡象式的存在。作為左翼文學其中一員的艾蕪，以流浪者的視野記錄現代中國革命的發生，並突破區域、族群和國界，以亞洲視野建構國際左翼文學。艾蕪流浪生涯滋生他的階級觀、社會觀，其流浪文學中文化地理「共相」為飢餓、壓迫、馴服和抗爭。當下後現代語境中文學的「非政治化」與基於政治性誕生的中國現代文學〔註 1〕，

〔註 1〕文學發生發展有其自身內部規律，但外部政治力量也有極大的影響力。面臨近代中國國勢式微，國人期待「復興中華」是中國現代文學 誕生的主要緣故。之前被視為「悅人耳目」消遣娛樂的文學被置於拯救國家民族重任而成為近代知識界的共識。

在歷史兩端形成看似「矛盾」的文學現象。如何理解這一現象？以及如何闡釋中國現代文學中的政治性？是本篇論文考察辨析的主要問題。論文以艾蕪作品為主要考察對象分析左翼文學意識形態的生成，並從文學中的現實性、政治性和歷史性三個維度分析艾蕪一代人文學創作的現實意義。

一、理想與現實撞擊下的「出走」

少年時期的艾蕪受到五四新文化影響，深感只是呆在故鄉四川天地太過狹窄，故而決定出走故鄉，到外面大世界中更新思想、擴大知識面、增廣見聞。但是，理想與浪漫情懷在流浪生涯中一再被碾壓，形成他「出走，再出走，繼而再出走」生命圈。「我那時，只是感覺到，來自家庭、社會以及小學校的知識，和雜誌、刊物掀起的宏大思潮一比，確是太貧乏、太狹窄了。一個人應該勇敢地到世界上去，尋找更新的思想，擴大知識面，增廣見聞。這就為以後我一個人離開了家、離開了故鄉，到它鄉異國去追求、探索，打下了一個不小的基礎。」〔註2〕

懷揣夢想，他人生的第一個站臺是昆明。艾蕪在昆明紅十字會工作。為理想追尋，他以勞工神聖的理念支撐自己從事底層勞作，對打掃屋子、倒痰盂、跑街送信、做號房等「卑賤」事情時也感不到羞恥。但事實上的奴役性工作、奴隸身份，還是讓他深感生活狀態的「苦惱」、「卑賤」〔註3〕。「我初期在紅十字會內，雖然身體很健康，但一種奴役狀態的生活，總使精神上感到受傷似的痛苦，……」〔註4〕為生存，飽嘗窮人所受的飢餓、失業的恐慌，成為一個「流浪人」。艾蕪在小說《鞋子又給人偷去了》中，那「被人類拋棄的垃圾」、「成天只和飢餓做朋友」唯一願望只是「活下去」的主人公，似乎成為艾蕪自身的寫照。〔註5〕工作於艾蕪而言，已不是理想，而是為生存。「師範學生小學教師那一類體面身份，我早就把它忘記得乾乾淨淨，我只是一個被飢餓趕在街頭流浪的年青人，要找尋工作，猶如沉在水裏的人，想抓拿救生圈一樣。」〔註6〕

〔註2〕《艾蕪文集·第二卷》，四川人民出版社，1984年版，第146～147頁。
〔註3〕《艾蕪文集·第二卷》，四川人民出版社，1984年版，第398頁。
〔註4〕《艾蕪文集·第二卷》，四川人民出版社，1984年版第355頁。
〔註5〕艾蕪：《南行記》，人民文學出版社，1980年版，第20頁。
〔註6〕《艾蕪文集·第二卷》，四川人民出版社，1984年版，第326頁。

一次參加昆明街頭的演講會，讓他發現自己於時代而言已經成為一個落伍的人。「我在這個大時代中，彷彿變成一個落伍的人了。」〔註 7〕這對於尚有浪漫理想情懷的艾蕪而言，無意是沉重打擊。艾蕪的理想生活狀態是陶淵明式的田園生活，但這種不為形役、不為物累的微末夢想也難以實現。「有時看見陽光郎朗照著的農家瓦屋、青色菜地和垂著柔軟的小河，心想能夠在那裡租得一間小小的樓房間，就終天住在裏面看書作文，從報上投稿，換取最低的生活費，將會是一種滿意而又寧靜的生活。但這點點微末的夢想，也難於做到，……」〔註 8〕

理想與現實的撞擊，讓艾蕪決定再一次出發流浪，擬定從昆明到緬甸。「先前我在成都的時候，還只想單單離開四川，記得那時曾寫過四句誓言似的東西。安得舉雙翼，／激昂舞太空。／蜀山無奇處／吾去乘長風。現在則覺得要遠離中國，才能抒吐出胸中的一口悶氣似的了。彷彿一隻關久了的老鷹，要把牢籠的痛苦和恥辱全行忘掉，必須飛到更廣闊更遙遠的天空去的一樣。」〔註 9〕從離開故鄉到離開祖國，此時艾蕪追尋理想的浪漫情懷已經被底層生命體驗浸染上流浪甚至是流亡心態。個體與其自身所處的整體政治社會之間的不和諧性，說明兩者之間存在可能的斷裂性、對抗性。

當艾蕪告訴朋友們自己將離開中國的決定時，所有人都表示贊成。「有錢的打算出去考學堂，沒錢的便決心出去流浪。像改名『廢姓夢華』的夏鍾岳，便在我離開昆明後，而從雲南悄悄出走，……」〔註 10〕這說明「流浪」心態不單單是個體，而是一種群體心態。這種現實土壤滋生與權威正統「對抗」的左翼文學，促使「文學共和」的產生，讓一批拒絕認同現存政治機制的作家以文學為空間建構一個虛擬理想社會，在其中以文交流。

1927 年春三月的時候，艾蕪向緬甸出發，流浪在馬來西亞、新加坡和緬甸等地，切身感受到這些國家正遭受的殖民統治。殖民統治強化階級、民族受難意識，催促流浪人艾蕪從書齋走向街頭參與革命。約 1931 年，被英帝國驅逐離開緬甸。〔註 11〕回國後，由於戰爭，他被迫流浪在上海、桂林和重慶等地。戰亂體驗強化著艾蕪的國家觀念。

〔註 7〕《艾蕪文集．第二卷》，四川人民出版社，1984 年版，第 416 頁。
〔註 8〕《艾蕪文集．第二卷》，四川人民出版社，1984 年版，第 417 頁。
〔註 9〕《艾蕪文集．第二卷》，四川人民出版社，1984 年版，第 419 頁。
〔註 10〕《艾蕪文集．第二卷》，四川人民出版社，1984 年版，第 419 頁。
〔註 11〕《艾蕪文集．第二卷》，四川人民出版社，1984 年版，第 433 頁。

艾蕪創作呈現地理性、階級性、人性、民族性和政治性多維度交叉重疊。或主動或被動的跨區域流浪生命體驗，讓艾蕪筆下的地理圖顯示出差異性文化格局；與此同時，流浪體驗滋生的左翼視野讓艾蕪文學地理圖具有階級革命話語的共性，形成統一的審美意識形態。

二、從流浪到流亡

艾蕪筆下的地理景觀，大體上可以分為兩個區域，一是中國雲南到緬甸、新加坡等邊地熱帶區域，二是重慶和桂林等內地。 前者的浪漫風情，被人類的貪婪碾壓，顯現出「生」的掙扎；後者清幽寧靜，卻對生命形成圍困之勢，成為壓抑窒息的「井」。自然景觀在人類眼中被帶上主觀色彩，成為建構人類世界的一部分。

邊地熱帶地方，陽光充沛，植被茂盛，果蔬豐富，充滿生機活力。《芭蕉谷》中，芭蕉谷中到處瘋長著芭蕉、芒果、椰子，和一些常年不落葉的野樹。人家屋前屋後蔓生著紫綠的含羞草。「店子的生意，也像谷裏的草木一樣，及其茂盛。」〔註12〕姜性女老闆娘與丈夫雖然每天黃昏時都疲倦到極點，但總是眼裏含笑，帶著幸福的光芒。《南國之夜》中，藍色群峰、溫柔的夜、星空、似水月光、牛羊成群、芒果、芭蕉、椰子林，美麗的姑娘，浪漫的愛情。「南國的山裏的女兒，那是有著南國的芳香的，那是有著咖啡椰子香蕉的芳香的。黑的頭髮，黑的眼珠，黑的牙齒，是在他的眼前了。象牙色的酒窩，閃著一串笑，正撩撥著他的酩酊的心境啊。」〔註13〕

熱帶風情是艾蕪流浪生命體驗中的一道風景，這道風景因為作者底層生存線的掙扎而光影斑駁。流浪體驗讓艾蕪筆下的自然景物蒙上暗淡的陰影。植物的「生機」與生命的「掙扎」形成對比。《芭蕉谷》中失去丈夫的老闆娘，在荒無人煙的山嶺，被野蠻可怕的森林包圍，還要仍受男客們的調笑。小說《月夜》中，彝人人家四圍那沒有燈光的荒山，在寂靜冷清的黑夜裏，在慘敗的月光下，在黑鬱鬱的樹林中，小蟲低鳴，混合著雜木、野草、香蕉、菌子和艾葉等各種氣味，還有偶而傳來的狗吠和鴉片，以及小偷的潛入。《月夜》中的世界，偏遠死寂充滿犯罪氣息和仇恨。植物的豐茂，抵不過人類的貪婪掠奪。邊地，充斥著飢餓的人群、罪犯、小偷，彙集著掙扎在底層的各色人

〔註12〕《艾蕪文集·第三卷》，四川人民出版社，1984年版，第179頁。
〔註13〕《艾蕪小說選》，湖南人民出版社，1981年版，第2頁。

等。這是一群社會「邊緣」的流浪人，讓艾蕪筆下的熱帶風景呈現地理與文化雙重意義上的邊地景觀。

邊地，因為與權力中心的地理位置，邊地文化與正統文化之間具有間隙、裂縫，造成邊地容易與權力中心形成「疏離」或「對抗」關係。被殖民的國家，無論是鄉村還是都市，其在政治、經濟和文化等方面的「邊緣性」地位，也屬於廣義的邊地文化，例如小說《爸爸》中的「新加坡印象」，再如《南國之夜》中的「緬甸印象」。

艾蕪「流浪人」的身份使其對於邊地文化更容易接受，同時表現在他對民間俠義文化的接受認同，例如《南行記》。艾蕪在小說《月夜》中，小偷吳大林遵循師傅 「岩鷹不打窩下食」 的道義（同道人不能互搞），顯示某種意義上的「誠信」「傳承」。艾蕪在表達對小偷的同情理解甚至某種程度上的欣賞之際，將批判的靶子指向「產生」小偷的社會機制。「我」將小偷歸為「我」的同類，顯示出「我」的身份意識定位。

艾蕪作品以民間視野和對俠義文化的肯定來消解傳統、權威、正統。知識分子是民族文化得以傳承的群體，是社會的精英，民族的靈魂。艾蕪通過知識分子在社會中「卑微」甚至「無用」的地位表現時代的荒誕。《山峽中》的「我」。「……書本子我真是瞧不起，像他老兄，人是好的，可就是讀幾本書，把腦子弄壞了，整天胡思亂想的。」〔註14〕作為知識分子中一員的艾蕪，這樣的文學書寫既是對社會的嘲諷，也是對自我的嘲諷。當作為社會正統力量的知識分子群體被否定，作為社會正統對面的民間文化、俠義文化便會出現定位的轉移。艾蕪流浪小說對民間文化的描寫表現為暴力與正義的模糊性、歧義性，這預示轉型的多種可能性，例如《松嶺上》、《在茅草地》《私煙販子》和《流浪人》等作品。知識分子向土匪、走私販子靠近，顯示艾蕪對法律之外的俠義文化的接受。艾蕪創作顯示，這種正邪混雜、身份顛倒的社會文化現象突破邊地疆域，成為一種普遍社會現象，例如，小說《強與弱》中的被當做笑話來舉例的流浪讀書人。中心與邊緣發生位移，匪徒遊俠與官員權利單位的正邪混雜難分，這種現象通常出現在社會動盪或者社會轉型時期。這顯示艾蕪流浪文學中「流亡」因子的誕生。

〔註14〕《艾蕪小說選》，湖南人民出版社，1981年版，第64頁。

中國內地是艾蕪筆下廣義的故鄉〔註 15〕。故鄉有著傳統水墨畫情調，縹緲、寧靜、美麗，是流浪人的歸屬。

> 「碧綠的茶樹，把滿山滿嶺都裝飾起銀白的花朵，敞在暖和陽光的天底下，閃爍出無數小星似的光輝。這是故鄉！
>
> 赤褐色的泥土，點綴起棵棵的青松，森嚴寂靜的林中，時時有鳥鳴的聲音，播送出來。這是故鄉！
>
> 人家屋前的樅樹腰身上，纏著臃腫的稻草，水牛黃牛躺在下面休息，他們都半閉著眼睛，寧靜地嚼著胃裏翻出的乾草。這是故鄉！
>
> ……他家所在的村落，緊靠著山，面對狹長的平原。山後和村落左邊，繞過一道清澈的江流。
>
> 村後的山嶺，從足到頂，都是密密長著篁竹和常青的樹子，終年都拿茂盛濃綠的景色，做著黑瓦粉牆的背景，分外把村莊顯得清幽和靜寂。……」〔註 16〕

艾蕪在表現故鄉之美的同時，也寫出故鄉在政治、文化和倫理多層面對個體生命形成的生命圍困。個體生命與故鄉之間形成離去歸來再離去的模式，寫出個體生命對故鄉圍城的突破超越。

種族、環境和時代是物質文明和精神文明的決定性要素，也是構成故鄉印象的決定性要素，艾蕪的故鄉書寫折射出他對所處時代社會的否定。 物理意義上，「回去不去的故鄉」是流浪人的悲哀，例如小說《爸爸》。精神意義上，「回不去的故鄉」更是流浪人的哀愁，例如，小說《鄉愁》中，主人公在故鄉被算計得毫無生路，最後只能被迫逃離故鄉。回鄉之後，「在」而「無歸屬感」的隔膜，更是生命文化的悲哀。主人公與故鄉之間的隔膜，例如短篇小說《回家後》。小說以女性視角寫，寫一位女性知識分子辭去科員職務回故鄉，人與事的變遷都讓置身故鄉家中的她「孤寂」，「離開」成為剛回家鄉的她的選擇。表現知識分子與家鄉的「隔膜」。這種「隔膜」也表現在長篇小說

〔註 15〕《故鄉》第一次於 1947 年出版發行。艾蕪於 1983 年在《故鄉》再版的「修改後記」中寫到：「我在《故鄉》第一次印出時，說書裏所描寫的故鄉，不是我的故鄉，可是這一次再印，我卻要說書裏的故鄉，又變成我的故鄉了。這一次重讀的時候，真是感到又回到了故鄉。三十多年沒見面的人們，重新再見，多麼親切，令人喜悅啊。」《故鄉》《艾蕪文集・第四卷》，四川文藝出版社，1986 年版，第 601 頁。

〔註 16〕《故鄉》《艾蕪文集・第 4 卷》，四川文藝出版社，1986 年版，第 1 頁。

《故鄉》中，導致「離鄉」成為「希望」之途徑〔註 17〕。艾蕪小說中的「故鄉」，可理解為是對一種生命狀態的描述，即，狹隘、固化的生命狀態，唯有超越，才能有開闊的生命境況。艾蕪面臨國家危難之際，筆下故鄉不再拘束於狹義的生長之所在，成為集文化、政治和經濟於一體的整體性歷史社會思考。主人公與故鄉的「隔膜」，「出走故鄉」代表對作者對其自身所處時代社會的「隔膜」與「出走」。至此，艾蕪創作從「流浪文學」逐漸走向「流亡文學」。流浪，傾向於物質生存層面，表示地理空間離鄉。「流亡」，側重於政治性，有被動的被政治權威放逐；也有主動的疏離政治權威，是地理與政治雙重意義的流浪。流亡，在個體生命與政治中心之間存在馴服與反抗兩極張力場域。

「流浪」文學在二十世紀中華民國時期具有普遍性。歐陽山，1930 年出版小說集《流浪人的筆記》。「七月派」作家路翎以小說《財主底兒女們》中主人公在巴蜀土地上的「流浪」，從文化層面表現了邊地的蠻荒、強力；從政治層面解構機制，揭示時代對個體生命的擠壓、扭曲。老舍《駱駝祥子》講述農民進城的流浪生涯，揭示個體抗爭的失敗，社會對健康、美好生命的吞噬，從而否定一個時代。流浪具有表達追尋自由理想之意，而當顯示出對現實世界的否定性之際，則滋生反叛性。艾蕪小說《回家後》中，走投無路的逃兵秘密踏上找尋共軍之路，《故鄉》中誓不做亡國奴，決定到血和火中去鍛鍊的知識分子余峻廷。《豐饒的原野》中富有反抗精神的劉老九。

艾蕪流浪文學中的流亡情愫成為「文學共和」的動力因子，催生他的左翼文學觀，推動他現代國家觀的形成。流浪文學，是指作家遠離家園四處流浪的生命體驗以文學形式呈現。從社會地位而言；「流浪」通常與「邊緣」緊密相連；而當流浪具有與政治的「對抗」意味時，可稱之為「流亡」文學。艾蕪創作中的流浪生活體驗，從「肉身流浪」與「精神流亡」兩個層面反映作者對自身所處政治格局的雙重抗拒。雙重抗拒體現「馴服與反抗」、「浪漫與憂傷」和「陰鬱與希望」幾個主題，以複調的形式彈奏一曲慷慨悲壯的「義勇軍進行曲」。

〔註 17〕「想到這點，我覺得我的將來，很危險，應該到血和火中去鍛鍊。進華！」《故鄉》《艾蕪文集．第四卷》，四川文藝出版社，1986 年版，第 592 頁。

三、左翼視野下的地理「共相」

艾蕪青年時期為理想主動選擇流浪，然後因為戰爭被迫流浪，文學也隨之出現不同的文化地理景觀。他筆下的昆明、騰沖、梁河、盈江和緬甸等區域，浪漫與憂傷、陰鬱與希望交織形成一首複調南行曲。在邵通，隨處可見投出飢餓目光的人們（《人生哲學》），緬甸山裏，被警察掠奪欺辱的酒店老闆娘（《芭蕉谷》），在內地，孤獨無依的母女（《《受難者》》）。艾蕪的現實性文學敘事聚焦於飢餓、壓迫、馴服和反抗，寫出「人們在生存線下的掙扎」。

當民族國家衰弱之際，以文學為革命武器是反抗方式之一種。艾蕪小說通過內視野揭示人性惡、社會惡，批判政治機制和入侵者。

監獄是一個彙集罪惡、滋生罪惡的黑暗場所。但反諷的是，在一個特殊的歷史時段，監獄歲月會成為小孩成長期的「黃金時代」。小說《小寶》中，法院拘留所成為一個小孩的「黃金時代」。小寶一生唯一快樂時光是監獄歲月。當被強迫離開監獄後，小寶對監獄戀戀不捨並嘗試再次回歸監獄。小說結尾暗示小寶離開監獄後生活的傾向——為回到監獄而故意犯罪。小說側面揭示社會教育缺失、生存艱難，隱示「這是一個讓好人變成壞人」的瘋狂社會。社會惡催生人性惡，形成惡性循壞，醞釀悲劇。艾蕪小說《強與弱》以文盲阿三被獄霸欺凌，被逼迫寫信回家向妻子要錢，導致妻子無奈賣掉一個孩子的悲慘人生，揭示人性惡。艾蕪在譴責惡勢力的強大時，也探討「弱」之所以成為「弱」的根由，揭示欲當奴隸而不得的弱者，展現「強」與「弱」之間差距的擴大。「有些時候，阿三疲倦了，仰身躺在地板上息息，若給李興和大老闆他們看見，便會將他一足踢起來的，說這樣仰誰，活像死屍，是不吉利的。至於偶然把雙手交放在背後，也是要給他們打罵的，因為背著手，像赴殺場，又是不祥的了。」〔註 18〕小說通過對人性惡、社會惡的表現，譴責滋生「惡」的社會機制。在這樣社會機制之下，「悲劇」便成為社會常態。

悲劇，表現生命的合理訴求在現實社會的不能實現，甚至「美好事物」被摧毀。小說《一個女人的悲劇》、《芭蕉谷》和《尚德忠》等作品從性別視野、階級視野、民族視野揭示個體生命悲劇、家庭悲劇、社會悲劇。《一個女人的悲劇》，通過女主人公為救丈夫被逼廉價賣掉地裏未收割的玉米，但救丈夫未成，反而被算計唯一僅剩的錢財，並失掉兒子性命，最後，絕望的女主

〔註18〕《艾蕪小說選》，湖南人民出版社，1981 年版，第 53 頁。

人公，拉著兩個女兒跳崖自殺。小說揭示社會整體對個體的擠壓圍剿，在寫出人性惡的同時，也思辨地寫出女主人公自身的愚昧。《芭蕉谷》寫出一個女性從內地到邊地，均遭受階級和性別雙重壓迫。女子被姦污只能隱忍、逃亡，或者反抗但遭來敲詐與刑罰。小說揭示女性悲劇並不因區域差異而具有相異性〔註19〕。再如，《受難者》中，不同代際、不同區域的一對母女共同承受的生存悲劇。

艾蕪作品通過書寫個體生命悲劇和家庭悲劇，表現社會悲劇。〔註20〕藝術作品是歷史整體中一部分，兩者之間互動共生。艾蕪對民國時期的文學書寫顯示出權威政治機制的對抗，由此形成他文學中的「流亡」意識，進而催生他社會主義國家觀的產生。「…我們正好就用周立波先生一句話，這是『九一八』以後新興文學的特徵。庚子以來的民族觀念，中間因為官吏的內訌、軍人的爭霸、階級的鬥爭，閃在糾紛的外圍，終於一個當前的更大危機把它更清楚地展開。我們不再計較過去，一切朝著一個新的頂尖發揚，國家至上成為我們共同的口號。」〔註21〕艾蕪創作以外視野表現壓迫與反抗。

大眾的日常，通常情況下聚焦於世俗的吃喝拉撒，生活期待務實易於滿足。大眾「易於被規訓」，但同時又是「最富有革命性」的群體。殖民統治下，當階級、民族矛盾激化，被馴服的民眾發出「咆哮」的革命之聲，欲以暴力革命權打破利機制。

艾蕪筆下的緬甸印象是浪漫風情中混合著「生」的掙扎。小說《南國之夜》中，南國月夜的柔和、憂鬱，山裏女兒的芳香、酒窩、嫵媚，以及印度警察的狠毒，老頭子財產被搶的悲慘，寫出緬甸人民對翻身的期盼，展示南

〔註19〕「女人這是急得滿臉流淚，便不管手裏的錢落在地上，也不理地下稀爛泥濘，救直朝英國官跪下，喊起冤來。一面把丈夫姦污女兒的事情，用景頗話從頭一五一十地說著。…… 偵探長的緬甸人，恨女人把錢交遲了，就向洋人官員進讒言到：…… 女人卻不知道這些（同時也不知道他們說話），以為洋官員還咋聽，就只顧埋著頭，伏著身子，哽哽咽咽地講著，後來，並說道偵緝怎樣調戲她，摸她的乳房敲詐她的錢……」《艾蕪文集．第三卷》，四川人民出版社，1984 年版，第 209 頁。

〔註20〕「研究個體生命，同時也就是研究家族社會。個體生命的變遷，自出生至老死，恰好繞成一個圓圈，在這圓圈之內，每個人生命必需依賴他人而生活，自出生至老死，上連下繼，循環遞嬗，由個人圓圈形成家族生活的大圓圈。」林耀華：《從書齋到田野》中央民族大學出版社，2000 年，第 167 頁。

〔註21〕李健吾著《咀華集．咀華二集》上海，復旦大學出版社，2005 年，第 151 頁。

國土地上「年歲的苦惱」、「人們的憂鬱」。〔註22〕壓迫與反抗是一對雙生子，《南國之夜》寫出緬甸人命在被壓迫之際的祈禱和之後的奮起反抗〔註23〕，反抗湧動著英雄的熱潮，與南國美麗的姑娘、美麗的風景一起構成南國之夜的浪漫。

他筆下的新加坡印象，則表現底層大眾從懦弱到抗爭的情緒轉變。小說《爸爸》書寫模式為「壓迫」與「被壓迫」的對抗世界〔註24〕。小說通過一位在新加坡的異鄉人如何從苟安懦弱心理演變為敢於走上街頭示威對抗，揭示大眾革命感染力的強大。「……於是，飢餓的人，失業的人，襤褸的人，通通走出來了。吼著飢餓的呼聲，雷也似的震在街頭、打過俱樂部門口時，獨自躲在門裏偷瞧的爸爸，看出同自己一樣的人們，是正在怒吼著，咆哮著了，便握緊兩個拳頭也跳了出去。」〔註25〕

他創作中的滿洲印象，則書寫被規訓的「良民」們將「懼怕」轉變為「凝聚力」，再演化為革命行動。小說《咆哮的許家屯》中，日本皮靴的聲響在許家屯每一個人的靈魂上「濺出看不見的黑的血漿」。〔註26〕百姓對流氓漢奸的「羡慕」「敬畏」，對日本兵士的「驚奇」、「疑懼」、「驚惶」，讓整個許家屯在日軍的低氣壓下任人宰割。艾蕪創作中，主觀意識下的地理景觀構成生命世界的一部分，他以北國格外寒冷淒慘的春夜表現被殖民的恐怖和悲哀〔註27〕。極度的壓迫滋生恐怖，也催生反抗，恐怖將每一顆跳動的心靈串聯在一起，彙集為爆發的地雷。

〔註22〕《艾蕪小說選》，湖南人民出版社，1981年版，第5頁。

〔註23〕「真正的緬甸的王啊！唉，你怎麼還不起來呀？怎麼還不起來呀！」「於是，無數的拳頭，無數的足腿，齊向著這一塊雪白的肉體，發洩了數十年來積下的怨氣。」「每一個男子，每一個女子，每一個孩子，就從此伸直了腰幹，抬起了頭，掙斷了一切的鎖鏈。」《艾蕪小說選》，湖南人民出版社，1981年版，第5頁、第7頁、第9頁。

〔註24〕「俱樂部下面的世界，好像轉換一個時代似的。一切都怪沉悶的，陰溝裏微微冒出的腐氣，……但俱樂部的上面呢，卻仍是照舊的，年青的女人，晚晚笑盈盈地走了上去，歌聲笑聲雜著牌響，通宵滾了下來。」《艾蕪小說選》，湖南人民出版社，1981年版，第110頁。

〔註25〕《艾蕪小說選》，湖南人民出版社，1981年版，第119頁。

〔註26〕《艾蕪小說選》，湖南人民出版社，1981年版，第11頁。

〔註27〕「天上沒有眉月，也沒有繁星，只有抹著無邊無際的烏黑，彷彿含蓄著無限的愁意。」《艾蕪小說選》，湖南人民出版社，1981年版，第23頁。

「滿洲平原的地雷炸裂了。

許家屯在黑暗中咆哮著。

各處湧著被壓迫者忿怒的吼聲。

關帝廟和馮公館，冒出衝天的火焰，吐出無數鮮紅的舌頭，宛如要吞盡漫空的黑暗一樣。」〔註28〕

當權利成為壓制的工具，反抗與權利便成為「共生」的存在，表現為馴服與反抗兩級之間的對抗。「馴服與反抗」如繩索一樣串聯二十世紀亞洲被殖民的各個國度，成為艾蕪流浪文學和流亡文學的主題。小說《春天的原野》中，「於是這一片被敵人踐踏的土地，便再不能忍受沉默，這一夜就開始了咆哮。而那原野中的林子，四山的群松，彷彿和風約好似的，一齊發出助威的呼聲，威嚇這些從遠方侵來的敵人。」〔註29〕。

當階級利益訴求達到最高點，階級聯盟會超越區域、族群甚至國家界限，形成以階級為標準的聯盟，例如，二十世紀國際左翼聯盟。從十九世紀到二十世紀，亞洲遭遇西方發達國家強制入侵，陷入被殖民的噩夢。艾蕪小說中的亞洲是國際左翼聯盟的一部分，從緬甸、新加坡到中國，其創作聚焦壓迫和反抗、殖民與反殖民，不同區域的文化地理「共性」於革命、民族和國家的主題。

艾蕪「南行」中底層生命體驗滋生他的階級觀、社會觀，在不經意間與馬克思主義文藝觀契合；另一方面，他曾受魯迅先生教誨，有意識地以自身熟悉的底層大眾為文學表現對象，這些促成他左翼文學觀的形成。與此同時，艾蕪小說不同地域的人文風情、俠義文化和革命理想色彩，讓其作品「突破」左翼文學理念圍欄，具有文化地理學、人學、社會學和政治學多重維度。

四、現實性・政治性・歷史性

2019 年，是中華人民共和國成立 70 週年，是中國新文學誕生百年的歷史年。百年前，國人提出的「復興中華」夢想依然還「在路上」，沒有完全實現。以啟蒙為目的、以復興中華為最終指向的中國現代文學，同樣處於「在路上」的狀態。如何思考中國現代文學的「憂患」意識？如何思辨現代文學為「藥」的重負？文學如何「突圍」政治圍困？又如何建構文學的歷史性？這必然涉

〔註28〕《艾蕪小說選》，湖南人民出版社，1981 年版，第 35 頁。

〔註29〕《艾蕪小說選》，湖南人民出版社，1981 年版，第 151 頁。

及現實性與政治性兩個重要維度。恩格斯曾言，「正像達爾文發現有機界的發展規律一樣，馬克思發現了人類歷史的發展規律，即歷來為繁茂蕪雜的意識形態所掩蓋著的一個簡單事實：人們首先必須吃、喝、住、穿，然後才能從事政治、科學、藝術、宗教等等；所以，直接的物質的生活資料的生產，因而一個民族或一個時代的一定的經濟發展階段，便構成為基礎，人們的國家制度、法的觀點、藝術以至宗教觀念，就是從這個基礎上發展起來的，因而，也必須由這個基礎來解釋，而不是像過去那樣做得相反。」〔註 30〕物質經濟對精神文明具有相當的影響力，政治和文學都屬於生產力基礎之上的「精神產物」。在精神層面，文學空間對政治具有一定的依附性，「文學力量的關係，部分意義上是通過政治力量的關係來體現的。」〔註 31〕百年中國現代文學的誕生發展有文學自身內部發展規律突破瓶頸的訴求。當近代中華民族遭遇滅頂之災，此時文學對政治社會的參與介入是文學「現實性」的要求所致，更是知識分子風骨的展現。

現代中國文學的現實性與政治性具有高度重疊性。

從作家的文學選擇，分析現代文學中政治性的滲入緣由。 魯迅由看電影事件得出中國人思想啟蒙的必要性，由此從學醫轉向學文。郭沫若則從階級視角分析認為如果社會機制沒有改變，窮人即便疾病被醫治好也只能繼續被有錢人壓榨，他在作品與現實中都發出對資產階級的詛咒。這為他之後左翼文學的產生埋下伏筆。艾蕪通過在仰光看電影事件，知道文學藝術非茶餘飯後的消遣，而是與國家形象息息相關，也由此開始慎重對待文學。歸國後受魯迅、沙汀影響，致力於創作反映弱小者文學，這便有了《南行記》等文學作品的誕生。

再從文學中的人性表現，分析現實性與政治性的交互作用。個體生命訴求在現實中的不能滿足，例如，郁達夫「私小說」將男子青春期愛欲的不能實現歸結到故國的衰弱。家族悲劇，例如，巴金文學是對「家」的葬歌與輓歌合奏曲，融文化思辨與政治機制批判於一體。

另外，國家想像是現代文學重要主題之一。近代式微的中國被拿破崙喻為「沉睡的雄獅」，許多文人以此形象作文，例如，陳天華的《獅子吼》。此

〔註 30〕《馬克思恩格斯選集》第三冊，人民出版社 1972 年版，第 3 冊第 574 頁。

〔註 31〕【法】卡薩諾瓦（Casanova.P）:《文學世界共和國》，羅國祥，陳新麗，趙妮譯，北京大學出版社，2015 年版，第 90 頁。

外，梁啟超期待「少年中國」，郭沫若、聞一多分別想像「鳳凰涅槃」與「如花」的祖國。無論置身海內外或者秉持不同文藝觀（自由主義或左翼文學）的作家們，其文學作品中的政治性都源於現實性。

艾蕪文學創作中人物的痛苦和悲憤都是作家本人情感的投射。作家與文本中的「我」具很大程度上的疊合性。他的階級觀、社會主義國家觀滋生於「南行的漂泊」。文學的「親歷性」和現實性敘事見證了文學的「政治性與現實性的疊合性」。

政治是構成文學的重要要素，但也不能完全主導文學，文學具有獨立自主性。當權利機制與某一階層或群體的利益發生衝突，以「對抗」姿態的文學現象便隨之發生，例如，左翼文學現象。回溯中華民國三十年文學，固然蔣介石政權具有絕對的優勢，卻未能主導文壇。中華民國，一批作家在蔣政權之下以左翼文學為主建構了一個文學空間之內的「文學共和」，〔註 32〕一個彼此互動呼應的虛擬共同體。「左翼文學」顯示文學不是完全由政治力量決定。面對蔣政權的對日政策、對國共兩黨合作的態度，從左翼文學到自由主義作家，中國文壇以文學激發抗日熱情，以文學反映人民渴望停止內戰、呼喚和平的心聲。民族、革命成為時代主題。在這樣的一個文學世界，匯聚了一大批知識文人，艾青、臧克家、胡風、何其芳、巴金和沙汀等作家。他們以筆記錄了近代中國的陰鬱沉重和荒涼貧瘠。

在這樣的歷史背景下，1949 年，中華人民共和國成立。當中國「挺直脊樑」站在世界之林時，廣大文人發出了源自內心的「讚歌」。詩歌是時代文化的前哨，詩人們在不同歷史時段對國家民族的文學書寫顯示歷史轉折與文學範式之間的密切關係。郭沫若從早期「鳳凰涅槃」的民族期待到《新華頌》，胡風從《為祖國而歌》到《時間開始了》，艾青從《雪，落在中國的土地上》到《國旗》，何其芳從《成都，讓我把你搖醒》到《我們最偉大的節日》，諸如此種文學創作現象成為一種「共相」。「頌歌成為一個時代的標誌」。姑且不論文學與政治性這種高度契合的歷史表象之下，暗藏如何的波濤洶湧。將這種文學現象放置在特定的歷史轉折伴時期，可以發現這是文學現實性之

〔註 32〕「文學共和」這概念源自於卡薩諾瓦（Casanova.P）的《文學世界共和國》。卡薩諾瓦將世界文學理解為一個具有中心與邊緣的統一體，文學世界如同一個有自身體質和機制的共和國，在這樣的「文學共和國」麗存在統治與被統治。本文採用這個概念，但是內涵不同，而是指文學世界中以階級、民族為表現目標的文學，並以此為標尺建立的文學共和國。

一種，是流浪文學中「文學共和」的現實實現。這種政治維度與文學維度的契合，構成文學的重要歷史意義。

中國百年現代文學，政治與文學之間的緊密度，如同生命與氧氣，無法分離。無論是「自覺靠近」的現代文學（啟蒙文學、革命文學），還是當代文學壓抑與對抗、靠近與疏離的「緊張關係」，都是如此。

「現實性」與「政治性」的重疊使中國現代文學充滿濃重的憂患意識。但是當代文學前三十年，政治對文學的過度捆綁，對知識分子群體的擠壓，造成二十世紀八十年代以來文學對政治的疏離、抗拒。與此同時，消費文化加深文學從中心向邊緣的位移，促使文學對「世俗」「日常」的關注。這份「疏離」、「抗拒」在西方後現代文化思潮中被發酵，造成文學的「非政治化」「非歷史化」傾向。伴隨解構思潮，歷史虛無主義彌漫當代文壇中。新歷史小說中以「日常」「欲望」「消解」歷史發展本質，再如，網絡架空小說對時空的「拋擲」，抗日神劇對歷史的「戲說」。這些都造成對歷史的遮蔽。可見，文學的現實性與政治性組成其歷史性。歷史是文化之根、民族之魂，對歷史的遮蔽會造成「無根」的民族，瓦解民族凝聚力。一個民族，如果無知於歷史，則不能反思歷史，阻礙民族的自我認知，阻礙民族發展。

當代文學與政治呈現為緊張對抗與疏離淡漠的兩級現象。這種非左即右的「激進」貫穿當代文學 70 年，引發學界對文學現實性、政治性和歷史性的再思考，例如，當前學界對「十七年」文學的再解讀。與之相伴，文壇從新寫實小說到新體驗小說、新市民小說、新現實主義小說，現實性敘事成為關照、介入社會的主要文學敘事方式。從現實性、政治性、歷史性再到現實性，顯示出流動性的整體文學史觀。

在這樣的歷史語境下，再審視艾蕪作品的當下意義，則具有歷史的深度與現實的廣度。如何看待文學中現實性與政治性的關係？這是理解中國現代文學「激進」的關鍵，也是審視左翼文學現實意義的關鍵。

一部分作家或許是在時代文化的裹挾下轉變文學創作範式，而對於另一部分作家而言，例如，艾蕪、沙汀這群左翼作家，則是出於生命自覺的文學選擇，是他們社會政治觀、文藝觀的自覺體現，是文學由邊緣到中心、從遮蔽到凸顯的話語權利轉變。青年時期的艾蕪，認為最體面的工作是做一名小學教師，在 1949 年之後，他不但可以實現而且超越了這個願望，成為重慶市的文化局局長。當他再踏足邊地，身份意識的轉變，導致筆下邊地印象從「悲歌」到「歡歌」的轉變便具有歷史的合理性。

自陳天華、秋瑾等一代人開始，期待「強大的現代中國」便成為重要的文學主題〔註33〕，但這僅僅在「文學共和」層面是不足以完成的，建構一個新型國家不是通過古老法律的重建來實現的，需要通過革命的力量才是實現，革命將國家從黑暗走向光明，從最低點走向最高點〔註34〕。艾蕪的「涼山印象」便是這重要文學主題的復現。艾蕪 1925 年經過大小涼山，對涼山的印象是「毛骨悚然」，因為擔心被抓去做奴隸主的娃子（奴隸）而儘量避免經過〔註35〕，新中國成立後，他再去彝地時感覺這地方時如此美好。這印象的轉變源於涼山奴隸制的推翻，奴隸的解放。「但同時也愉快地想起幸好解放了，幾千年的禍患，終於去掉了。而且深深感到，沒有共產黨在領導，大小涼山的奴隸，還會在今天過著牛馬一樣的日子。歷代的帝王都不肯做，而且也不願做的事情，只有共產黨才做到了。共產黨是真正為人民服務的。」〔註36〕推而廣之，當代文壇經中邊地形象從「蠻荒」到「牧歌」，從「禁忌之地」到被嚮往的「世外桃源」，這顛覆性地理形象的轉變，是通過「革命」實現的。再如，艾蕪筆下流浪者和農民的生命願望從「不能實現」〔註37〕到「實現」，表現個體與整體環境的一致性。艾蕪「向前看」的文藝觀，讓他創作出諸如小說《百鍊成鋼》、《南行記續篇》、《春天的霧》和《南行記新編》等作品。以整體歷史觀去剖析艾蕪等文學作品中十七年「頌歌」現象，便具有了現實性、政治性和歷史性的高度契合，反映從「文學共和」到「政治共和」的夢想實現。

二十世紀初「五四」時期和八十年代是中國文壇最為活躍、充滿創造力的年代。作家創作具有充分的自由度，此階段的文學作品也最能體現作家最為真實的文藝觀。艾蕪對《山野》未能完全顯示底層小人物抗日的悲壯而深感「慚愧」。〔註38〕他在《山野》第三次印出時，將未在民國時期國統區通過

〔註33〕陳天華著《猛回頭》、《警世鐘》和《獅子吼》，寫下鼓勵國人「去絕非行，共講愛國」的《絕命書》跳海自殺，企圖以生命企圖喚醒麻木的國人。

〔註34〕「這個建構不是通過古老法律的重建來實現，而是通過力量的革命來實現——革命的意義正是指從黑暗走向光明，從最低點走向最高點。」米歇爾・福柯：《必須保衛社會》，錢瀚譯，上海人民出版社，1999 年版，第 181 頁。

〔註35〕《艾蕪文集・第二卷》，四川人民出版社，1984 年版，第 322 頁。

〔註36〕《艾蕪文集・第二卷》，四川人民出版社，1984 年版，第 322 頁。

〔註37〕例如，《故鄉》中回到家鄉的知識分子「我」回到故鄉未有歸屬感。《回家後》中逃兵妻子最簡單的「夫妻雙雙把家回」的生活訴求。

〔註38〕「……就是那些卑微的人物，他們曾在抗日的戰爭中，不願做奴隸，能為自由而戰爭，能為壓迫而反抗。這本小書裏面沒有全寫出來，這又是我很感到慚愧的。」《原野》《艾蕪文集・第六卷》，四川文藝出版社，1986 年版，寫於 1947 年的「後記」第 304 頁。

稿件審核而刪去的文字恢復。恢復的內容是「前線」、「北方八路軍」這樣的文句。〔註 39〕歷史被遮蔽的內容是百姓參加革命，擁護共產黨。對文學做這樣處理的作家，還有沙汀等。他們表現在民國被視為「異黨」的另類到了中華人民共和國時期被合理化與正統化的歷史現象。艾蕪和沙汀就文學創作問題曾請教於魯迅，且終身不忘其教誨，。他們的文學創作傳承了魯迅的現實主義傳統，發揚左翼文學為底層大眾、為民族、為國家的理念，響應毛澤東在《在延安文藝座談會上的講話》精神。

歷史轉折時期的文學選擇，最能展現作家文藝觀與現實社會之間是契合還是具有縫隙性。艾蕪作品從中華民國期間的「對抗」到中華人民共和國時期的「契合」，這樣的轉折顯示艾蕪一代人在經歷「絕望的死水」、「冰雪覆蓋」的災難歲月後〔註 40〕，從「文學共和」到「政治共和」的夢想的實現。

結語

何為現代性？文學空間中的現代性在於捕捉當下的問題與「最新的特殊創新物」。〔註 41〕融現實性、政治性於一體的艾蕪作品，於現在和未來同樣具有現代性。

當代中國曾經歷激進跳躍式經濟建設，遭受挫折的經濟建設導致信仰被質疑，表現為共產主義「被烏托邦化」。伴隨著蘇聯解體，國際社會主義陣營話語權被削弱，這份質疑受國際局勢影響被擴大。再之後，全球化經濟開始，解構思潮席捲全球，開啟「非政治化」時代〔註 42〕。在這樣的後現代語境中，艾蕪等左翼作家創作被歷史化，好似已經成為過去式，但事實上這些被歷史化的作品依然具有現實意義。正如艾蕪所言：「我覺得應該使年青人有知道過去黑暗時代的必要，因為知道那時的人民，是在國民黨的統治下面，過著怎樣痛苦的生活，也就會深深地熱愛今天新的社會。……同時，也就不能不感

〔註 39〕《原野》《艾蕪文集．第六卷》，四川文藝出版社，1986 年版，《山野》「再印後記」第 307 頁。

〔註 40〕參見聞一多《死水》和艾青《雪落在中國的土地上》。

〔註 41〕米歇爾．福柯：《必須保衛社會》，錢瀚譯，上海人民出版社，1999 年版，第 102 頁。

〔註 42〕事實上「非政治化」時代並沒有來臨，不過是全球化經濟、解構主義思潮造成的一種似是而非的假象。

到生活在共產黨領導下的今天的新的社會，是我們極大的幸福」。〔註43〕艾蕪文學中的現實主義精神、浪漫情懷，對物慾橫流的消費文化恰恰是一種重要的補充。從魯迅、沙汀、艾蕪到當代文壇，作品中的現實性、政治性都具有現代性。

〔註43〕《艾蕪文集·第三卷》，四川人民出版社，1984年版，艾蕪於1958年在北京所寫，「序言」第2頁。

南絲路上的異域文化互視：從艾蕪和米內山庸夫的南行書寫說起

陳俐

摘要：

艾蕪在上個世紀九十年代回顧南行之路時，特別提到了南方絲綢之路上文化的開放性。但在上個世紀三十年代，中國的革命文學成為主潮之時，艾蕪的南行書寫並沒有將中外文化的交流碰撞作為關注的重點。即便有所涉及，也主要從民族解放和反帝反殖民的角度，或是對國民性劣根性在國外的不良影響進行描寫。相比之下，日本學者在南絲路上的行走和書寫，對南絲路的地理風貌和異域文化景觀的描寫就非常充分和詳盡。從客觀上看，這是一種嚴謹的學術態度和行為。若更深層的思量，這實則是對中國這一片土地的精神征服和佔有。

1992 年，生命已近終點的艾蕪躺在病床上，與前來看望他的雲南文化人聊天，他非常感慨地說：雲南文化是開放的，雲南受外來文化的影響比較早，尤其是西南地區，我第一次南行時走這一條路，就感受到了英國文化對那裡的影響。那裡靠近當時的英屬殖民地緬甸。兩邊的交往很多，在解放前，姑娘們的穿著打扮就很入時了。而蒙自、思茅一帶，則受法國的影響多一些。艾蕪還提到一個有趣的現象：西域絲綢之路主要用駱駝運輸，而南絲路則是用馬。他回憶自己年輕時在滇西南，不少地方一條街都是馬店，有鐵匠鋪，也是打馬掌的，那裡的不少集鎮，都可以說是為適應這種交流的需要而產生形成。〔註 1〕

〔註 1〕蕭茗：《南行情無限　而今情更深——艾蕪談雲南文化工作》，《艾蕪紀念文集》，天地出版社，2014 年，第 45 頁。

南方絲綢之路是我國通往外域文明的一條著名國際的通道。這條古道以四川成都為起點，通向雲南、緬甸、印度，進而到達歐洲，至少在公元前二世紀年張騫出使前就已形成。所以又被稱為稱為「川滇緬印道」。在這條路，有著千變萬化的自然風景，有著豐富多樣的人文景觀，分布著彝族、藏族、傣族、哈尼族、景頗族（克欽族）傈僳族、緬族、拉祜族、梅泰族、那加族和米佐族等少數民族，其中好些民族跨境而居，他們生活方式豐富多樣。這條商道從古至今，都是世界經濟發展，特別是東南亞地區的經濟大動脈。我國的歷史學界對南方絲綢之路的古代交通及經濟貿易進行了多方面的研究，但主要限於地下考古成果和古代文獻的引證。近現代以來，國家「一帶一路」的發展戰略，使人們再一次將目光投向這條從古到今的經濟大動脈，但在歷史敘述中，二十世紀以來對這條古道近況更詳細的敘述似乎並不太多。

一

南方絲綢之路，據專家考證有兩條，一條稱之為零關道（今地名及大體路線為成都—邛崍—雅安—西昌—會理—雲南姚安），另一條是五尺道，既從成都南行至今樂山、犍為、宜賓，再沿五尺道經今雲南昭通、曲靖，西折經昆明、楚雄，進抵大理；兩道在大理會為一道，又繼續西行，經博南（今永平一帶）、保山、騰沖，抵達緬甸密支那，或從保山出瑞麗進抵緬甸八莫，跨入外域。

艾蕪的南行之路，主要是走五尺道。他於1925年從成都九眼橋坐船出發，到了樂山，遊覽了淩雲寺和大佛等名勝古蹟，然後乘舟東下到犍為，捨舟步行到宜賓、珙縣，經雲南的鹽津、大觀、昭通、東川，尋甸、嵩明，一直到秋天才到達昆明。1927年3月，他開始了期待已久的緬甸之行的旅程，離開昆明，步行經祿豐，舍資到祥雲，因赴一位朋友之約而又繞道彌度（不經大理），經雲州、至順寧、永昌，從滇西的騰越、干崖，跨過古卡爾鐵橋，進入緬甸克欽山茅草地，然後到達八莫，在一家客店裏當夥計。為生活所迫，經人介紹又回到茅草地，在茅草地的工作更加繁重了。從掃除床告別了茅草地，離開生活了五個月的野人山，在山下的小田壩，艾蕪乘上了汽車向八莫進發。1927年9月25日早上，汽車在煙雨迷蒙中沿依洛瓦底江而下，到達卡塔，換乘火車，第二天後便到了仰光。以後的三年半他主要在仰光居住。

走在這條古道上，艾蕪首先想的是生存的問題，旅途異常艱苦，與路上形形色色的人作伴，艾蕪既是行走在這條古道艱苦掙扎最底層的群體的一員，又是一個有意識地觀察生活，體驗人生的讀書人。就像他的小說《在茅草地》中描繪的一樣：在昆明腰無半文，生活完全無著的情況下，一位很是同情他的苦力介紹他到離八莫兩天山路的茅草地去當家庭教師。幾經輾轉，好歹在一家馬店裏留下來，馬店老闆最大限度地榨取他的勞動力，他一人幹著兩份活：為老闆掏馬糞，接待客人時，被喚作湯大哥；為店老闆當家庭教師教他的兩個女兒時，又被稱為先生。在這條少有知識人出行的路上，艾蕪這兩重的身份注定了他會用文字記錄在南絲路上的遭遇。

但正在行走中的艾蕪，還不是一個具有清醒創作意識的作家，也不是人文社會科學的研究者和考察者，他並沒有認真想過用什麼樣的方式來記錄所經歷的一切。在仰光時期，他有幸結識萬慧法師，並和這位智慧的宗教學者在一起生活了兩年。萬慧法師當時正在為一位仰光大學英國教師講解雲南的地方志文獻，如《雲南通志》《騰越廳志》等。艾蕪回憶道：

> 萬慧法師常常把仰光大學圖書館的中文書帶回來準備功課。其中有些書，比如《滇系》，我就找來看過，裏面記的民歌，就使我感到很有興味。其他，有如雲南的風俗人情，山川湖泊，我也喜歡研究。萬慧法師和我，都是在雲南，從東到西，跋山涉水，一一領略過的。凡是走過的地方，總會起著親切之感。〔註2〕

萬慧法師為了幫助艾蕪解決生活困難，還聯繫他認識了《仰光日報》的總編緝陳蘭星，這位總編提供了緬甸的那加民族奇異的食人風俗素材，由萬慧法師口述，艾蕪寫成了一篇新聞報導。之後，艾蕪還在萬慧法師的幫助下，寫成中緬歷史關係的文章。如果艾蕪是甘於做學問的人，那麼，留在萬慧法師的身邊，將他的南行經歷做為研究對象，也許他會成為研究南絲路的人類學者或歷史學者。但是艾蕪的志向並不在此，他沒有想要做一名純粹的學者。他是吃著五四乳汁長大的一代青年，對社會不公平，對底層人民的同情，希望祖國的繁榮富強，是他的人生追求。所以最終他參加緬甸共產黨領導的革命活動。經歷一番人生磨難後，他在上海參加左聯的革命活動，遇上他當年在成都省第一師範學校的同學，革命作家沙汀。在沙汀的鼓勵下，他的文學

〔註2〕艾蕪：《我在仰光的時候》，《艾蕪全集》第11卷，四川文藝出版社，2014年，第348頁。

夢開始復蘇。而文學對於一個懷抱革命理想，追求公平正義的青年，又是最好的表達武器。而豐富的南行經驗正是文學創作的最好素材。再加之他們聯名向魯迅請教小說創作的問題之後，魯迅的回答和鼓勵更使他們堅定了文學誌向。

艾蕪堅定選擇以文學方式進行南行書寫，也許還有一個重要原因。五四以後，由於由西方引進的文體意識已逐步深入到年輕的讀書人的頭腦中，艾蕪也不例外，不管是西方流行的文學理論還是來自蘇聯的現實主義理論，都傾向於小說這種文體應以寫人為主，塑造鮮明的人物性格是小說成功的首要因素。再加之將社會底層的野人、苦人、窮人呈現出來，又是革命文學的要求。因此，艾蕪將寫作的重心放在了對南行路這些邊緣人物的刻畫。他的小說集《南行記》《南國之夜》和遊記《漂泊雜記》等，雖然是他當年行走在南方絲綢之路真實記錄，但這些作品都是在 1931 年他在南行結束到達上海後寫成，最後結集的《南行記》的 31 篇作品中，最早的《洋官與雞》也是寫於 1931 年 7 月。因此，這兩部集子中的作品事實上都帶有回憶的性質。是經過主觀選擇和過濾後的作者創造出來的藝術真實。

因此，作者即便在觀察和記錄這一重要通道上中外文化互動圖景時，就更多的從反帝國主義侵略的政治角度來觀察和記錄西南邊地的中外文化衝突。艾蕪的小說尤其是《南行記》大都用了第一人稱，小說中的「我」，體現著敘事的多重功能：「我」既是漂泊生涯的親歷者，同時又是有一個有意識地觀察生活，體驗人生的讀書人，是一個承擔著時代重任的革命啟蒙者。可以說，艾蕪小說的革命性表現在「我」對現存世界的批判性眼光、對毫無知覺的底層民眾的啟蒙意識。由「我」的啟蒙意識和革命眼光的打量下，當作者書寫中國邊地外國勢力的侵入時，就主要不是從文化，而是從政治的角度，強調西南邊地被外國殖民的事實。強調這批活在社會最底層的人甘願被奴役的狀態。這些奴役者，他們卑躬屈膝，討好賣乖，《洋官和雞》中那些開店的老闆，為了迎合前來視察的英國洋官，爭相獻上自己捨不得吃的肥大母雞，但是好不容易建起來的房屋，還是被洋官勒令推到。或者為了私利，明哲保身，如《我詛咒你那麼一笑》中的店老闆生怕得罪洋官，竟虎口送食，默許洋官凌辱那些純樸的傣族少女。即便是那些描寫民眾奮起反抗日本侵略者的小說如《咆哮的許家屯》中，雖然在日本侵略者慘無人道的殘害下，許家屯的鄉民們最終舉起了反抗的武器，但是，就像魯迅在《阿 Q 正傳》中所描寫的那樣，鄉民們從心理上，對於「洋人」都取畢恭畢敬的態度。小說描寫了一個阿 Q 似的人物馬老麼，以前被鄉人極端鄙視的流氓、因為為日本人做事發了財，居然成為被羨慕敬畏的人物，過去曾經痛打過他的蔡屠戶，看馬老麼趾高氣揚的神情，「也馬上陷落在追悔的泥潭裏了」。由於「我」的批判性視角的存在，使艾蕪小說既彰顯了五四時期人道主義價值觀，又充滿著號召民眾起來反抗外族侵略的革命呼聲。這也為小說提供了抒情的便利，不管是政治性抒情，還是對獨特自然風情的讚歎，都很好地滿足了當時青年讀者想要探索世界和改造世界的熱切願望和審美需求。

二

顯然，時代需求、政治選擇、人生態度、文體意識等因素，使艾蕪堅定地選擇以文學的形式（小說、散文）來表現他在南行際遇，南行路上的生活苦難，以及那條路上底層人物。這些成為他關注和表現的主要對象。而那些給他帶來美的享受的自然環境，那些讓他感覺新鮮和好奇的少數民族的生活方式，往往就退居到次要地位，以「背景」的要素存在，主要用以烘托小說人物性格和事件發展的需要，很難具有獨立的審美意義。那種鍾情於自然山水和文化景觀的「個人式享受」，被作者宏大的使命感自我放逐在心底裏了。

本來艾蕪在上海時期為專欄撰稿時的「遊記」（後來主要編入了《漂泊雜記》），還有可能彌補這一遺憾。這本遊記確實也提到中外文化的雜糅圖景。從遊記中，我們瞭解到了好些中國內地不同的異域習俗和風情，比如傣族婦女全身黑色的裝束（《潞江壩》）；比如滇西地區隨時聽到的男女對唱的民歌（《滇典拾掇》）；比如在雲南祿豐的夜晚，家家的牆壁上燃起的松明夜燈；比如因為生存，不得不走夷方私販鴉片的冒險活動（《走夷方》）等。但是縱觀遊記的大部分作品，作者仍然懷著強烈的主現性，從民族解放的革命性視角，更多地是看到中外文化的衝突，種族歧視和文化殖民的現象。遊記或者主要揭示國民的弱點，或者表達對文化殖民現象的強烈不滿。比如作者描寫了在雲南小城鎮隨處可見的福音堂，如《進了天國》描寫了在教堂中因為爛褸的衣衫和憔粹的面容，被一位青年粗暴地推出教堂的憤怒之情。在昭通的時候，因為無處尋覓報紙之類的精神食糧，不得已走進了福音堂。作者感慨道：「這樣一個沉悶的地方，只要有書報可看，便非去不可了，誰還管得著別人的非難呢。文化不發達的地方，文化的侵略畢竟是很難抵禦的。」（《在昭通的時候》)。在《殺人致用》中，作者寫卡瓦人伏擊路人，由頭顱人血祭灑谷地，以求豐收。寫印度的拉加人為了辟邪，同樣以人作為犧牲品，殺死後分給各家各戶，酋長則保存頭顱的原始習俗。作者同樣在文本的結尾處發表議論，將歐洲大戰與原始習俗相比。認為為了爭奪市場的世界大戰中大量的殺人是比原始習俗更野蠻、更殘忍的。寫緬甸青年的天真爛漫，是與中華漢族人被禮教浸潤後老氣橫秋的性格相比。也是在反襯中國人的莊重、沉重，顯示出太古老、太沉悶的國民性格。《漂泊雜記》所有的遊記中，唯有一篇純粹帶有考證性的散文《由左衽引起的話》由習俗考證與中國楚漢地區的種族的關係。

艾蕪流浪到緬甸後，也觀察到緬甸境內的中國影響，但他的記述更著意觀察中國國民劣根性在國外的不良影響，如《仰光小景》中記一位頗為闊氣的中國人，對於緬甸的僧人的乞討，非常客氣恭敬，卻蠻橫地趕走了零落在異國乞討的中國同胞。在仰光鄰近的永勝縣，雖然也看到「在那裡有廣東人的洋貨店和飯店，雲南回教徒的商店，印度人和福建人的茶店，獨獨沒有緬甸人開設的鋪子」。但作者按照當時在中國流行的資本理論，認為「不論中國在南洋是如何的有勢力，也僅能穩坐在買辦這一把交椅上面罷了」(《施仰散記》)。在仰光，艾蕪還經歷了一次緬甸人和華人械鬥的事件。他一直想不通，為什麼兩個弱小的民族居然有這些武力衝突呢？應該說中國和緬甸都是共同的敵人都是英帝國主義（《華緬人械裝鬥記》)。由於作者對中外文化交流中的衝突和碰撞，主要還是從反帝國主義的批判性視角來描寫，因此一些浮光掠影似的印象和先入為主的理性判斷，代替了更客觀、更嚴謹的調查和研究。

總而言之，艾蕪南行書寫的功績在於：他真實而生動地描寫了南絲路上的那些被邊緣化的底層人物生存狀況和獨特的行為方式、性格特徵。讓南絲路上這一獨特的人物群體進入了中國文學的版圖。但如果還想進一步全面地瞭解這條古道的上中外文化互動交流的圖景時，不得不遺憾地承認，艾蕪的作品並沒有讓我們如願以償。

三

20 世紀初南方絲綢之路中外文化的開放和交流，則在另外一些行走者的著述得到充分的觀察和記錄。比艾蕪更早一些進入這條道路的日本學者，對於南方絲綢之路的自然、經濟、文化進行了有意識的全面考察和記錄。當時的東亞同文書院的學生，後來成為日本駐中國的外交官員的米內山庸夫〔註3〕，曾經和艾蕪一樣，走在這條南絲路上。1940 年，他將此次行走的情況，整理成《雲南四川踏查記》一書，由日本改造社公開出版。此書由「紀行」和「調查」兩大部分構成，其中除「滇蜀山水記」外，其餘部分均為當時旅行的筆記。米氏在此書的自序中說：「我一邊跋涉雲南四川的山野，有時坐在岩石上，有時坐在草地上，將周圍看到的實景實際記錄下來，或者在到達中國式旅店後，拖著疲憊的身子，借著油燈的燈光，將當天的見聞記錄下來。本書就是將當時的實地記錄整理而成的。」〔註4〕1942 年，米內山庸夫根據他在雲南的調查，再綜合其他各屆學生的調查資料，主編並在東京出版了《支那省別全志》的雲南卷（第三卷）。〔註5〕

米內山庸夫，日本東亞同文書院第八期學生。日本東亞同文書院是日本方面在中國獨立開辦的大學。1901 年由南京遷到上海，改名為「東亞同文書院」。學校受日本文部省和外條省的雙重管理。以研究「中國學」為主要特色。學生由日本各府縣報考，每府縣取兩名，享受日本公費待遇。從 1907 年到 1944 年，該校每年都要組織學生深入中國內地進行名為「大旅行」的實地考察，並將考察報告作為畢業論文。從 1907 年到 1937 年，這些學生的「大旅行」都持有中國護照，他們完全公開打出太陽旗，在各地受到中國地方政府的接待和保護。1937 年中日全面開戰後，他們的調查才限於日軍控制的地區。東亞同文書院前後共有 5000 多學生參加實地調查，每一期的學生一般分成幾個組，每個組選定一條路線，大概用二三個月的時間，在某個區域內進行調查。調查的內容事無鉅細，無所不包。「大旅行」一直待續到日本投降。〔註 6〕調查的時間之長，範圍之廣，包括了除西藏之外的所有中國省份，積累了數量

〔註 3〕米內山庸夫後來曾任日本駐杭州、滿洲里、廣州等地的領事，是日本一名職業外交官員。先後出版了《中國風土記》《日中之將來》《蒙古草原》《中國的現實與理想》《蒙古及蒙占人〉《中國與蒙古》《近年來蘇聯與中國西北的關係》以及《日本與大陸》等著作。在學術方面，對中國的陶瓷有很深入的研究。

〔註 4〕米山內庸夫：《雲南四川踏查記・自序》，日本改造社，1940 年版。

〔註 5〕根據東亞同文《清國經濟全書》書院各屆學生在中國內地「大旅行」的調查材料。東亞同文會從 1916 年至 1920 年出版了《支那省別全志》共 18 卷。隨著這個學校一批批學生的繼續考察積累的新材料，1942 年，東亞同文會再次修訂編纂了《新修支那省別全志》共九卷。米內山庸夫主編的《雲南卷》就是其中之一。1945 年抗戰結束後，這一計劃的實施宣告結束。

〔註 6〕薄井由：《東亞同文書院大旅行研究》，上海書店出版社，2001 年，第 69 頁。

巨大的關於中國政治、經濟、歷史、地理、社會風俗、中外文化交流的第一手素材。持續多年的「大旅行」目的，顯然受到日本對華政策的左右。

1910年7月（明治43年），按照學校的系統「考察」計劃，第八期學生米內山庸夫和同學一行六人，由上海出發，經香港、海防市（越南北方直轄市）進入雲南，再北上進入四川，由四川經長江而下，於11月回到上海。期間，從海防市至雲南省會昆明市是乘坐滇越鐵路的火車，從昆明市至四川省會成都市是步行。尤其是8月9日從昆明出發，至9月6日到達四川省敘州市（宜賓）期間，約1418公里，連續29天的步行。從敘州往北，在自流井探尋了四川的富源，登上峨眉山看到了西邊遠處連綿的大雪山，9月30日到達成都市。實際徒步行程達2284公里、花費時間52天之久。之後，10月9日離開成都，乘民船順岷江而下，經重慶、夔州（萬州）、宜昌繼續順流而下。在湍急的漩渦中，米氏乘坐了一艘僅五間（日制，6尺=1.818米）長的小船通過三峽。〔註7〕

米山內庸夫旅行的路線，除了從海防到昆明是乘坐滇越鐵路的火車外，從昆明到成都的路線與艾蕪的南行路線基本一致。由於各自觀察的動機和目的不同，他們對於沿途所見的事物的記述也不同。米氏採用了日記體，用記流水帳的形式，記下了他們感興趣的風物。一路行走，艾蕪感覺平淡無奇，乃至於熟視無睹的事物，對於米氏來這樣一位異文化的觀察者和考察者，卻是非常新鮮好奇的。所以許多他們同樣走過的道路或參觀過的名勝，艾蕪在有關南行記述中根本沒有提到或很少涉及的現象，在米氏筆下，卻記錄得非常詳細，如他們同樣走過雲南大關的險道，米氏寫道：

> 從雲南去往四川，靠近四川的道路沿著大關河畔順流而下。大關河往北流淌，下游段是灑魚河，最後匯入金沙江。大關河畔的道路沿著斷崖，旁邊就是絕壁，非常危險。路邊隨處可見刻有「南無阿彌佗佛」的地藏菩薩方形石柱，高約四尺左右，石柱的上端刻有人頭像，正面刻著「南無阿彌佗佛」六個字。有些人頭像讓人感到可怕，有些人頭像讓人覺得和藹，還有的人頭像是光頭和尚，讓人覺得有趣的是沒有任何兩個人頭像是相同的，它們的存在都是獨一無二的。〔註8〕

〔註7〕米山內庸夫：《雲南四川踏查記》，日本改造社，1940年版。

〔註8〕米山內庸夫：《雲南四川踏查記》，日本改造社。下1940年版。文中所引該書全部內容，皆由樂山師範學院國際交流處薄仕江老師翻譯。

這一現象，作者不僅將它專門放在了《雲南四川踏查記》的扉頁，而且配上了人頭像地藏石柱略圖的照片。

又比如記樂山大佛。艾蕪也曾從成都出發，乘船到樂山後，參觀了凌雲寺，寫下了《大佛岩》的短文，但幾乎對於這一名勝僅有幾段印象式的描述。倒是米氏在他的著作裏，對大佛和凌雲山上的古蹟名勝作了詳細的記載：凌雲寺門前的對聯，大佛全身長滿芳草的景象，還有當時還存在塔前佛龕裏面的祖師肉身像〔註9〕，唐碑的內容以及在山上請僧人們幫助做拓片過程，今天看來，都成為研究二十世紀初樂山凌雲寺和大佛的珍貴史料。

米氏對於南行路上地理風貌的記述之具體細微，用今天的流行語來說，真是到了變態的程度。比如寫從峨眉縣城南出發到峨眉山腳下的伏虎寺，其中經歷的所在大小廟宇道觀被精準地一網打盡：

從峨眉縣南門直到山頂，共計一百二十里，基本上都是山路、水路、寺廟、峰巒、古蹟、有如成列的眉毛一般。

從峨眉縣城南門出發向南，走二百三十七步到達延龍寺。

從延龍寺向西南，走二百九十八步到達峨神廟

從峨神廟向西南，走一百九十八步到達川主宮正殿，再往右走六十七步到達什方院。

從川主宮往西南，走一百三十四步達到壁山廟。

從壁山廟往西南，走一百八十四步到達菩提庵。

從菩提庵往西南，走二百五十六步到達興聖寺。廟門前有鞋石（靴石）。

從興聖寺往西南，走一千二百三十一步到達聖積寺。該寺有老寶殿、正殿等，廟內有兩棵羅漢松，四周有六尺五寸，左側有一座銅鐘，高九尺，重二萬二千斤，右側有一座銅塌臺，大小共計十四層，上面鑄有四千七百尊佛像，銅塌四周鑄了華嚴經全書文字，廟外有兩棵古榕樹，大的那一棵有三丈六尺七寸那麼粗，小的那一棵有二丈六寸那麼粗。

從聖積寺向西南，走六百四十五步到達文昌廟，廟後面有一口八卦井，現已廢除。

〔註9〕米氏在書中所描繪的肉身像，據地方文獻記載，佛龕中所供是無末明初凌雲寺祖師千峰和尚圓寂後的真身祀像。

從文昌廟向南，走一千四百九十七步到達保寧寺正殿。

從保寧寺向西，走八百三十二步到達子龍廟。廟前有岔路，走三百二十五步到達萬行莊古海會堂。

從子龍廟向西南，走八百三十二步到達報國寺正殿。

從報國寺向南，走一千五百三十二步到達善覺寺正殿。善覺寺也就是二坪（俗稱），寺內大多建築物都是對著山的，從報國寺往西徑直可上到伏虎寺。

從善覺寺向西北，走二千八百七十三步到達達伏虎寺。往左走四百七十步到達無量殿。

1990年，昭通市地方志編輯辦公室為了撰寫地方志的需要，節譯了米氏主編的《新修支那省別全志．雲南卷》〔註10〕中與昭通有關的資料，結果讓志書編纂者們深感驚訝的是，

這本冒著血泡的書，涉獵面之廣、資料佔有量之大、具體記述之細微翔實，實在堪稱志書典範。更要命的是，它所記述的許多內容，就連《續雲南通志長編》和《民國昭通縣志稿》這樣的定論之書也未曾收入。對於該書採用的大量的攝影圖片、交通地圖、細到只有兩戶人家村落的資料統計，以及對主要交通乾道所做的周密的調查，更是讓許多舊志書深感蒼白。」〔註11〕

更值得關注的是，艾蕪晚年所提到的雲南文化的開放性，在米氏的這本書中更是大量記述。米氏的南行踏查，非常關注日本的勢力和影響究竟滲透到中國邊地的何種程度。每到一處，米氏都會拜訪當地的日本人，並在日記中作了詳細的記錄。這一來是受故鄉之情的感發，在異國他鄉最偏遠的山路上，能遇到本民族的同胞，自然會感到親切，甚至有一種油然而生的安全感。二來米氏的南絲路之行，又是一次以日本人的眼光，對本國經濟、教育與文化在異域的影響的實地考察。他著作中記錄了一路走來，在沿路城鎮接觸到兩種日本人：教習和商人。他們的活動軌跡，使我們看到清末時期日本在教育與經濟方面對中國的滲透和影響。比如，地點在昆明的著名的雲南陸軍講

〔註10〕1942年，由米內山庸夫等人主編的《新修支那省別全志》在日本東京出版。其中的第三卷所記述的全部是雲南的情況，分為總說、交通、城鎮、產業和經濟五個部分，如果加上目錄和索引，該卷共一千二百九十八頁，一百多萬字。

〔註11〕雷平陽：《遊走的備註》，《黃昏記》，安徽教育出版社，2014年，第117頁。

武堂，從教官到教材，從授課模式到管理方式基本上都是日本軍事教育教學的模式。今天有關這方面的中國學者們研究，在許多方面仍是語焉不詳。但是在米氏《雲南四川踏查記》卻有強烈現場感的訪問記錄。米氏在昆明參觀了雲南陸軍講武堂，他記述道：

講武堂於去年設立，有教官 20 餘名，全部是日本陸軍士官學校畢業的青年士官，他們對我們進行了熱烈的歡迎，運動會閉幕以後，招待我們用了晚餐，面對著眼前穿著日本軍服的年輕軍官們，聽著用日語交流，讓人覺得並沒有身處遙遠的雲南。

這裡有很多教授（講授）的日本人（指昆明），如農業學堂等幾乎都是由日本人在教授。另外，連相當於日本士官學校的雲南講武堂等地方也只有日本人在教授，從校長到教官全都是日本人，他們都是日本陸軍士官學校畢業的，非常歡迎我們一行的到來。雲南竟然有如此濃厚的日本氛圍，對此我感到非常驚訝。

同時他還參觀了雲南陸軍製革廠：

首先去了雲南陸軍製革廠拜訪了石冢氏。石冢氏之前為四川省成都陸軍製革廠的技師，前年被招聘到了雲南，創立了雲南陸軍製革廠，深得雲南布政使沈秉堃的信任，他不僅是製革廠的技師，還是雲南省政府的顧問。

當天下午，本打算去拜訪農業學堂的各位日本人教官，沒想到他們竟然先來拜訪我們一行。我們一起去了農業學堂，參觀了校舍，然後招待我們泡了熱水澡，這是離開海防之後的第二十四天。我覺得非常難得。

當然，米氏同樣對其他國家和民族的文化介入進行了詳細的記錄。比如他在雲南蒙自體驗到的法國影響：

七月二十一日，我拜訪了法國人經營的醫院，那個法國人長著一張拿破崙似的臉，無論問題什麼，回答總是不得要領，然後去了法國領事館，會見了領事，詢問了蒙自的氣候等等，領事拿出法語的書籍，把其中關於氣候的表格用英語翻譯給我們聽。

蒙自這個地方很小，小得出乎人的意料。城牆以及城市規模都很小，城內的街道也非常的窄小，也算不上多麼熱鬧。東門外是法國的居留地，這裡有法國領事館、法國郵電局、學校、醫院、中國

> 的稅務機關等等，很多外國人都居住在這裡。西門外是商業街，是蒙自最繁華的地段，但即便如此，也不是很繁華，最大的商店也只不過是有三間店面、兩三個店員而已。
>
> 蒙自最引人注目的，無論如何都應該是法國的勢力了，連中國海關的稅務司都是法國人。在這裡，外國人中法國人是最多的，郊外，安南的保姆正帶著法國小孩在玩耍嬉戲。

不管是艾蕪和米山內庸夫，他們有意或無意在行走中記錄了南絲路非常活躍的中外文化交流碰撞。米山內庸夫們的調查，則體現出他們嚴謹的思維和擅長實證的方法，力求精確的學術態度和行為。米氏們關於南絲路行走的書寫，實際上是說明：在我們中國土地上這些完全未見諸於本國記載的山川、地理、人文詳情。外來文化的闖入者實際上早在在一百多年前，就已用詳細的文字和圖像記錄在冊了。拋開「大旅行」調查為日本當局對華政策服務的主旨姑且不說，日本學者的調查報告和研究成果廣涉晚清時期的政治、經濟、社會、風土、風俗以及人們的日常生活，儘管不是純學術意義上的民族學調查，但其內容不乏田野調查的切實與生動，對中國國民性的描寫也不吝筆墨，為研究各地的自然條件、社會狀況、文化狀況提供了彌足珍貴的第一手資料。正如一位中國學者所感歎的，類似《新修支那省別全志》《雲南四川踏查記》這樣的讀物，「是在把一些沉睡中的而又至關重要的細小物質，硬性地一一打醒，並將其集合起來。這些細小的物質，是我們所不屑的，熟悉的，可一旦被另一種力量所控制，立即就變成了我們視而不見，甚至是陌生的地獄」。〔註 12〕的確，當他們把中國一尺一寸的山川土地寫進他們所謂的「踏查記」時，實際上從精神上征服和佔有了中國的土地。當中日兩國的國力競爭出現白熱化，甚至升級為戰爭狀態時。誰能說米氏們這些看似客觀中立的書寫記錄，沒有大用呢？

鳴謝：本文採用的米內山庸夫著作《雲南四川踏查記》，日文原著由樂山收藏家張旭東先生提供，文中所引該書內容，全部由樂山師範學院國際交流處薄仕江老師翻譯。特在此致謝！

〔註 12〕雷平陽：《遊走的備註》，《黄昏記》，安徽教育出版社，2014 年，第 125 頁。

緬甸歷史情境中的克欽山：論緬甸法律體系與艾蕪南行系列小說中的階級衝突

四川大學文學與新聞學院　胡余龍

摘要：

南行經歷不僅在艾蕪的文學生涯裏佔據著極為重要的位置，而且構成了艾蕪不同於其他中國現代作家的重要原因。艾蕪與雲南昆明的歷史關聯已經得到了比較深入的挖掘，但是艾蕪與南行經過的其他地域的內在關係尚未獲得充分重視。從政治經濟學的理論視野出發，將艾蕪筆下的克欽山置於緬甸歷史情境之下，探討緬甸法律體系對艾蕪南行系列小說中的階級衝突所造成的複雜影響，既有利於推進對艾蕪南行系列小說的理解，也有助於發掘「左翼作家」艾蕪的歷史生成機制，還能夠在一定程度上打開艾蕪研究的現有格局。

關鍵詞：緬甸歷史情境；克欽山；緬甸法律體系；艾蕪南行系列小說；階級衝突

引言

1930 年冬天，艾蕪因為參加緬甸共產主義小組的英國活動被英國殖民當局逮捕。1931 年春，艾蕪被遣送回國，並在第二年加入中國左翼作家聯盟。雖然艾蕪因為寫作和印發有關緬甸反英運動的新聞和短文被驅逐出境，不久後他以作家的身份在上海扎根，然而艾蕪最初並不準備把文藝當作志業理想，也沒有充分認識到文藝的重要性。根據艾蕪的回憶，正是在緬甸的種種經歷促使他「把文藝看重起來」、「從此認清了文藝並不是茶餘飯後的消遣品」；艾蕪雖然是在上海生活的時候才「發下決心，打算把我身經的，看見的，聽見的——一切弱小者被壓迫而掙扎起來的悲劇，切切實實地給寫了出來」〔註1〕，但是緬甸經歷在內的南行體驗給艾蕪造成了至關重要的影響，甚至可以說它是催生作家艾蕪的關鍵因素。艾蕪對此有過多次追憶，研究者的相關論述也有不少（其中對艾蕪雲南經歷的研究已經比較充分〔註2〕），然而遺憾的是，並沒有足夠多的學術成果深入討論艾蕪在南行中的異域經歷（並不等同於異域風土人情和詩性漂泊情懷），在還原東南亞國家的歷史情境的基礎上剖析艾蕪的生命感受與文學創作之間的複雜聯繫。

在既往的研究中，艾蕪從一名「游民」到「左翼作家」的轉變受到了重視〔註3〕，他的「左翼作家」的身份也令人矚目〔註4〕，他的文學作品與巴蜀文化的內在關係同樣得到了深入闡釋〔註5〕，也就是說，目前對艾蕪南行前、南行後的研究已經比較充分，但是對南行中的研究則稍顯不足——相關研究往往偏重於以文本分析為中心的「內部研究」〔註6〕，「外部研究」開展得並不是特別充分。吳福輝早就指出過「人們對《南行記》的理解，逐步從異域風光、浪漫漂泊情調、對底層人民品性的挖掘與讚美，進而深入到人的生命本質的某些層面」〔註7〕，時至今日，對《南行記》在內的艾蕪南行系列小說〔註8〕的研究似乎依然沒有從根本上突破此種格局。王曉明曾經敏銳地洞察出「《南行記》的旋律也不始終都是那樣開朗和諧，我時常會聽到另一種悲憤的高音」〔註9〕，認為《南行記》裏包含著兩個大相徑庭、並行不悖的小說世界，

〔註1〕艾蕪：《原〈南行記〉序》，《艾蕪全集·第1卷》，四川文藝出版社2014年6月版，第4～6頁。

〔註2〕參閱馮永琪：《南行踏歌：艾蕪與雲南》，昆明：雲南教育出版社2000年12月版。

〔註3〕陳國恩、陳昶：《從「游民」到左翼作家——論艾蕪20世紀30年代的創作》，《江漢論壇》2013年第4期，第84～87頁。

〔註4〕王毅：《「山峽」內外：一個左翼作家的行走、書寫與筆名》，《中國現代文學研究叢刊》2008年第3期，第20～32頁。

〔註5〕參閱李怡：《現代四川文學的巴蜀文化闡釋》，長沙：湖南教育出版社1997年11月版。

〔註6〕張悅：《艾蕪與他的三部「南行記」》，《中國現代文學研究叢刊》2017年第9期，第116～123頁。

〔註7〕吳福輝、王曉明：《關於艾蕪〈山峽中〉的通信》，《中國現代文學研究叢刊》1993年第3期，第138頁。

〔註8〕在本文中，「南行系列小說」是指艾蕪以自身的南行經歷為題材創作的小說作品，主要集中在《南行記》、《南行記續篇》、《南行記新篇》三部小說集裏。

〔註9〕王曉明：《沙汀艾蕪的小說世界》，上海：上海文藝出版社1987年6月版，第143頁。

但是後來的研究者並沒有沿著這種思路深挖下去，探究兩種不同小說世界與社會現實之間的互動關係。概言之，在對艾蕪南行經歷的研究中，雖然艾蕪的雲南經歷已經得到了較多的關注，但是艾蕪的異域經歷卻沒有受到足夠的重視，南行經歷與南行系列小說之間的內在關聯很有必要被進一步闡釋。

對於艾蕪而言，南行不是一個空洞的符號或者抽象的概念，他雖然感懷於中國雲南和東南亞國家的秀麗風景和多姿人文，然而他的基本身份是一名長期掙扎於生死線上的游民，不僅飢餓和疾病威脅著他的健康，而且瘴氣數次差點奪走他的生命，這種在現代文學史上十分罕見的「極度體驗」〔註 10〕帶給艾蕪的影響是難以估量的。艾蕪的南行經歷令人不禁想到另外兩位著名的現代作家：許地山、穆旦。在歷經異國他鄉的現實洗禮以後，許地山的小說創作自覺地走向宗教的神性世界，而穆旦的詩歌作品也增添了生命的厚重和宗教的意識。相比之下，艾蕪雖然有著跟許地山、穆旦相似的經歷（艾蕪和穆旦甚至都在克欽山——即今天的野人山，都有過絕境下的「死亡體驗」〔註 11〕），但是艾蕪的小說創作並沒有由此而產生形而上的宗教冥思，反倒徹底轉向了對社會現狀的真實描繪，艾蕪甚至因此被稱為「社會剖析派作家」〔註 12〕。這恰恰體現出艾蕪在中國現代文學史上的獨特性，同時也提出了一個必須正視的問題：為什麼在南行以後，艾蕪不但沒有走向宗教，反而將社會現實抱得更緊？艾蕪的南行系列小說對中國邊地和東南亞國家的階級衝突有著細緻而深切的描繪，他的階級意識又是從何而來的呢？想要解釋這些問題，必須重新返回到艾蕪南行所處的歷史情境之中。

1925 年 5 月，艾蕪從成都出發，正式開始南行之旅。1927 年 3 月，艾蕪離開雲南昆明，前往緬甸。1927 年 4 月至同年 9 月，艾蕪一直留在緬甸的克欽山茅草地。從 1927 年 10 月開始，艾蕪在緬甸仰光生活，直至 1931 年 1 月被遣返歸國，南行自此宣告結束。南行期間，除了中國和緬甸以外，艾蕪還去過馬來亞、新加坡、印度等國家，但是他在那些國家都只是短暫逗留。總體而言，在長達六年的南行經歷裏，艾蕪在緬甸停留的時間最長，多達將近

〔註 10〕參閱謝明子：《極度體驗與艾蕪的〈南行記〉》，長沙：湖南師範大學 2007 年碩士論文。

〔註 11〕胡余龍：《「被時間沖向寒凜的地方」——論 1940 年代從軍經歷帶給穆旦的「死亡體驗」》，《宜賓學院學報》，2018 年第 9 期，第 10～18 頁。

〔註 12〕丁帆：《論「社會剖析派」的鄉土小說》，《福建論壇》（人文社會科學版）2007 年第 1 期，第 78～83 頁。

四年；其次才是雲南昆明，不到兩年。緬甸時光在南行經歷裏佔據著如此重要的地位，目前對艾蕪緬甸經歷的研究卻是不夠的。在緬甸經歷裏，艾蕪在克欽山滯留了將近半年，雖然時間不長，但是在艾蕪的小說創作裏卻反覆出現，艾蕪自己也多次表示克欽山的茅草地對他來說有著極為特殊的重要意義。所以本文以艾蕪筆下的克欽山為研究對象，借之來管窺緬甸歷史情境與艾蕪南行系列小說之間的對照關係。

在現代文學研究領域，政治經濟學的研究方法正在受到越來越多的重視。以政治經濟學視野來考察民國文學的生成機制和歷史景象，能夠將習以為常的「常識」與「定理」暫時懸置起來，找尋突圍既有闡釋框架的無限可能性，在儘量呈現歷史細節的基礎之上探尋民國歷史情境與作家作品之間的複雜聯繫。〔註 13〕作為政治經濟學的一個重要維度，法律跟文學之間有著極為密切的聯繫。就中國現代文學而言，有學者指出「從思想啟蒙到民族救亡、從家庭婚戀到民主革命、從城市知識分子到鄉村農民階級、從現實到歷史……許多作品都涉及到法律」〔註 14〕。本文選擇從法律的角度審視艾蕪的南行系列小說，分析緬甸法律體系下的社會矛盾與階級衝突，從而加深對艾蕪緬甸經歷的理解，重估緬甸經歷（乃至整個南行經歷）在艾蕪創作生涯裏的歷史意義。

一、殖民語境下的緬甸法律體系

在英國長達一百多年的殖民統治期間，緬甸被籠罩在「日不落」的巨大陰影裏，國家主權淪為帝國主義侵略行徑下的犧牲品。英國第一次侵緬戰爭以印度總督奄哈士向緬甸正式宣戰（1824 年 3 月 5 日）為開端，以停戰條約《楊端波條約》的簽訂（1826 年 2 月 24 日）為結局，英國東印度公司從此次戰爭勝利中收穫了在緬甸的多項特權，並且佔領了顛拿沙籐和阿拉干，而原先統治著緬甸的孟既政權逐漸喪失對國家最高權力的控制。在孟既的王弟礁拉瓦底成為國王以後，率先撕毀《楊端波條約》，並且不再向英國派遣外交使節，於是英國駐印度總督戴好詩於 1852 年發動第二次侵緬戰爭，以同年 12 月停戰協定草案的簽訂告終，下緬甸從此淪為英國的殖民地。1870 年以後，

〔註 13〕參閱李怡等：《民國政治經濟形態與文學》，廣州：花城出版社 2014 年 10 月版。

〔註 14〕胡昌平：《虛構：通向正義之路——從〈原野〉看民國法律形態》，《現代中國文化與文學》2014 年第 2 期，第 260 頁。

歐美殖民國家掀起新一輪的搶奪殖民地的浪潮，美國、法國、意大利先後涉足緬甸，作為既有利益佔有者的英國抓緊了侵略步伐，於 1885 年年底發動第三次侵緬戰爭，俘獲緬甸的國王錫袍和王后素浦雅叻，並且在 1886 年 1 月 1 日公開宣布緬甸為英國屬地，緬甸從此不再是一個由封建領主和國王統治的獨立國家，而是成為英國掌控下的殖民地。英國耗費將近十年的時間鎮壓緬甸人民起義運動，直至 1895 年才讓緬甸國內的社會秩序重新穩定下來。1897 年以後，緬甸經過改革成為英屬印度的一個省份，省督享有統治權。「印緬合治」的局面直至 1937 年才結束。在 1942～1945 年間，日本取代英國成為緬甸的統治者。1945 年 10 月 16 日，英國重新奪回緬甸的掌控權。直到 1948 年 1 月 4 日，英國在緬甸的殖民統治宣告結束，緬甸聯邦共和國成為一個獨立自主的國家。

緬甸被英國殖民統治的歷史情境決定了緬甸在多個方面都要受到英國的桎梏，尤其是在法律體制的建設和捍衛上，緬甸不得不聽命於英國。這種情況不僅剝奪了緬甸管理國家的實質權力，還嚴重破壞了緬甸法律的現代化進程。根據已有資料顯示，緬甸在甘王朝時期（1044～1287）已經擁有法典，但是這部法典的主要內容源自鄰國印度的《摩奴法典》，此後一直被沿用到 19 世紀。與此同時，由於小乘佛教在緬甸的普及性和重要性，佛教法同樣在法律事務中發揮著重要作用。英國在侵佔了緬甸以後，為之「量身打造」了普通法（或稱「緬甸統治法」），它成為英國統治緬甸的基本法律，包括刑法、契約法、公司法、刑事訴訟法等多個方面；就家庭、宗教、婚姻等日常生活事務而言，緬甸在一定程度上沿用此前的習慣法，佛教法在其中依然能夠起到一些作用。「第二次世界大戰結束後，緬甸人民在爭取民族獨立的鬥爭中，制定了 1947 年緬甸聯邦憲法」〔註 15〕，至此緬甸真正擁有了一部獨立的現代法典。雖然如此，但是英國殖民時代的影響在緬甸法律裏依然是有跡可循的，也就是說英國法律一直影響著緬甸法律的建構與施行。這種局面給緬甸法律體系的建設工作造成了長久而深遠的負面影響，到了 21 世紀初仍未消歇，「目前緬甸的憲政制度是處於一種極不正常的狀態當中。在東盟各國當中，其法律和法律制度的建設是最不完善的。」〔註 16〕

〔註 15〕沈安波主編：《緬甸聯邦經濟貿易法律指南》，北京：中國法制出版社 2006 年 10 月版，第 12 頁。

〔註 16〕申華林主編：《東盟國家法律概論》，南寧：廣西民族出版社 2004 年 11 月版，第 281 頁。

通過上述梳理可以發現，管理緬甸社會秩序的法律體制至少包括三個系統：普通法（英國），習慣法（緬甸），佛教法（宗教）。其中，普通法佔據絕對的主導權，適用範圍最廣、法律效應最強；習慣法和佛教法在日常生活情景中輔助普通法，起補充和完善的作用。

在艾蕪的南行系列小說裏，普通法、習慣法、佛教法的執法者分別對應洋官（英國官員）、山官（緬甸官員）、大佛爺（寺廟和尚）。洋官雖然每一兩個月才到克欽山的茅草地巡視一次，每次只在那裡的洋官行署住上一兩天，但是他擁有管理當地居民的絕對權力，不受任何緬甸本土勢力的制約和監督。至於山官、大佛爺，他們雖然也分擔了一部分的執法職能，卻沒有多少實權，在法律事務中能夠發揮的作用甚至還不如洋官的翻譯〔註17〕。

> 山官沒有在店裏住，只請一個漢人夥計替他招呼，他本人是住在戶董山寨上，距離我們住的山谷，約有四英里光景。他很少下山來，谷裏發生了什麼打官司的事情，也不請他解決。打官司全是由每兩月就要來巡視一次的英國官處理。他在一般店家心目中，似乎並不重要，大家日常生活裏，全沒有提到過他。洋官哪，Byada（緬語，警察）哪，到是常常聽見的。〔註18〕

通過上述引文可以得知，處理法律爭端的實際權力掌握在洋官手裏，山官只負有名義上的管理權。再加上山官也不太願意干涉當地的人事糾紛，「克欽山官住在十二三里遠的山頂寨子裏，也並不下來管事，只在這裡開個馬店，請人幫他招呼」〔註19〕，所以山官在普通人心裏的存在感就更低了。相比山官，由於小乘佛教已經喪失了緬甸國教的地位，所以大佛爺的社會地位變得比山官更加尷尬。雖然小乘佛教在緬甸的社會地位大不如前，佛教徒在大多數情況下需要跟普通人一樣服從於法律體系，但是並非意味著他們被完全剝奪了法律執行權。「英國對緬甸進行殖民統治以後，尚保留了一部分對其統治不構成威脅的佛教法，如有關婚姻和離婚、繼承、宗教等方面的法律」〔註20〕，

〔註17〕在艾蕪的「南行小說」裏，「翻譯」和「師爺」多有重疊，本文統一稱呼「翻譯」。

〔註18〕艾蕪：《山官》，《艾蕪全集．第1卷》，四川文藝出版社2014年6月版，第200～201頁。

〔註19〕艾蕪：《野櫻桃》，《艾蕪全集．第1卷》，四川文藝出版社2014年6月版，第400頁。

〔註20〕申華林主編：《東盟國家法律概論》，南寧：廣西民族出版社2004年11月版，第280頁。

也就是說，曾經在封建領主和國王統治時期（1000～1824）發揮過重要法律效應的佛教法，到了英國殖民統治時期依然保留了一部分的法律權限，繼續扮演習慣法的角色，只不過它必須以不違背英國為緬甸制定的普通法為前提條件，以不損害英國政府在緬甸的侵略利益為執行標準。相應的，大佛爺的執法權限被大大縮減，受到的待遇也大不如前，甚至不得不成為上層階級和英國政府的利益捍衛者，「哼，你以為他們一向都尊敬做大佛爺的麼？沒有那回事！他們只在表面上尊敬你，心裏卻一直把你看成窮小子，跟他的幫工差不多」，「他要你念經說法，叫大家老百姓規規矩矩，好餓著肚子，也能繳納租子哪！」〔註 21〕社會地位的巨大翻轉恰恰構成了「佛教僧侶成為反對殖民統治的一支重要力量」〔註 22〕的根源。

因此，普通人對山官、大佛爺只是尊敬，對洋官卻是極度畏懼，同時還諂媚和討好翻譯。趙老闆對待前來住店的客人向來表現得十分冷淡，總是保持著躺在床上吸食鴉片煙的姿勢，基本不會起身親自接待，「他只動著眼睛眉毛和嘴巴。可以說他懶，也可以說他看不起人。事實上，店裏經常來往的客人，也不能使他顯出尊敬。」〔註 23〕但是趙老闆對寸師爺的態度則大不一樣。寸師爺是在緬甸長大的中國雲南人，能夠熟練地使用數種語言進行口頭交流，因而成為洋官的翻譯，經常跟著他巡閱克欽山裏的各處山寨。趙老闆明面上靠開客店為生，暗地裏進行販賣鴉片煙的非法勾當，所以對於寸師爺「特別獻著許多小心，每次來時總請他來自己的店裏住，吃飯，喝酒，吹煙，完全孝敬」〔註 24〕，目的就是防止寸師爺向洋官檢舉自己的罪行。

正如上文所說，普通法、習慣法、佛教法三套法律系統在緬甸人民的現實生活中交錯相間，沒有受過良好教育的普通人對緬甸國內的法律條款缺乏瞭解，所以當法律懲罰降臨到自己身上時，便會感到茫然無措、無計可施，並不清楚自己所犯的罪行。雖然同樣是以開客店為生，但是劉老闆的收入水平遠遠比不上趙老闆，主要是因為他負責經營的茅草屋太過破敗，只有貪圖

〔註 21〕艾蕪：《芒景寨》，《艾蕪全集·第 1 卷》，四川文藝出版社 2014 年 6 月版，第 360 頁。

〔註 22〕賀聖達：《緬甸史》，北京：人民出版社 1992 年 10 月版，第 462 頁。

〔註 23〕艾蕪：《山官》，《艾蕪全集·第 1 卷》，四川文藝出版社 2014 年 6 月版，第 198 頁。

〔註 24〕艾蕪：《洋官與雞》，《艾蕪全集·第 1 卷》，四川文藝出版社 2014 年 6 月版，第 208 頁。

店錢便宜的傣族路人才願意投宿。為了改變貧困的現狀，劉老闆用借來的一筆高利貸改建滇緬通商大陸旁邊的一排茅草屋，其他的茅草屋需要等到「發財的時候才能再修理」。劉老闆的夢想很快就被無情地擊碎，因為洋官堅持認為劉老闆新修的茅草屋「把官家的路佔了十英尺，犯了大英國的法律」，責令他必須立即將之拆除。劉老闆完全不懂「大英國的法律」，寸師爺特地向劉老闆解釋情況：

> 洋官說，兩年前就出過布告，官家的大路，要保持五十英尺寬，修房建屋，都不得侵佔一寸。至於早年的舊房子，只好聽其自然，一旦改建時，就一定要依照新規矩，絲毫不能違犯的。這是大英國的法律，你明白嗎？〔註25〕

沒有任何周旋的餘地，洋官帶著克欽兵很快砍倒了劉老闆的新茅草屋。這不僅截斷了劉老闆的生計來源，而且將他一家人推向破產的深淵——以劉家客店的盈利很難按期償還高利貸。即便如此，劉老闆卻無處申冤，緬甸法律不會為他提供絲毫的經濟補償，所以劉老闆只能發了瘋似地大罵「天殺的狗官呀」，完全不能改變既定的判罰結果。

在普通法主導的緬甸法律體系面前，一方面是底層人民的無能為力，另一方面是上層階級和英國人士的予取予求。為了安慰即將陷入絕境的劉老闆，寸師爺說道：「英國人真難說，他們的法律，鐵一樣，改不動。他們辦公事，一點不講人情，不像中國的官，可以隨便來的。」〔註26〕寸師爺的話只講了一半，剩下的一半是「當涉及到英國人的利益時，英國的官也是可以隨便來的」。來自干崖壩的傣族女性（以農家少女居多）每隔兩三天就會挑著農產品前往八莫交易，通常會在趙家客店歇宿一晚。住店的傣族女性基本不會有事，但是也會發生意外。克欽山裏的一段山路被山洪沖毀，負責巡查路況的英國人帶著翻譯（一名印度人）來茅草地住宿。洋官一開始對「我」以命令的口吻說「I want a girl, boy！」，言下之意是讓「我」替他尋找一個發洩肉慾的年輕女人。趙老闆為了平息事端，將洋官一行人引到劉家客店，於是第二天早上「我」便看到了這樣的一幅景象：「昨夜在他店裏宿夜的傣族女人，正有二

〔註25〕艾蕪：《洋官與雞》，《艾蕪全集·第1卷》，四川文藝出版社2014年6月版，第209頁。

〔註26〕艾蕪：《洋官與雞》，《艾蕪全集·第1卷》，四川文藝出版社2014年6月版，第210頁。

三挑著竹筐，在門邊芒果樹蔭下，現了出來。大家沉默地走著，已沒有往日動身時應有的朝氣了。內中有一個十六七歲的傣族女子，則更是低低地垂著頭，軟弱無力地拖著腳步，彷彿還留著夜來低泣的樣子。」〔註27〕顯而易見，小說裏的「十六七歲的傣族女子」昨晚遭到了洋官的凌辱，然而洋官不僅堂而皇之地犯下了姦淫罪，卻不會受到一絲一毫的法律懲罰。更為可悲的是，印度翻譯、趙老闆、劉老闆，甚至是「我」，都成了洋官的幫兇，同樣不會背負任何實質性的罪名，就連道德的譴責也是短暫的。通過傣族少女在受辱後的反應可以看出，類似的事情應該不是第一次在克欽山發生了，這又怎麼能說英國人的法律「鐵一樣，改不動」呢？

來自不同階層和國籍的人們在緬甸法律體系中各自享有的地位和權利大相徑庭，這是社會不公和社會矛盾的突出反映，也是後來緬甸民族解放鬥爭爆發的重要原因。緬甸社會的種種亂象在艾蕪心裏留下了銘記終身的深刻印象，並且成為其文學創作的不竭源泉。

二、被英國掌控的緬甸軍隊

處於殖民語境之下的緬甸法律體系之所以不能成為保護人民人身安全和私有財產的國家機器，根本原因在於英國擁有對緬甸的絕對控制權，更確切地說是，緬甸沒有足夠的軍事力量來反抗英國的殖民統治、捍衛本國的法律體系。

英國在緬甸享有難以撼動的統治權，無論是兩元制政制時期（1920～1937），還是在九十一部門政制時期（1937～1942），均為如此。兩元制政制只是英國為統治印度而採取的「比較進步的政制」的仿製品，是英國政府安撫民族國家觀念和民主鬥爭意識日益高漲的緬甸人民的政治遊戲，它在表面上將英國政府與緬甸人民的職權範圍區分開來，實際上依舊以英國政府對緬甸的統治為旨歸，緬甸在立法會議裏並沒有實質的發言權。九十一部門政制把兩元制政制的愚民把戲偽飾得更為高妙，不僅實行印緬分治，而且把緬甸治理權移交給由緬甸議員管理的九十一個部門（總共有九十八個部門），但是在事實上，作為英屬殖民地的緬甸必須在英國政府的鉗制下行使有限的職權，而且不能做出損害英國既得利益的「越軌」行為：「只有在緬甸人民不干涉英

〔註27〕艾蕪：《我詛咒你那麼一笑》，《艾蕪全集．第1卷》，四川文藝出版社2014年6月版，第224頁。

國人在緬甸服務，或謀取經濟利益；以及只有在部長們能按法律的途徑，勝任他統治這個國家的前提下，才能給予好像是自己所喜愛的管理權，來管理自己的國家。」〔註 28〕這裡所說的「法律」從起草到實施都閃動著英國人的身影，它與其被說成是緬甸人的法律，不如被視為印刻著英國政府統治意志的「緬甸化的大不列顛法律」。這一點在緬甸的軍事建制上體現得尤為明顯。在 1935 年以前，緬甸人並不享有自主參軍的合法權利，也沒有建立軍隊的自主權；直到緬甸法案頒布以後，緬甸才真正建立起後備軍和國防委員會，緬甸人才被允許參軍，之前屬於印度軍隊的部分士兵也被併入緬甸軍隊，但是緬甸依然沒有足夠的力量保衛自身的國土安全，因而在後來對日本發起的自衛反擊戰中潰不成軍，在短短一年之內便被日軍全部侵佔。

英國侵佔緬甸的主要原因是為了掠奪當地的財富、資源和勞動力，採取的殖民統治策略涵蓋政治、經濟、軍事、文化、教育、宗教、出版等方方面面，其中需要重點解決的問題是軍事力量。軍事力量是發動武裝起義、進行暴力革命的決定性因素，英國通過統治印度積累了管控東亞殖民地的豐富經驗，所以從一開始就特別注重對緬甸軍隊的控制，甚至以法律的形式嚴格限制緬甸人的參軍權利，使得緬甸軍隊的實力格外弱小，士兵的成分也比較駁雜。「英國人佔領緬甸以後，在緬甸建立了一支以現代武器裝備的、服務於英國殖民統治的軍隊。但是，當時的這支軍隊基本上排除了緬甸的主體民族緬族，其成員主要是緬甸的克倫、克欽、孟等少數民族和一些印度人及尼泊爾人，目的主要是鎮壓緬族人的反抗」〔註 29〕，這支緬甸軍隊的規模遠遠小於國防所需，實為英國刻意操控的結果。「根據 1931 年普查的統計，緬甸的人口有一千四百五十餘萬人」，其中有「一千三百五十餘萬人則純粹為緬甸國內各民族的居民」〔註 30〕，只有大約一百萬人是歐洲人、印度人、中國人、尼泊爾人等外國僑民。然而，1931 年的緬甸軍隊總共才有 5281 人，其中還有 2127 名印度人〔註 31〕，一方面區區五千人的緬甸軍隊遠遠不足以保衛將近一千五百萬的緬甸居民，另一方面「眾多的印度士兵、警察、公務員，給緬甸

〔註 28〕〔緬甸〕波巴信：《緬甸史》，陳炎譯，北京：商務印書館 1965 年 5 月版，第 175 頁。

〔註 29〕賀聖達主編：《當代緬甸》，成都：四川人民出版社 1993 年 6 月版，第 254 頁。

〔註 30〕〔緬甸〕波巴信：《緬甸史》，陳炎譯，北京：商務印書館 1965 年 5 月版，第 7 頁。

〔註 31〕李飛：《英屬緬甸的印度移民》，昆明：雲南大學 1999 年碩士論文，第 12 頁。

人造成印度人作為緬甸管理者、統治者的印象」〔註 32〕。實際上，管理緬甸的主要軍事力量是英國軍隊，規模極小的緬甸軍隊也處在英國殖民當局的牢牢掌控之下，緬甸軍隊的軍事職權處於被架空的境地。

在艾蕪的南行系列小說中，我們時常可以看到洋官（即英國官員）頤指氣使、伽拉兵（即印度兵，「伽拉」為 Kala 的音譯）為虎作倀的醜態，卻基本看不到緬甸士兵守衛人民的身影。其中，伽拉兵並不是印度的獨立軍事組織，而是聽命於英國政府的雇傭兵，代為執行國家武裝部門的部分職能，這種局面一直維持到 1937 年印緬分治政策的實施。

按照英國在緬甸施行的普通法，吸食和買賣鴉片在指定區域裏被賦予了法律正當性，但是將私自運送和販賣鴉片的行為定性為刑事犯罪，在交通要道和重要關卡都會設立檢查站點。然而，「那些外國緝私人員，住在克欽山那邊山腳下，一個教野田壩的小鎮上，也從不走到這裡來」〔註 33〕，使得有關違禁鴉片的法令很難在鄉野山谷裏得到百分之百的貫徹。英國殖民當局深知自己兵力不足，所以只能選擇重點督查，例如「在洗馬河到小田壩這一截路上，檢查得極嚴，鴉片煙和煙家什一類的東西，是不可以帶的」〔註 34〕。正是因為軍方在管控鴉片上存在著一些漏洞，一種高風險、高收益的職業——私煙販子變得興盛起來。緬甸法律懲治私煙販子的主要措施是判刑坐牢，兼以一定的罰款，只是這些懲罰並不能澆滅私煙販子的犯罪念想，甚至有不少私煙販子以坐牢次數多為榮：

> 八莫的英國當局，對待中國犯人，總是叫他們在監牢裏面，終天做工磨麥粉，磨得多的，便可多得囚糧。如果偷懶磨得少，就只好挨餓。好些偷馬做私煙生意的人，都去過過推磨的日子。他們談到那裡的生活情形，就像是他們常常到的客店一樣，摸得非常清楚，而且在裏面學會了好些緬甸名詞，帶到他們的漢人話裏面雜著使用，講到嘴上的時候，頗有自鳴得意的神氣，彷彿他們無論做什麼事情，都可藉此表示出了他們的資格很老似的。〔註 35〕

〔註 32〕范宏偉：《緬甸華僑華人史》，北京：中國華僑出版社 2016 年 7 月版，第 303 頁。

〔註 33〕艾蕪：《野櫻桃》，《艾蕪全集·第 1 卷》，四川文藝出版社 2014 年 6 月版，第 400 頁。

〔註 34〕艾蕪：《山中送客記》，《艾蕪全集·第 1 卷》，四川文藝出版社 2014 年 6 月版，第 230 頁。

〔註 35〕艾蕪：《私煙販子》，《艾蕪全集·第 1 卷》，四川文藝出版社 2014 年 6 月版，第 243～244 頁。

洋官知道自己人手嚴重不足，所以命令伽拉兵幫助他們糾察私運鴉片的違法行為。洋官與伽拉兵之間的領導與被領導的關係根本談不上鐵板一塊，伽拉兵並不總是按照洋官的要求和計劃不折不扣地踐行緬甸法律條令。伽拉兵一是因為雇傭兵的他者身份，二是因為沒有實質意義上的軍事職權，所以如果沒有洋官或其他英國人的監視，他們不具備扮演殖民者角色的主動性和積極性，對於私煙販子的行徑也是睜一隻眼閉一隻眼。老何和老朱是「我」從八莫前往克欽山的途中遇到的旅伴，「我」在偶然的情況下發現他們倆都是私煙販子。「我」們三個人在克欽山裏住下的第一個客店位於芭蕉寨，住在對面茅草房的便是一隊伽拉兵。這些伽拉兵「包著白布套頭，穿著黃襯衣，坐在屋前的空地上，吸著用炭火燒煙的大瓦煙袋，喝著高銅杯子裝的咖啡」，藏著鴉片煙的老何、老何卻一點也不害怕，反倒勸慰憂心忡忡的「我」：「這些就是加拉人，他們只紮在這裡，不搜查哪個的！」〔註 36〕在經歷了長期的偵查與反偵查的互動遊戲以後，私煙販子與伽拉兵之間彷彿形成了一股不言自明的默契：只要洋官不在場，私煙販子不會主動地招惹伽拉兵，伽拉兵也不會積極地抓捕私煙販子，雙方在各自的日常生活秩序裏並行不悖、互不干擾。緬甸法律在人民群眾中的實際執行力由此可見一斑，當然，這種表面的「和諧」須以英國人的「缺席」為前提條件。

即便是英國人「在場」，但是如果他們認為本國的利益沒有受到危害，他們也可能會選擇視而不見、置若罔聞。也就是說，緬甸軍隊的保護對象有著明確的指向性：在有關緬甸人民的人事糾紛上，緬甸軍隊很少有作為；在涉及英國人利益的法律事務上，緬甸軍隊表現出很高的執行力。歸根結底，緬甸軍隊實為被英國牢牢掌控的一支「雇傭軍」，它首要保衛的是英國和英國人在緬甸的各項權益。

> 這裡要他派兵來，也很容易。只要是大幫匪人出現，交通斷絕，洋貨不能運到雲南，那馬上就是洋兵到了。從前，雲南地方匪多，洋貨去又退回，運不通，他們差不多要派兵去剿了，你說他們不熱心嗎？哼，為了他們自己的事，拼命都要去幹的。你的苦楚是你的，同他們沒關係，為什麼要來管？〔註 37〕

〔註 36〕艾蕪：《我的旅伴》，《艾蕪全集．第 1 卷》，四川文藝出版社 2014 年 6 月版，第 164 頁。

〔註 37〕艾蕪：《洋官與雞》，《艾蕪全集．第 1 卷》，四川文藝出版社 2014 年 6 月版，第 211 頁。

因為緬甸軍事力量被英國緊緊攥在手心裏，所以無論是洋官、伽拉兵，還是山官、克欽兵，或是其他的軍隊建制，都以保障英國在緬甸的侵略特權為基本職責，很難起到保衛緬甸人民的作用。進而言之，緬甸人民的人身安全和私有財產得不到緬甸法律體系的保護，他們時刻被看不見的危險團團包圍，身心飽受各種威壓的折磨，一旦稍有不慎或者運氣不佳，很容易深陷困境，甚至是萬劫不復。恰恰因為緬甸法律體系不能帶給人民生活起碼的安全感和法律保障，所以緬甸的社會結構裏包含著強烈的不安定因素。

三、底層人民的經濟生活

在艾蕪的南行系列小說裏，既然緬甸法律體系如此不公正、不平等，在相當程度上成為上層階級和英國政府轄制和壓榨底層人民的強制性工具，緬甸人民卻依然沒有發起大規模的武裝暴動，這是為什麼呢？根本原因在於經濟。緬甸經濟的逐步發展令多方受益，雖然底層人民從中分得的利益很少，但是至少能夠維持基本的生活開支。在這種情況下，大部分緬甸人民並不願意冒著生命威脅投身到短期內看不到前景的反英革命事業之中。

在英國完全掌控了緬甸以後，實施了一系列發展政策，雖然是出自資本主義經濟掠奪的目的，但是在客觀上推動了緬甸的農業、林業、礦業、工業、服務業、通訊業、對外貿易、交通運輸等多方面的發展，尤其是在 1920 年代，緬甸經濟建設取得一定成績，人民生活有所好轉，在這種情況下，緬甸人民沒有發動暴力革命的經濟原因。但是在進入到 1930 年代以後，世界逐漸陷入到經濟危機之中，以農業為命脈的緬甸經濟受到嚴重影響，底層人民瀕臨破產。每百籮大米在 1927 年可以賣出 182 盧比，到了 1934 年卻只能賣出 55 盧比〔註 38〕，然而日常用品的價格卻在不斷地上漲，廣大農民不得不靠出售土地或者借高利貸來維持生存，這是緬甸農村愈發動盪的根本原因。緬甸人口以農民為主體，農村問題得不到解決，緬甸的社會矛盾自然依然存在。原本就有的社會矛盾迅速激化，而英國殖民當局採取的應對策略以軍事鎮壓為主，使得緬甸的民族矛盾、階級衝突、排外主義愈演愈烈，整個社會秩序越來越動盪不安。從 1930 年 5 月開始，下緬甸爆發了一系列排斥印度運動。同年 12 月，緬甸迎來近代歷史上規模最大的反英農民起義——礁拉瓦底縣（即艾蕪筆下的達拉瓦底縣）的薩耶山起義。與此同時「龍皇都班那加」塞雅三宣布

〔註 38〕轉引自賀聖達：《緬甸史》，北京：人民出版社 1992 年 10 月版，第 335 頁。

成為「新緬王」，公開高舉反英大旗。不久以後，仰光出現了較大規模的華緬衝突。「這次事變在緬甸引起很大震動，未及一月，便波及許多縣份。農民的行動也得到了城市知識分子的支持和聲援。」〔註39〕

1927年4月至9月，艾蕪滯留在克欽山裏，當時緬甸經濟尚未出現滑坡，底層人民雖然處境艱難，但是好歹能夠勉強度日，所以並沒有爆發大規模的民族解放運動。儘管如此，由於複雜多樣的原因，尤其是緬甸法律體系存在著致命性的漏洞，當時的緬甸經濟已經暴露出許多弊端，從根本上威脅到緬甸經濟的長久發展和緬甸人民的正常生活。這一點在艾蕪的南行系列小說裏主要體現為以下兩個方面：

第一，緬甸法律對社會職業的管制缺少投入。在一個獨立、健康、穩定的法治國家裏，法律必然高度重視對社會職業的控制，保護合法職業的正當權力和經濟收入，打擊違法職業的非法經濟來源，從根本上阻絕違法犯罪行為的發生，維護社會秩序的長治久安。處於英國殖民統治下的緬甸法律並不能起到國家法律的正常功用，導致緬甸社會裏的合法職業與違法職業並行於世，兩種基本職業的收入水平和社會地位發生了不該有的倒轉，緬甸人民的擇業觀也受到了相應的影響，不少人更傾向於從事違法職業。

在克欽山裏，緬甸人民選擇較多的合法職業包括馱貨、開店、抬客、趕馬、種地、店夥計等，以非法職業為生的人主要有偷馬賊、私煙販子、軍火販子、強盜、拐子（即拐賣人口的騙子）等。從事合法職業的人，除了少數人以外，基本上只能勉強養家糊口，基本沒有發家致富的可能性，而且隨時面對著巨大的經濟壓力。他們唯一的優勢就是「合法」，但是由於緬甸法律並不以保護緬甸人民的合法權益為宗旨，所以唯一的優勢也只是停留在紙面上的謊言。相比之下，從事違法職業的緬甸人往往享有更高的社會地位，雖然承受著比較大的法律風險，但是經濟收益相當豐厚。

艾蕪在克欽山茅草地的趙家客店裏當了五個月的店夥計，他不但白天要完成極其繁重的體力勞動，晚上還得免費給趙老闆的三個子女當家庭教師，能夠得到的經濟報酬卻非常少，而且經常受到老闆和房客的侮辱。艾蕪對這段經歷可謂是終身難忘：「我記得不只在那裡打過將近兩個月的擺子，而且赤腳打掃馬糞的時候，十個腳指頭和腳指甲，都給馬糞、馬尿、雨水泡爛了好

〔註39〕張效民：《艾蕪傳：流浪文豪之謎》，成都：四川民族出版社1997年1月版，第64頁。

長一個時期，一踩到馬糞、馬尿，就疼得要命，幸虧一個老趕馬人給個草藥單方，才醫治好了。」〔註 40〕店夥計的現實處境如此艱辛，其他把合法職業作為生計的人也好不到哪裏去。即便是擁有一些茅草屋的劉老闆，同樣生活得非常堅苦，在被洋官以「英國法律」的神聖名義強拆了新建的房屋以後，劉老闆一家更是被推向了破產的邊緣。

相比遵紀守法的人而言，違法職業不但經濟收入高，而且社會地位也高。老鄧原本老實本分，從種地、馱貨、挑行李等合法職業中謀求生路，然而身材瘦小的他始終只是一個「弱小人物」，生活得十分艱苦，令他感到極度的苦悶和憤恨：「我先前也同你一樣想哪：做點正經事……噗，什麼是正經事呀？……到後來，才明白，那全是傻裏傻氣的……你看我怎麼樣？一向不是餓得皮包骨了麼？人家還不肯讓我做活路。你倒在路上，一絲絲氣了，我敢打賭，也還沒人給你一口米湯吃的，嘿，這就是要做正經事的好報應！」〔註 41〕等到老鄧被迫當了偷馬賊以後，雖然在開始的一段時期內同樣舉步維艱，甚至經常遭到馬夫們的報復性痛打，但是後來的生活境況大為好轉，而且還受到了一些人的重視，「老鄧、大老楊他們，在你們店子裏又吃又喝，會過帳沒有？……口說是記著，其實哪裏給過呢？……就真的要給，你老闆也不會收呀！……我告訴你，這不止你老闆一人才這樣，就是全山谷，以及橫順幾百里地方，凡是做老闆的，總和我們偷馬賊拉攏，事事討好！」〔註 42〕一是因為兵力的不足，二是因為沒有涉及到英國人的利益，所以緬甸軍隊一般不會派兵抓捕偷馬賊，這就降低偷馬賊的法律風險，使得偷馬賊更加橫行。客店老闆尤其害怕偷馬賊在自己的店裏鬧事，格外討好偷馬賊，「你還敢抓？他不偷你店中過夜的馬，就算天官賜福了！這一帶的店主人，第一就怕他們偷馬的，不說吃飯，連吹鴉片煙都不要錢」〔註 43〕，所以老何心裏滿是對偷馬賊的職業嚮往，只不過他沒有足夠的膽氣。

〔註 40〕艾蕪：《〈南行記續篇〉序言》，《艾蕪全集．第 1 卷》，四川文藝出版社 2014 年 6 月版，第 326 頁。

〔註 41〕艾蕪：《偷馬賊》，《艾蕪全集．第 1 卷》，四川文藝出版社 2014 年 6 月版，第 237 頁。

〔註 42〕艾蕪：《偷馬賊》，《艾蕪全集．第 1 卷》，四川文藝出版社 2014 年 6 月版，第 238 頁。

〔註 43〕艾蕪：《我的旅伴》，《艾蕪全集．第 1 卷》，四川文藝出版社 2014 年 6 月版，第 175 頁。

還有一部分緬甸人比較特殊，他們既缺少足夠的勇氣從事違法職業，又不甘於完全依靠合法職業的微薄收入來謀生，所以他們在大多數情況下都遵守緬甸法律，有時候在暗地裏進行一些違法的經濟活動。比如私自買賣鴉片、買賣偷盜得來的馬匹都是緬甸法律命令禁止的非法經濟行為，但是客店老闆為了獲取更多的經濟收入，不僅准許偷馬賊、私煙販子等人在店裏的違法活動，甚至還親自跟他們進行地下交易。趙老闆、劉老闆是如此，光棍婆也是如此：「我遇見她的時候，她已經放棄那些苦的經營，卻閒在各處客店裏，同偷馬賊、私煙販子，以及外國的緝私人員，幹著坐地分肥的清閒職務了。」〔註 44〕

概言之，緬甸法律對合法職業和違法職業的管制存在著混亂、模糊的特點，導致合法職業的法律正當性得不到應有的保護，違法職業的經濟活動沒有受到該有的懲罰，這對緬甸經濟的發展和社會秩序的穩定造成了嚴重的破壞，埋下了經濟危機和社會動亂的巨大隱患。

第二，緬甸法律對社會治安的維護缺乏力度。雖然緬甸法律在社會治理方面有著明確的法令條款，但是只要不干涉英國人在緬甸的侵略利益，執法機構和軍事機關通常並不願意主動管控緬甸人的社會治安問題。在眾多的緬甸社會治安問題中，鴉片、賭博的普及範圍廣、社會危害大，它們不僅破壞了個人財富的積累和家庭生活的穩定，還損害了緬甸經濟的發展，中國駐仰光領事館曾經指出鴉片和賭博是導致緬甸華僑經濟衰退的主要原因之一〔註 45〕。導致鴉片和賭博能夠在緬甸風行的原因多種多樣，其中離不開英國的有意為之。英國為了實現在緬甸的利益最大化，在法律上賦予鴉片和賭博正當性，只要相關活動是在法律條例的規約下進行即可，在某些特殊情況還可以適當變通，這取決於英國官員的執法尺度和隨同翻譯的溝通結果。下面分別討論艾蕪南行系列小說中有關鴉片、賭博的社會危害的描寫。

吸食鴉片以種植鴉片為前提，一方面緬甸的地理氣候和土壤環境適合罌粟的生長，另一方面鴉片有著很高的經濟效益，所以英國刻意引導緬甸農民種植了大量的罌粟。然而，緬甸農民未能從中分配到足夠多的經濟收入，他

〔註 44〕艾蕪：《光棍婆》，《艾蕪全集．第 1 卷》，四川文藝出版社 2014 年 6 月版，第 343 頁。

〔註 45〕中國駐仰光領事館：《緬甸華僑商務衰落之九大原因》，《南京國民政府外交部公報．第 6 輯》1929 年第 2 卷第 6 期，第 101 頁。

們的生活狀況沒有得到顯著的改善。更為關鍵的是，種植鴉片既減少了種植農作物的土地，也增加了緬甸人染上毒癮的機率，尤其是第二點對緬甸農村造成了極其嚴重的傷害。「種鴉片煙，的確能賺錢……可是也使人富不起來，而且敗壞了男人們的身體，因為每個男人都上了癮，死亡率比女人高。因此這個寨子的婦女，就比男的多。現在村裏五十四戶人家，二百四十人，男的只有九十三名，其中小孩還占六十二個」〔註 46〕，從中可知染上毒癮的緬甸男性不在少數，而且很可能喪命，由此導致了緬甸農村的男女比例嚴重失調，男性勞動力急劇銳減，婚姻戀愛和人口繁衍成為一大問題。雖然吸食鴉片有著如此大的危險性，但是緬甸人竟然會認為吸食鴉片有助於抵禦瘴氣，進而改善他們的健康狀況：

> 大女兒一面吃飯，一面說：「人家不吃鴉片煙呵！」聲音裏帶著讚美。
>
> 大媽卻向我說：「在我們這個地方，不吃鴉片煙不行呵！你會嗎？」
>
> 大女兒趕快望著我，彷彿她在問我似的。
>
> 我沒有回答，只是問：「為啥子一定要吃鴉片煙？」
>
> 大媽歎息地說：「瘴氣大哪！吃點鴉片煙就能避瘴氣。」〔註 47〕

這種觀念明顯有悖於現代醫療衛生知識，但是大多數緬甸人民在英國殖民統治時期並不能接受良好的科學教育和知識傳授，再加上有人刻意以健康之名掩蓋榨取民眾血汗的行徑，所以有人會產生上述看法也就可以理解了。

不僅是吸食鴉片的危害沒有受到正視，賭博的危險也沒有被認清。沉迷賭博的原因通常是因為迷戀贏錢所帶來的快感，即便是在輸錢以後，賭徒也會幻想著自己能夠在下一次賭博中成功翻本，乃至贏得更多的錢財。「每一回偷過了關，就好比賭錢，一下子大贏了一注。你說，你贏了錢，你安不安逸嘛」〔註 48〕，正是這種贏錢的快感令賭徒深陷其中、難以自拔。「十賭九騙」，參與賭博的普通人基本都會以輸錢的情況居多，而且他們實現翻本幻想的可

〔註 46〕艾蕪：《野牛寨》，《艾蕪全集．第 1 卷》，四川文藝出版社 2014 年 6 月版，第 334～335 頁。

〔註 47〕艾蕪：《紅豔豔的罌粟花》，《艾蕪全集．第 1 卷》，四川文藝出版社 2014 年 6 月版，第 499 頁。

〔註 48〕艾蕪：《私煙販子》，《艾蕪全集．第 1 卷》，四川文藝出版社 2014 年 6 月版，第 244 頁。

能性微乎其微，這使得他們的生活境況愈發拮据困窘。老朱原先老實本分的抬客夫，雖然生活不寬裕，但是也沒有淪落到活不下去的絕境。因為沉迷賭博，老朱不斷地損失了錢財，「這事，老朱根本就不願重提，因為把流汗賺來的錢輸得精光的事，在他已不止一兩次了」，以至於連飯錢都付不起了，不得不投身於「冒險事業」，成為私煙販子：「在壁燈搖搖的光亮下面，只小心地把滑竿的竹槓放在膝上，將平常捆索子的那幾處，各鑽了幾個豆大的小眼，把熬熟了的煙漿，用小管子傾注了進去。灌了兩塊中國銀元的貨，大約可以在八莫賣得七八個緬甸盧比的光景，便將眼孔用竹簽塞好，再拿小刀削平，使與竹槓一般光滑，然後捆上原來的索子。」〔註 49〕當老朱歷經艱險將鴉片偷偷運到八莫以後，他確實發了一筆小財，這些錢足以讓他們生活一段時間。但是他再一次走進賭場，結果可想而知。

在管制社會職業上的混亂以及在維護社會治安上的無力，只是緬甸經濟發展的弊端和緬甸法律體系的漏洞的其中兩個表現方面，身處其中的緬甸底層人民雖然暫時可以勉強生存，但是他們的經濟生活非常脆弱，隨時面臨著破產的危機。平靜的社會表象下潛藏著盤根錯節的階級矛盾，民族主義思潮和民族解放運動的群眾基礎越來越廣泛，涉及到農民、工人、僧侶、學生、知識分子等社會階層，而最終打破表面平靜的一把重錘是世界經濟危機（1929～1933）。

結語

從蔡元培提出的「勞工神聖」思想到南行途中遭受的各類階級衝突，艾蕪早期人生閱歷和文化思想的積澱與嬗變可謂是「社會教育」造成的產物。如果說「五四」運動給予了艾蕪最初的概念式的社會教育，他當時收穫的是有關社會、國家、民族等的新思想和新觀念；那麼第一次南行（尤其是緬甸經歷）帶給了艾蕪首次的體驗式的社會教育，他從親身經歷中感受到舊中國和舊世界的真實面貌。本次社會教育給艾蕪的文學創作和思想傾向造成了根本性的深刻影響，他的「現實主義作家」（或曰「左翼作家」）的身份植根於此。

〔註 49〕艾蕪：《夥伴》，《艾蕪全集・第 7 卷》，四川文藝出版社 2014 年 6 月版，第 11 頁。

艾蕪曾說昆明經歷帶給他「人生哲學的一課」，在筆者看來，緬甸經歷為艾蕪帶去「社會哲學的一課」。在艾蕪的緬甸經歷裏，他在克欽山茅草地的時期帶給他的生命體驗和思想衝擊深刻地影響了他的文學創作和精神世界。「茅草地在我的生活中，的確起過很大的影響，我在那邊勞動過，病倒過，受過壓迫、剝削和侮辱，也認識過不少的勞動人民和下層人物，得到過他們極其親切的關懷」〔註 50〕，類似的表述在艾蕪那裡並不少見，足見克欽山經歷對艾蕪的深遠影響。艾蕪在 1930 年代以「左翼作家」的社會身份在上海文壇立足，後來還走上了「用科學世界觀剖析社會現實的新的創作道路」〔註 51〕，緬甸經歷對艾蕪作品的影響清晰可見，而且成為艾蕪創作的一大主題。艾蕪的底層敘事與現實書寫歷來被反覆討論，可是我們還應該從發生學的角度深入探究它們的產生根源。從政治經濟學的角度討論緬甸法律體系與艾蕪南行小說中的階級衝突只是此種研究思路的一次嘗試，最終的目的是為了爬梳「國家歷史情態」〔註 52〕跟艾蕪文學創作之間的諸多細節和（儘量接近）真實景象，從而竭盡所能地嘗試著還原中國現代文學史的一方風景。

〔註 50〕艾蕪：《〈南行記續篇〉序言》，《艾蕪全集．第 1 卷》，四川文藝出版社 2014 年 6 月版，第 326 頁。

〔註 51〕嚴家炎：《中國現代小說流派史》，北京：人民文學出版社 1989 年版，第 178 頁。

〔註 52〕李怡：《中國現代文學史的敘述範式》，《中國社會科學》2012 年第 2 期，第 164 頁。

南國作家的北國想像——從艾蕪的短篇小說《咆哮的許家屯》談起

北京師範大學文學院　教鶴然

川籍作家艾蕪因滇西行旅和緬甸務工的特殊經歷，曾在早年間的文學創作中建構起一方奇異瑰麗的南行世界。自二十世紀三十年代中期艾蕪的第一個小說集《南國之夜》問世開始，西南邊地文化與川、滇、緬等南國書寫就構成了艾蕪文學研究和文學批評中的重要面向。值得注意的是，這部 1935 年初由上海良友圖書公司出版的小說集名為「南國」，其中卻有著一篇書寫北國淪陷土地的作品《咆哮的許家屯》。名為「南國」的短篇小說集中隱匿著關於「北國」的書寫，恰恰生動折射出一個鮮少為既往學界所關注的微妙闡釋可能，即潛藏在艾蕪作品中的南國世界裏的北國文化想像脈絡。

短篇小說《咆哮的許家屯》是艾蕪「北國想像」敘事線索的開端。艾蕪雖被稱為中國現代文學史上最早以短篇小說形式表現「九・一八」事變以後東北人民抗日活動的關外作家，但他創作這篇小說的時候卻並未曾踏上過偽滿的土地。對於陌生題材的想像性文學虛構，必然會帶來許多問題。單純從小說前半段對於許家屯百姓日常生活的描寫來看，無論是街道上踏扁的馬糞和駱駝糞混合著塵土的景象，還是村民交談間出現的「娃子」、「婆婆」、「老表」、「表嫂」等稱謂，都與東北鄉土社會的文化氛圍格格不入。當故事進入中後部分，尤其是對日本軍隊進入許家屯燒殺搶奪、姦淫擄掠的暴虐場景的描寫，仔細思忖便可發現明顯的虛構痕跡。故事的轉折關鍵及敘事高潮是蔡屠戶看到自己的妻子被日本兵姦淫時，怒而用刀「照著男子的背上，猛地一下，插了進去。又使自己的身子，全壓在刀柄上面，恨不得連刀柄也一齊戳進……仔細一看，呀，原來連老婆的肚子也插穿了……」〔註1〕，這一場景的描寫雖然具有很強的戲劇效果和視覺衝擊力，但是因這一事件以後，全村的人都自覺地完成了從被壓迫者到革命者的身份轉換，顯然有著很明顯的符號化和簡單化傾向，即便是從藝術虛構的角度來看手法也並不高明。由此，《咆哮的許家屯》這篇小說自發表以來即爭議不斷，無論是同時期的作家及學者的評論文章，還是後繼學人的研究論著中，長久以來學界對這篇小說的文學藝術價值都存在著兩極分化的評價：

《南國之夜》出版後不久，上海良友圖書公司在 1935 年 5 月 20 日的小品文半月刊《人間世》第 28 期封底上，曾經為這部收入良友文庫系列的小說集推出廣告。同年第一次出現良友文學叢書已出版布面精裝 16 冊書的名錄是 3 月 5 日第 23 期的封底，其中包含魯迅、巴金、丁玲、老舍、沈從文、茅盾等現代名家名篇，文末附有專門廣告推薦語〔註2〕。此次新近出版的系列作品除卻艾蕪所作《南國之夜》外，還有劉鶚的《老殘遊記》二集、阿英的《夜航集》、豐子愷的《藝話術叢》、沈起予的《火線內》、萬迪鶴的《火葬》、梵澄譯著《尼採自傳》等，是新五號字排印的五十開袖珍版、布面燙金脊精製本。《南國之夜》廣告推薦語的內容如下：

> 本書為艾蕪先生的最近結晶集，計收最近創作短篇小說：《南國之夜》;《咆哮的許家屯》；等五篇。每篇均有動人的故事和簇新的技巧。其中《咆哮的許家屯》一篇，計二萬餘字，尤為全書生色不少。內容純係描寫苟生在鐵蹄下的同胞，給蹂躪糜爛的情形。〔註3〕

不難看出，推薦語雖僅有短短三句，但卻特別將《咆哮的許家屯》一篇單獨提出，因其內容純為描寫「苟生在鐵蹄下的同胞，給蹂躪糜爛的情形」，即偽滿洲國土地上的東北同胞，受日本殖民政治壓迫而艱難生存的狀態，而稱其為「尤為全書生色」之作。持相同意見的是周立波，他在《一九三五年中國文壇的回顧》一文中，將蕭軍的《羊》同艾蕪的《強與弱》、《餓死鬼》同歸為「牢獄小說」，同時將艾蕪的《歐洲的風》、《咆哮的許家屯》和《南國之夜》三篇小說與蕭軍的《八月的鄉村》、蕭紅的《生死場》並置為這一年來的主要「反帝作品」：

〔註 1〕咆哮的許家屯，艾蕪全集·第七卷，第 33 頁。

〔註 2〕中華民國廿四年三月五日，人間世小品文半月刊第二十三期，第 54 頁，封底。

〔註 3〕中華民國廿四年五月二十日，人間世小品文半月刊第二十八期，第 52 頁，封底。

> 《咆哮的許家屯》和《南國之夜》兩篇反帝的作品，都值得高的評價。伍蠡甫先生說他「只顧熱情，卻不會怎樣影響讀者」。分明是對於反帝作品的輕蔑，有了「熱情」的作品，難道不能「影響讀者」嗎？〔註4〕

此處提到伍蠡甫的批評意見，來源於同年發表的評論文章《一年來的中國文學界》，文中指出：

> 《咆哮的許家屯》一篇尾上「滿洲平原的地雷炸裂了。」「許家屯在黑暗中咆哮著。」「各處湧著被壓迫者忿怒的吼聲。』——也同樣空洞；我們試想報館的號外如果得不到前線真消息，便不妨如此落筆，倘若再語體化了，就成這末一個空調。作者著眼『對外關係』一類題目，可惜太過直接地處理，結果僅僅表現一些觀念，而內裏缺少激發性的形象，不能打動讀者也是意中事了。但從民族主義文學的觀點上講，艾蕪先生的動機是很不錯的。〔註5〕

這種「觀念化」、「表層化」的評價聲音，最早源於胡風為艾蕪小說集《南國之夜》所作的序言。在序言中胡風言辭激烈地對這篇小說加以批評：首先，從小說結構和題材選擇兩個層面指出作者對於東北淪陷區主題把握的生疏和稚嫩。其次，指出故事主題的「分裂」，即作家對於帝國主義統治下的大眾反帝鬥爭的描寫過於「單純」，僅用日本侵略者對於小市民的「強姦」行為來說明「大眾底奮起」，那麼這種粗糙的說明「頂多還不過是比沒有說明略勝一籌而已」。進而，序言認為小說中的人物描寫更是「一般」，因「作者是隨便在現象表面上滑著，那描寫毫無特性」，最終得出這樣的論斷：

> 如果作者不熟悉他所要描寫的題材——人物和撫育這人物的環境，那他底描寫本領即令很大也無從施展，他底「熱情」即令很高也會成為浮在紙面上的東西。《咆哮的許家屯》就是例子。〔註6〕

小說藝術水平欠佳，一方面與作者對東北不熟悉有關，但值得我們警惕的是，這也不純然是題材生疏的問題。在《咆哮的許家屯》創作之前不久，艾蕪已經在書信中與魯迅交流過，關於今後的寫作要寫自己可以寫的、熟悉的話題。

〔註 4〕立波，一九三五年中國文壇的回顧，中國文藝年鑒 1935 年（上冊），1935 年，第 98～99 頁。

〔註 5〕伍蠡甫：《一年來的中國文學界》，中國文藝年鑒 1935 上，1935.89。

〔註 6〕胡風：《南國之夜》序言，毛文，黃莉如，艾蕪研究專集，四川文藝出版社，1986 年 12 月第 1 版，第 375 頁。

那麼，為何艾蕪在已經知道自己不熟悉東北淪陷區的情況下，還是執意要寫作這篇小說呢？

1931年4月下旬，艾蕪從廈門出發乘船來到上海，在往日滇緬友人及舊時同窗沙汀的共同幫助下，在上海落下腳來，不斷嘗試短篇小說的寫作，尋找能夠在上海文壇立足的機會。在屢屢受挫、不知所從的狀態下，兩人決議向魯迅先生求教。艾蕪與沙汀給魯迅的致信作於1931年11月29日，其中艾蕪對於自己的文學寫作現狀和文藝理念概述為：

> 專就其熟悉的下層人物——在現時代大潮流衝擊圈外的下層人物，把那些在生活重壓下強烈求生的欲望的朦朧反抗的衝動，刻畫在創作裏面。〔註7〕

並據此向先生提出作為青年寫作者的困惑：

> 不知這樣內容的作品，究竟對現時代，有沒有配說得上有貢獻的意義？我們初則遲疑，繼則提起筆又猶豫起來了。這須請先生給我們一個指示，因為我們不願意在文藝上的努力，對於目前的時代，成為白費氣力，毫無意義的。〔註8〕

艾蕪致信時恰是1931年「九·一八」事變發生後不久，這也是「目前的時代」中關乎國家民族危亡的重要事件。信中反覆表達不願自己當下的寫作對於目前的時代來說是「白費氣力」和「毫無意義」的，應與這兩個月間文藝界的波動有著密切關係。事件發生以後不久，《申報》、《大公報》等各大報紙對「九·一八」事變進行報導，隨後魯迅與馮雪峰合辦的《十字街頭》半月刊於同年12月11日在上海創刊，魯迅的《「友邦驚詫」論》、瞿秋白的《滿洲的「毀滅」》等批判日本殖民東北野心的時事短評與雜文作品正發表於此刊。魯迅給艾蕪、沙汀的回信作於1931年12月25日，而這封書信往來曾以《關於小說題材的通信》為題初刊於1932年1月5日的《十字街頭》雜誌第三期，魯迅在回信中建議兩位青年作家：

> 現在能寫什麼，就寫什麼，不必趨時，自然更不必硬造一個突變式的革命英雄，自稱『革命文學』；但也不可苟安於這一點，沒有

〔註7〕魯迅著魯迅先生紀念委員會編，二心集，魯迅全集出版社，1941年10月第1版，第167～168頁。

〔註8〕魯迅著魯迅先生紀念委員會編，二心集，魯迅全集出版社，1941年10月第1版，第168頁。

改革，以致沉沒了自己——也就是消滅了對於時代的助力和貢獻。〔註 9〕

魯迅回信中一面建議青年作家現在應「能寫什麼，就寫什麼，不必趨時」，同時也囑託二人「不可苟安於這一點」。結合《十字街頭》這一「左聯」機關刊物的創辦立場，魯迅對二人的囑託可以說在事實上構成了艾蕪創作《咆哮的許家屯》的直接原因。此後不久，在 1932 年的春天艾蕪加入了「左聯」，與茅盾、錢興邨同在一個小組活動，並與穆木天、李輝英、孔羅蓀等在滬東北籍作家有了一定的文藝思想交流，以文學的方式反映「九・一八」事變後的東北抗日民族戰爭活動成為一種迫切的時代需求。1933 年 3 月 3 日下午，艾蕪到曹家渡一家絲綢工廠同工人聯絡時被國民黨逮捕，並關押在偽上海公安局拘留所內，只能寫信與穆木天聯繫，但左聯未能成功營救。4 個月後，艾蕪與六個被捕的工人一同被國民黨檢察官以「違害民國」罪名，押送至蘇州偽高等法院拘留所第三分監，又被關押 2 個月後才得以重獲自由。根據與他一同在蘇州監獄內共患難的作家汪金丁的回憶，當時艾蕪「幾乎每天都在那悶熱嘈雜的牢房裏寫他的小說」〔註 10〕，而《咆哮的許家屯》這一篇就是在這一時段內創作的，後來寄送給茅盾，於同年 7 月發表於上海《文學》雜誌第 1 卷第 1 期上。從這個意義上來說，我們很難將艾蕪的《咆哮的許家屯》簡單視為是左聯號召下的「文學象徵物」，這是在時代的召喚、魯迅的通信、東北流亡作家的交往以及被捕入獄的特殊心境等多重複雜因素作用之下出現的作品，一方面，代表了他對於民族話語的理解方式，另一方面，也代表著他對於同處於「被壓迫」心理狀態下的東北民眾文化心態的想像方式。

1934 年 12 月，艾蕪和夫人王蕾嘉為躲避國民黨的文化圍剿而離開上海，取道南京後去山東濟南投奔舊時朋友蕭莢，遊歷濟南冬景的艾蕪接連創作了《遊千佛山》、《湖的話》、《珍珠泉和黑虎泉》、《洛口遊記》、《青島的公園》、《晨登觀象山》等系列紀行散文，發表於《申報・自由談》上。1935 年 10 月，艾蕪攜夫人及幼子重返上海。關於東北的文化想像在艾蕪很長一段時間內的小說創作中都未再出現，北國想像的時空場域從東北轉變到了山東。1935 年

〔註 9〕魯迅著魯迅先生紀念委員會編，二心集，魯迅全集出版社，1941 年 10 月第 1 版，第 171 頁。

〔註 10〕汪喬英汪雅梅編選，金丁文集：我彷彿在夢中，中國文聯出版社，2003 年 08 月第 1 版，第 370 頁。

12 月，艾蕪的短篇小說集《南行記》由上海文化生活出版社以「文學叢刊」第一集出版，他因以流浪詩人筆法對於南中國的精妙描寫而在上海文壇一舉成名。同時，在 1935 年 3 月～1936 年 3 月這一年間，艾蕪還先後發表了《北國速寫》(《太白》，1935.3)、《吃紅丸者（後更名為車夫）——北國素描之一》(《申報．文藝專刊》16 期，1936.2.28)、《漁夫——北國素描之二》(《申報．文藝專刊》18 期，1936.3.13）等以濟南、青島等北中國為題材的短篇小說。這一系列名為「北國速寫／素描」的作品，雖然較少有人關注，但無論從藝術手法還是思想深度來看，都稱得上是不俗之作。小說對於北方方言的稱謂、俗語、兒化音、連讀、吞音以及罵詈語的把握與運用都較為準確，而對於以拉黃包車為生的洋車夫、在日本漁船上賣苦力的漁民、在巷口推著獨輪車賣女兒的中年男子等在社會底層摸爬滾打的貧民百姓悲慘命運的深切悲憫和深刻同情，也在短短百餘字中體現得生動淋漓。尤其是《車夫》一篇中對販賣「白麵」、「紅丸」等毒品給下層苦力的外國藥店老闆的刻畫，《漁夫》一篇中對於外國漁船公司上剋扣中國漁夫工錢的中年日本人、在日本漁船上穿著髒污卻嬉笑打鬧的朝鮮女人們等人物形象的塑造，雖然都只有寥寥數筆，卻已將當時北中國社會底層民眾在殖民語境和民族話語中的掙扎困境具象地勾勒出來。

艾蕪從山東重返上海以後的兩年時間裏，經歷了魯迅去世與左聯解散兩重衝擊，此後經常與包括流亡東北作家端木蕻良、羅烽、白朗、舒群等人在內的進步文學青年們一同聚集在作家茅盾身旁。「八．一三」事變後，在黨組織的安排下，艾蕪與沙汀隨舒群、羅烽、白朗等流亡上海的關外作家一同撤退南下，在上海、武漢、長沙、寧遠、桂林、柳州、貴陽等地流轉，最終在重慶大學中文系任教，似乎因抗戰時期於南國輾轉顛沛而與北中國漸行漸遠了。然而新中國成立以後，艾蕪卻真真切切地踏上了東北這片熱土，此時與《咆哮的許家屯》的發表已經相隔近二十年。1952 年 3 月，艾蕪參加全國文聯組織的創作組，離開北京來到了東北鞍山，與創作《原動力》、《火車頭》等工人題材長篇小說的順德女作家草明一同深入體察鞍鋼工人的工作與生活，並創作了《新的家》(1953 年《人民文學》十月號)、《夜歸》、《雨》等以描寫鞍山鋼鐵工人為主題的短篇小說，和 1957 年初刊於《收穫》、次年由作家出版社出版單行本的長篇小說《百鍊成鋼》。日本著名漢學家吉田幸夫的學生、愛知大學文學系中國文學專業學者、艾蕪日文版短篇小說集《烏鴉之歌》的譯者油谷志津夫（即岡林鎮雄）在 1959 年 8 月 19 日首次收到艾蕪回信時，即收到了艾蕪寄送的長篇小說《百鍊成鋼》和短篇小說《新的家》〔註 11〕，也可以從側面佐證當時艾蕪對自己書寫鞍鋼工人的小說作品尤為珍視。1964 年春節以後，艾蕪參加中國作家協會組織的慰問團，再次離開首都北上東北的大慶油田，深入體察大慶石油工人的工作生活，為期約三個月，返京後創作了以大慶石油工人為描寫對象的短篇小說《採油樹下》、《灰塵》及《車菊英》、《襯衣》（後兩篇因整風運動而未完成）等文學作品。艾蕪在共和國時期的文學質地與此前的作品已有了本質差異，但這似乎也可以視為南國作家的北國想像的真正完成。作家艾蕪也正因創作了反映建國初期國民經濟恢復時期遼寧鞍山鋼鐵工業復興、描寫當代東北工人生活的文學作品，成為了十七年時期東北題材文學研究所不能繞過的重要作家代表。

誠然，正如學者吳曉東所言：「艾蕪真正具有競爭力和象徵性資本的，是筆下南國的浪漫而神秘的氣息」〔註 12〕，南國書寫仍然是艾蕪為現代中國文學圖景所貢獻的最具特殊性與獨特性的文化資源，這一點是毋庸置疑的。但是，這位南國作家的文學世界中也的確潛藏著一條隱秘而幽微的北國想像線索，對這一條線索的梳理，在一定程度上也可以為我們更全面、更立體地瞭解艾蕪其人其文提供些許幫助。

〔註 11〕590819 致岡林鎮雄，艾蕪著，艾蕪全集　第 15 卷　書信，四川文藝出版社，2014.06，第 89 頁。

〔註 12〕吳曉東：艾蕪筆下的南國世界，中華讀書報，2017-07-19（013）。

緬甸體驗與「自由撰稿人」作家艾蕪創作的發生

四川大學文學與新聞學院　黃晶晶

摘要：

艾蕪作為中國現代文學史上無可替代的重要作家，少有研究者分析艾蕪是如何從「游民」艾蕪走向「自由撰稿人」作家艾蕪的。作家艾蕪的創作伊始，離不開他內心深處對於作家職業身份的自覺認同，更離不開涵養他精神世界的緬甸體驗，「重返緬甸」歸根到底是基於本土需求的話語言說。而更為重要的一點是，在本土——異域的結構之外，艾蕪還有著對個人與群體、自我與民族之間的思考。處於文化與地域的「邊緣人」的他，在反映緬甸的同時更多是代表作為想像主體的中國本身、青年本身。

關鍵詞：艾蕪；緬甸體驗；「自由撰稿人」作家；邊緣人

1921年1月，文學研究會宣言在《小說月報》上發表，宣言中講到：「將文藝當作高興時的遊戲或失意時的消遣的時候，現在已經過去了。我們相信文學是一種工作，而且又是於人生很切要的一種工作；治文學的人也當以這事為他終身的事業，正同務農一樣〔註1〕。」這一年秋艾蕪考入了省立成都師範學校，他逐漸醉心於文藝與哲學，讀了大量的文藝刊物如《小說月報》《創造週報》和一些翻譯作品，像孫伏園翻譯的托爾斯泰的《高加索囚徒》等，也瞭解了一些進步刊物和革命理論。1925年夏，21歲的艾蕪受到「勞工神聖」、「半工半讀」的留法勤工儉學運動和工讀互助團的吸引，毅然決定放棄到手

〔註1〕《文學研究會宣言》，《小說月報》第12卷第1號，1921年1月10日。

的文憑和工作，隻身南下，到「社會大學」去學習和工作〔註 2〕。有趣的是，這個時候，艾蕪顯然也沒有想到，將文學作為終身的事業恰恰是他未來人生的重要寫照。因而，如何從「游民」艾蕪到「自由撰稿人」作家艾蕪顯然是一個值得我們關注的話題。

作為「自由撰稿人」的艾蕪與作家職業身份認同

艾蕪在某種意義上可以說是在現代稿費制度下催生出的作家身份自覺。19 世紀末，隨著文化出版市場的發展與稿費制度的確立，賣文的觀念逐漸為知識分子所接受。20 年代中期湧向北京、上海的青年作家，開始了最早的賣文為生的生活。在新文學洗禮下的艾蕪自然而然地接受了這種觀念，事實上，自 1925 年由成都出發，開始向南漂泊，到 1930 年被英殖民當局驅逐回中國，這一段時間儘管條件艱苦，但艾蕪一直沒有放棄寫作並抓住機會投稿，「在漂泊的旅途上出賣氣力的時候，在昆明紅十字會做雜役的時候，在緬甸克欽山茅草地掃馬糞的時候……都曾經偷閒寫過一些東西〔註 3〕。」雖然艾蕪後來 1933 年在上海寫《南行記序》時提到這目的只在「娛樂自己」，但從他的經歷來看，他實際上一直在試圖將自己寫的東西投出去，渴望著能與同樣熱愛文學的青年的交流和交往。1926 年他以湯艾蕪、艾蕪的筆名在雲南昆明《雲波》半月刊上發表了一些抒發個人感情的小詩，結識了王旦東、黃洛峰等朋友；後來當艾蕪流浪到緬甸的仰光市時，他又受到了萬慧法師的幫助，認識了《仰光日報》總編輯陳蘭星，後來又認識了編副刊《波光》的雲半樓，就常常向《波光》投些詩歌散文，總被登出來，也因此認識了黃綽卿、林環島等人。

當然，在緬甸之時，艾蕪還同時在《覺民日報》做校對以酬家用。而當他真正成為「自由撰稿人」作家〔註 4〕，要到 1931 年他來到上海之後，這種說法雖說也不夠貼切，畢竟即使來到上海近一年，他的生活還是處於捉襟見肘的境況，當時的生活全靠緬甸的華僑友人黃綽卿募捐接濟，或是向上海的

〔註 2〕參見毛文、黃莉如：《艾蕪小傳》，《艾蕪研究專集》，成都：四川文藝出版社 1986 年 12 月版，第 3 頁。

〔註 3〕艾蕪：《南行記序》，《艾蕪全集・第 1 卷南行記・南行記續篇》，四川文藝出版社 2014 年 5 月版，第 5 頁。原載《南行記》，上海文化生活出版社，1935 年 12 月版。

〔註 4〕關於對「自由撰稿人」作家的相關定義和闡述可以參看論文張霞.文學場域與中國現代「自由撰稿人」作家〔J〕.雲南社會科學，2010（04）以及其博士論文《「自由撰稿人」作家與中國現代文學》。

友人借錢度日，但是從他對賣文為生這一謀生方式的認同、 對創作事業的自信以及自覺應對讀者、市場的創作態度，都能夠體現出艾蕪作為「自由撰稿人」作家的職業身份自覺。也正是因為這種自覺，現代「自由撰稿人」作家從事寫作的目的也就極為明確，首先即是生存。所謂生存，就是要靠寫作賺稿費、版稅，從而解決生存和溫飽問題。也因此艾蕪才會發出這樣的感慨，「在緬甸仰光時，無事可做便坐下來寫點東西，雖然稿費少的很，還可能養活自己……到了上海，確實有衣食住的為難，但只能逼我努力寫〔註 5〕。「再如他的小說《人生哲學的一課》最初只有前兩部分，後來《文學月報》的主編周揚拿去給茅盾看，說是可以登。艾蕪回憶說「周揚又向我說，你才寫了兩段，還有沒有。我又加寫了第三段。這樣便在左聯辦的刊物上發表了〔註 6〕。」

所以說，儘管在上海的第一年艾蕪一直保持著創作，但仍然難以支撐生活、入不敷出。一方面是 「自由撰稿人」作家稿費的高低主要由他們的社會知名度來決定。1939 年 6 月的《魯迅風》雜誌報導，上海作家按照稿費收入與生活狀況可以分為四個等級：最低的四等作家一般是初出茅廬的文學青年，稿酬為千字 1～2 元，在生活收支方面屬於普通貧民。三等作家小有名氣，稿酬為千字 2～3 元，生活比普通市民稍好。二等作家已經成名，稿酬為千字 3～5 元，能夠過上中間階層的生活。一等作家著述多年， 資歷深，名氣大，作品多，除稿酬外還有出書的版稅、主編刊物的編輯費等，每月收入可達 400 元甚至更多，生活屬於社會上層〔註 7〕。顯而易見，作為初出茅廬的青年作家艾蕪能夠拿到的稿酬是很低的。儘管 1932 年春，艾蕪正式加入了左聯，對於沒有學歷和地位的艾蕪而言，加入左聯無異於拿到了文壇的「入場券」，但這一方面並沒有怎樣改善他的生活狀況，因為由於對左聯辦的刊物的支持，艾蕪發表的文章基本上是不收稿費的。

有趣的地方是，儘管艾蕪作為「自由撰稿人」作家的身份並沒有達到首先的「生存」的要求，但他還是已經自覺進入了其後「發展」的階段。他對於自我作家身份的認知是很自覺的。艾蕪加入左聯之初，被安排與茅盾、錢

〔註 5〕艾蕪：《三十年代的一幅剪影——我參加左聯前前後後的情形》，《艾蕪全集．第 11 卷我的幼年時代．童年的故事．我的青年時代》，四川文藝出版社 2014 年 6 月版，第 362 頁。

〔註 6〕艾蕪：《三十年代的一幅剪影——我參加左聯前前後後的情形》，《艾蕪全集．第 11 卷我的幼年時代．童年的故事．我的青年時代》，四川文藝出版社 2014 年 6 月版，第 368 頁。

〔註 7〕轉引自陳明遠《文化人與錢》，百花文藝出版社，2001 年，第 101～102 頁。

杏邨一組。艾蕪雖然感到些許不安「主要是我並沒有發表過什麼像樣的作品，不能躋身於作家之林〔註 8〕」。但他同時也很高興，因為他以為「可以在文學方面，取得很大的教育」，這也是為什麼後來他發現開會「只講當前的國內外的政治情形，從不談到文藝思想和創作趨勢」時，艾蕪還略有失望的原因。這種作家身份的自覺讓艾蕪有意識地希望能向左聯裏的其他的作家學習，也希望在這個過程中提高自己的寫作技巧和能力。後來丁玲要求他去左聯辦的一個男女工人補習學校——漣文學校教識字時，艾蕪很高興，他覺得「去接近工人，對我的思想的改造以及瞭解產業工人的生活，充實我的寫作，都是大有裨益的〔註 9〕。」更不用說 1931 年與沙汀一道寫給魯迅先生的詢問創作題材的書信，這些細節都能夠看出艾蕪作為現代「自由撰稿人」作家的「以文學為畢生事業」的追求。

而這種對作家自我身份的認同也同時反映在艾蕪筆下的故事裏。以《南行記》為例，如艾蕪 1963 年 6 月所言，他的《南行記》裏的小說，都是「在中國南方和亞洲南部漂泊時的親身經歷以及所見所聞，只是用小說的體裁描寫出來〔註 10〕。」因而，可見艾蕪十分強調其紀實性，主人公「我」往往作為一個知識分子艾蕪的化身以觀者的視角來參與記錄並講述每段故事，「衣袋裏照例塞著鋼筆墨水瓶雜記簿這一類的小朋友，它們曾隨我在許多荒涼的山野裏做過東西南北的漂泊.曾同我在小客店的油燈下度過不少寂寞的晚間。這一天為要填信上的空白起見，似更少不了它們，而且走倦了，得坐在山坡林下，把腦裏飄忽而來飄忽而去的情緒.在膝上隨意抒寫，多夠愜意呵〔註 11〕。」在這一點上，故事主人公「我」與艾蕪本人都以對讀書及文學的創作的堅持貫穿了整個南行的漂泊過程，這也是故事中的主人公「我」區別於同行的其他人物的地方。《我的旅伴》裏，「我」在馬店的夜晚仍然就著老朱的煙燈讀

〔註 8〕艾蕪：《三十年代的一幅剪影——我參加左聯前前後後的情形》，《艾蕪全集．第 11 卷我的幼年時代．童年的故事．我的青年時代》，四川文藝出版社 2014 年 6 月版，第 365 頁。

〔註 9〕艾蕪：《三十年代的一幅剪影——我參加左聯前前後後的情形》，《艾蕪全集．第 11 卷我的幼年時代．童年的故事．我的青年時代》，四川文藝出版社 2014 年 6 月版，第 366 頁。

〔註 10〕艾蕪：《南行記》後記，《艾蕪全集．第 1 卷南行記．南行記續篇》，四川文藝出版社 2014 年 5 月版，第 320 頁。原載《南行記》，作家出版社，1963 年 11 月新版。

〔註 11〕艾蕪：《在茅草地》，《艾蕪全集．第 1 卷南行記．南行記續篇》，四川文藝出版社 2014 年 5 月版，第 192 頁。

書，即使老何勸我不要讀書、假裝成抬滑竿的以省一點住宿的費用，但「我」仍然拒絕了，因為「我覺得與其犧牲我讀書的時間.倒不如犧牲我的金錢好些，雖然當時我有多少錢，但錢用了我還可以再找回來的〔註 12〕。」此外，在價值觀念上，作為讀書人的「我」也與旁人不同。在《山峽中》主人公「我」雖然與一夥小偷同行，但是對這夥人的處事方法卻並不認同，也就是說「我」始終保持著一種知識分子的意識，比如在破神祠裏，「我」一直拿著一本書，當老頭子和鬼東哥勸「我」讀這些書並沒有用處時，「我」敷衍老頭子說「用處是不大的，不過閒著的時候，看看罷了，像你老人家無事的時候吸煙樣〔註 13〕……」但實際上是我不願同老頭子引起爭論，因為就有再好的理由也說不服他這頑強的人，所以才這樣客氣地答覆他。而當受傷的小黑牛因為變成累贅被小偷團夥拋下江時，「我」也為這種殘忍而痛心。艾蕪在塑造主人公「我」的形象時，並沒有將「我」簡單看作一個故事講述者，而是以「我」為原點，傾注了作家想要表達真正思想。

作家艾蕪的寫作資源——緬甸體驗與本土需求的相互激發

1933 年 11 月 1 日，艾蕪於上海寫下《南行記序》，其中他自述真正認識到文藝的重要性的契機是在仰光看到了一部好萊塢的片子，頗受震撼。這個片子講一位新聞記者與舞女相愛，並追隨她來到辛亥革命之時的中國，舞女不幸捲入一起清朝大員被殺的案子並且被當作殺人犯將處以大辟，在舞女將被砍頭的那天，新聞記者逃出監獄向美國發出求救的急電。於是，正當舞女要被行刑時，美國的軍艦趕到，轟然一聲投下炸彈。而這時，全戲院的人，歐洲人、緬甸人、印度人、以至中國人，甚至素來切齒帝國主義的艾蕪自己也啪啪鼓起掌來。而艾蕪同時也意識到，「美帝國主義要把支那民族的卑劣和野蠻「telling the world」（這影片的劇名）的勳業，也與此大功告成了〔註 14〕。」這個故事有些類似於魯迅的幻燈片事件，同樣讓作家艾蕪開始思考文學的意義。而事實上，自 1931 年艾蕪被緬英政府驅逐回

〔註 12〕艾蕪：《我的旅伴》，《艾蕪全集 · 第 1 卷南行記 · 南行記續篇》，四川文藝出版社 2014 年 5 月版，第 173 頁。

〔註 13〕艾蕪：《山峽中》，《艾蕪全集 · 第 1 卷南行記 · 南行記續篇》，四川文藝出版社 2014 年 5 月版，第 123 頁。

〔註 14〕艾蕪：《南行記序》，《艾蕪全集 · 第 1 卷南行記 · 南行記續篇》，四川文藝出版社 2014 年 5 月版，第 5 頁。原載《南行記》，上海文化生活出版社，1935 年 12 月版。

國後來到上海到1933年11月他寫下這篇《南行記序》，短短3年，艾蕪的人生卻正進行著巨大的變動。他1932年在上海開始左聯的活動，1933年3月被捕，後被關押在蘇州高等法院第三監獄，同年9月經左聯營救後交保釋放，而《南行記》創作的完成也是在這一年年底。艾蕪的《南行記》並非在滇緬群山的流浪路上創作出來的，當初的流浪與後來的寫作之間，時間與空間都已經有所騰挪。那麼，是什麼成為作家艾蕪的創作資源並支撐他在創作道路上不斷前行？

有研究者指出，艾蕪1930年代的文藝工作成果與他在1932年加入左聯有關，其小說創作「還受到另外一種眼光的制約，那就是左翼的革命文學話語〔註15〕」。我們必須承認這種可能性的存在，但是艾蕪在《三十年代的一幅剪影——我參加左聯前前後後的情形》裏提到過，「左聯的小組，很少談文藝，因此也不談寫了什麼作品，發表了什麼文章」。因而，左聯能夠給予艾蕪的可能是熱情與信仰，但很難說是文學素材與思想資源，而真正涵養艾蕪的精神世界的恰恰是他在緬甸時的經歷與體驗。緬甸體驗成為艾蕪的潛在的待激發的寫作資源，在與本土需求的不斷互動中被開掘出來，而艾蕪1931年以後的創作也依賴於此。

艾蕪1933年在《南行記序》裏描述自己想寫的內容是「一切弱小者被壓迫而掙扎的悲劇」，而在1963年的《南行記》新版後記則寫道「儘量發抒我的愛和恨，痛苦和悲憤的，因為我和裏面被壓迫的勞動人民，一道受過剝削和侮辱。我熱愛勞動人民，可以說，是在南行中紮下根子的，憎恨帝國主義、資產階級以及封建地主的統治，也可以說是在南行中開始的〔註16〕。」我們能夠看到後者對於階級、革命的強調，這當然是有著特定的時代印記的。但實際上，對於階級、殖民、革命和民族的問題艾蕪早在緬甸的時候就有所關注，但是卻是一種隱含的潛在的精神思考，直到回到祖國，在上海真切的感受到了作為被壓迫和殖民的屈辱，才讓他將在緬甸的經歷重新在記憶裏提取出來，成為創作中想要思考和表達的東西。1928年艾蕪創作了一篇叫《從八莫到曼德里》的散文，作於緬甸仰光並發表在當地華僑辦的《仰光日報》上

〔註15〕王毅、王書婷：《艾蕪畫傳》，成都：四川人民出版社，2010年版，第95頁。

〔註16〕艾蕪：《南行記》後記，《艾蕪全集．第1卷南行記．南行記續篇》，四川文藝出版社2014年5月版，第320頁。原載《南行記》，作家出版社，1963年11月新版。

面，後來被收入桂林今日文藝社 1943 年版的《漂泊雜記》。《從八募到曼德里》講的是他離開八莫，乘船到傑沙，轉車到曼德，最後去往仰光的這樣一段旅程。當他看到江邊的一家緬甸人在懸著紅幔的樓窗裏，拉著胡琴和著悠曼婉轉的歌聲時，艾蕪感到「我是次殖民地的漂泊者，當此一個人零落在天涯，誰能堪這『商女不知亡國恨』的情調〔註 17〕。」當船到 Katha，旅客都紛紛登岸時，「有許多的緬人及中國人，爭著來替人搬運行李，我便感覺著弱小民族的勞動同胞的悲哀〔註 18〕」，艾蕪沒有想到的是，三年後在上海這種悲哀再次從記憶深處被喚醒，一九三一年五月一日，我從吳淞坐火車到上海北站下車，剛剛走過火車站的小小廣場，進入狹窄的街道，「突然有英國巡官帶著印度巡捕、中國巡捕攔著我，渾身上下加以搜索，把人當強盜看待。我在仰光、曼德里、檳榔嶼、新加坡都沒有收到這樣的侮辱〔註 19〕。」艾蕪後來回憶起來，「再加我回到離開四年的祖國，耳聞目睹，總覺得比帝國主義直接統治的殖民地還不如〔註 20〕。」這之間，艾蕪還遇到了這樣一件觸發他的事情，他在上海泗橋塘住時，隔壁有位老婆婆，某日收到一封來信，是她很小被拐走的女兒被賣到廈門為妓，輾轉之下請人寫信來希望家裏出錢救她脫離苦海，但是婆婆痛哭，因為家裏連飯也吃不起，根本拿不出來錢。這件事同樣刺激了艾蕪，而這種緬甸體驗的喚醒使得艾蕪將目光轉向了被殖民的緬甸人，「回國來，第一次看見了勞動人民的苦難，使我難過了好久，也永遠不能忘記。我曾想過，不能解救屬於此類人民的苦難，至少也得用筆描繪出來……由於對上海情形，不夠深切瞭解，我一直沒有動筆，卻更加催促我去寫那比較熟悉的滇緬邊界人民的慘痛生活〔註 21〕。」於是他的筆下，出現了《我們的友人》

〔註 17〕艾蕪：《從八募到曼德里》，《艾蕪全集 · 第 12 卷散文 · 特寫》，四川文藝出版社 2014 年 6 月版，第 61 頁。

〔註 18〕艾蕪：《從八募到曼德里》，《艾蕪全集 · 第 12 卷散文 · 特寫》，四川文藝出版社 2014 年 6 月版，第 61 頁。

〔註 19〕艾蕪：《三十年代的一幅剪影——我參加左聯前前後後的情形》，《艾蕪全集 · 第 11 卷我的幼年時代 · 童年的故事 · 我的青年時代》，四川文藝出版社 2014 年 6 月版，第 363 頁。

〔註 20〕艾蕪：《三十年代的一幅剪影——我參加左聯前前後後的情形》，《艾蕪全集 · 第 11 卷我的幼年時代 · 童年的故事 · 我的青年時代》，四川文藝出版社 2014 年 6 月版，第 363 頁。

〔註 21〕艾蕪：《三十年代的一幅剪影——我參加左聯前前後後的情形》，《艾蕪全集 · 第 11 卷我的幼年時代 · 童年的故事 · 我的青年時代》，四川文藝出版社 2014 年 6 月版，第 364 頁。

裏被喝醉的紅毛鬼強親的緬甸姑娘；《我詛咒你那麼一笑》裏被英國紳士欺負了的傣族少女；《我的愛人》裏唱著「兒子和豬一塊燒死在灶旁」的沙拉瓦底縣捉來的「強盜婆」。歸根到底，這種對壓迫中的緬甸人民的深切的同情本質上是基於本土需求的話語言說，艾蕪重新返回緬甸體驗並藉此表達自己當下的寫作需求〔註22〕。

然而，更為重要的一點是，對於階級矛盾，民族衝突的揭示並不能掩蓋對人自身的生存問題的思考。在本土——異域的結構之外，艾蕪還有著對個人與群體，自我與民族之間的思考和選擇。1931 年 7 月創作的《洋官與雞》與 1934 年秋創作的《歐洲的風》都是《南行記》裏的重要作品，這兩個故事同時涉及到了英殖民者「洋官」對底層百姓的欺壓。前者講的是在滇緬交界的克欽山，過來巡閱的洋官（洋官身後帶著四個師爺——緬人，克欽人，傣族人，漢人以及幾個克欽兵）。洋官因為老劉新改建的馬店建築把官家的路佔了十英尺，觸犯了大不列顛的法律，強行拆倒了老劉的房子。後者《歐洲的風》講述了一個更為複雜的故事，故事發生在洋官洋兵、華緬土生的翻譯、馬隊龍老闆、趕馬人之間。洋官為了早日將貨物送達而讓馬隊深夜不停在崎嶇的山路上繼續前進，發出「人不走打人，馬不走打馬」的殘酷的命令，最終使得一名趕馬人林福生在黑夜中不幸墜崖。這個小說不僅僅寫了洋官的殘忍無情、華緬混血的翻譯的欺軟怕硬，還著重描寫了馬隊老闆的貪財冷漠。與又倦又餓的趕馬人不同，龍老闆整日與洋官洋兵一般騎在馬上，時時還有麵包和乾牛肉果腹，可仍然心中焦躁著急，這不安，並不是為著深夜在崖中趕路的馬夫，而是害怕馬跌到山崖裏而受到損失。當趕馬人林福生不幸墜崖時，龍老闆首先想到的不是救人，而是向洋官討要黑馬的損失費。而當對方推諉拒絕時才將跌下崖的人拿出來當成籌碼繼續討價還價。而最後，龍老闆為了多添的 50 元錢與洋官暗謀假裝成本地兵追來以催趕馬夫們上路，最終阻斷了馬夫們找尋跌崖的林福生的希望〔註23〕。由此可見，艾蕪很敏銳地發現在殖民者的影子下，本民族之內人對於人的壓迫也是殘酷的，在面對殖民者

〔註22〕事實上，筆者認為，緬甸體驗之於艾蕪在某種程度上與現代文學發生史上日本體驗之於作家有異曲同工之處，經歷了「由本土需要出發、經由異域體驗的激發又返回本土體驗」的發生機制，具體參見李怡：《日本體驗與中國現代文學的發生》，北京大學出版社 2009 年版。

〔註23〕艾蕪：《歐洲的風》，《艾蕪全集·第 7 卷短篇小說》，四川文藝出版社 2014 年 6 月版，第 46 頁。

的壓迫時很容易忽略了本民族的人的壓迫，可事實上後者可能更值得我們警惕。正如魯迅在《半夏小集》裏說道的，「用筆和舌，將淪為異族的奴隸之苦告訴大家，自然是不錯的，但要十分小心，不可使大家得著這樣的結論：『那麼，到底還不如我們似的做自己人的奴隸好』〔註 24〕。」這恰恰也是艾蕪隱藏在文本背後的思想。

他者與自我之間的異域——艾蕪與喬治・奧威爾筆下的緬甸景觀

1927 年 4 月，艾蕪進入緬甸境內，經克欽山茅草地到八莫，後乘船到傑沙，再到仰光，到 1930 年底因「寫文章支持達拉瓦底農民暴動，有共產黨之嫌」被驅逐出境〔註 25〕。1980 年 2 月，他在回憶 30 年代的左聯時提到：「我的眼前出現了題材廣闊的天地。我不就是生長在半殖民地半封建的國家，又在英國殖民地的緬甸居住過四年？帝國主義和封建社會的剝削和壓迫，親眼看見的和親身經受的，還少了麼〔註 26〕？」這四年的緬甸歲月不斷地在艾蕪的文學作品中出現。有意思的是，幾乎在同一年代略早一點，同樣在緬甸的北方，英國作家喬治・奧威爾在那裡當了 5 年的皇家警察（1922～1927 年），而後，一部描寫英國人弗洛里在英屬殖民地的生活情感經歷的長篇小說《緬甸歲月》（Burmese Days）在 1934 年問世。奧威爾從一個英國人的角度出發，講述部分殖民者在文化認同上的兩難困境，主人公弗洛里試圖掙脫束縛，以英國人和殖民者的身份去接納東方文化，然而卻無力幫助當地維拉斯瓦米醫生對抗白人統治者而產生的對於文化身份的認知困境。

之所以關注到這樣兩位作家，不僅因為兩位作家描寫的幾乎同一時期的緬甸或是作品出版時間的相近，而是因為艾蕪與奧威爾身上所共有的文化與地域的邊緣人屬性。正如伽達默爾指出的那樣，「自我理解總是通過對自我以外的其他事物的理解而發生，並包含在與他者的統一與整合之中〔註 27〕」。艾蕪筆下的緬甸形象雖然看似是艾蕪對緬甸這個他者的體驗和理解，但更多的卻是在講述作為一個中國青年如何看待不同的民族、文化的關聯和對立、文明與愚昧的問題，在反映緬甸的同時更是代表作為想像主體的中國本身、青

〔註 24〕魯迅：《半夏小集》，《魯迅全集第 06 卷》，人民文學出版社 2005 年版，第 617 頁。
〔註 25〕譚興國：《艾蕪的生平和創作》，重慶：重慶出版社 1985 年 11 月版，第 259 頁。
〔註 26〕艾蕪：《漫談 30 年代的「左聯」》，唐文一、劉屏主編：《往事隨想・艾蕪》，第 26 頁。
〔註 27〕樂黛雲、張輝：《文化傳統與文學形象》，北京大學出版社 1999 年版，第 98 頁。

年本身。而奧威爾的身上更多反映出來的是一種「不確定」的邊緣的人，作為英國殖民者卻試圖接受東方文明而不得的痛苦實際上暗含著殖民統治的漸漸瓦解和無法掌控的文化失落。

但是在對緬甸景觀的描寫上，兩位作家迥然不同。事實上，我們都知道，作家筆下的地理景觀有時不僅僅指向單純的景物，而是與觀者的潛在的社會意識相關。對於相似的本土自然與人文環境，對於政治景觀與自然景觀的不同關注度實際上反映了作者作為觀者的審美觀念乃至意識形態的選擇，具有一種象徵意義。奧威爾更傾向於描寫緬甸小城裏的人文景觀，「所有這一切，都在灼熱的空氣中顫動。山下半截腰處的一片白牆裏有一處英國公墓，附近還有座錫頂的小教堂。再過去就是歐洲人俱樂部，當你看到俱樂部的時候——那是一座破舊的獨層木製建築——你就看到全城的真正中心了〔註 28〕。」潛在地表現出空間與權力的相互勾連。而對於艾蕪來說，更吸引他、讓他在幾年後仍然記憶尤深的不是城裏的各式建築，而是黑鬱的深谷、含煙的林莽、落山的斜陽、銀白的江線。無論是《洋官與雞》裏的大盈江的野性雄壯——「由雲南流人緬甸伊拉瓦底河的大盈江，就在這兩個缺口下流過，波濤沖碰著峽裏磷峋的山石，成天成夜生氣似的吼著〔註 29〕。」還是《私煙販子》裏的雨季的山谷「天空彷彿低矮了許多.船色的胸膛，直向小小的山谷，壓了下來。四周布滿森林的高山，則把頭伸人雲霧裏面，向藏著虎豹野象的地方，就越發顯得兇險不測了〔註 30〕。」對自然景觀的關注使得艾蕪的文字裏充滿著對自然和野性的彰顯。

唐弢在他主編的《中國現代文學》中評價艾蕪說：「第一次把西南邊陲的奇異風光和殖民地人民的苦難與鬥爭帶到文學作品中來，是他對現代文學的一個獨到的貢獻。」〔註 31〕儘管這種評價帶有特殊的時代意義，但是卻也證明了艾蕪在中國文壇中無以替代的地位。從「游民」艾蕪到「自由撰稿人」作家艾蕪，恰恰是艾蕪的緬甸經驗與本土需求不斷互動而被激發、開掘的過程，作為文化與地域的邊緣人屬性，在本土——異域的結構之外，艾蕪還有著對個人與群體，自我與民族之間的思考和選擇。

〔註 28〕喬治・奧威爾，李鋒譯：《緬甸歲月》，南京大學出版社 2001 年版第 14 頁。

〔註 29〕艾蕪：《洋官與雞》，《艾蕪全集・第 1 卷南行記・南行記續篇》，四川文藝出版社 2014 年 5 月版，第 206 頁。

〔註 30〕艾蕪：《私煙販子》，《艾蕪全集・第 1 卷南行記・南行記續篇》，四川文藝出版社 2014 年 5 月版，第 240 頁。

〔註 31〕唐弢主編：《中國現代文學史》，北京：人民文學出版社，1987 年版，第 231 頁。

《南行記》折射出的南方絲路文化
——以「趙家馬店」為中心

中國國家圖書館縮微文獻部　齊午月

摘要：

南方絲路是從四川經雲南至東南亞各國乃至歐洲的商貿和文化交流通道，現代作家艾蕪曾在南方絲路漂泊六年，並據此創作出獨特的「南行」系列小說與散文，在現代文壇大放異彩。從 1925 年至 1927 年，艾蕪沿著南方絲路的「岷江道」、「五尺道」從成都南下至昆明，短暫停留後又沿著「永昌道」離開騰越進入緬甸。「趙家馬店」作為艾蕪「南行」路上的一個重要落腳點，地處雲南騰越到緬甸八莫必經的商貿通道，受當地小社會特定的運行秩序管制，成為艾蕪觀察南方絲路文化的一扇絕佳窗口。「趙家馬店」中馬幫、私煙販子、傣族婦女等商人群體頻繁過往，展示著邊地多民族雜居生活的真實場景，從語言、服飾、婚姻三個方面體現出南方絲路上不同民族間的文化交流與融合。在滇緬邊境的艱苦歲月是艾蕪無法忘卻的創作靈感來源，《南行記》不僅表現了南方絲路上的民情風貌，也飽含真切的情感體驗和人道關懷精神。

關鍵詞：艾蕪；南方絲路；南方絲路文化；《南行記》

【中圖分類號】I206.6　　　　【文獻標識碼】A

「南方絲綢之路」簡稱「南方絲路」，「特指從四川經雲南至越南等東南亞國家、從四川經滇—緬—印直至西亞乃至歐洲的商貿和文化交流通道」〔註 1〕，

〔註 1〕南方絲路與民族文化論壇秘書組：南方絲路與茶馬古道研究概況〔J〕，中華文化論壇，2008（12）：218。

這一學術概念於上個世紀八十年代由四川學者童恩正、李紹明等提出，並逐漸成為研究熱點。目前，學界對南方絲路的研究已從經貿往來、地理與交通、文化交流、民族融合等多個角度展開，取得了大量研究成果，逐步走向成熟階段。

在中國現代文學史上，作家艾蕪恰好親自走過這條南方絲路，並據此創作出《南行記》、《漂泊雜記》等「南行」系列小說與散文，其獨特的內容與風格在現代文壇中大放異彩。建國後，艾蕪又在 1961 年和 1981 年兩次重走南行路，創作出《南行記續篇》和《南行記新篇》，繼續以第一人稱視角講述「南行」故事。

艾蕪的「南行」系列小說與散文，取材於自己在南方絲路上的真實漂泊經歷，猶如一部記錄片，用各種細碎的生活切片客觀反映出南方絲路的獨特風貌。本文將以艾蕪南行途中的一個落腳點——趙家馬店為中心，分析《南行記》小說中折射出的南方絲路文化。

一、艾蕪的南行路線

1925 年，二十一歲的新青年艾蕪因反抗家庭包辦婚姻，在差一年就將從成都省立第一師範學校畢業之際，選擇離校別家，第一次踏上南方絲路。他一路從四川漂泊至雲南邊地，繼而南下至緬甸、馬來亞等東南亞國家，直至 1931 年被統治緬甸的英國殖民政府驅逐並遣返回國。

據《南行記》、《漂泊雜記》中的文字描述，艾蕪的南行路線從成都的九眼橋碼頭開始。他由水路沿岷江到達樂山犍為，又轉陸路行至敘府（宜賓），繼續南下進入雲南省，經昭通、江底、東川等地來到昆明，停留至 1927 年 3 月。這條從東部入滇的路線正是學術界所定義的「南方絲路東路」：「從成都至宜賓的這條線又稱為『僰道』，水路稱『岷江道』。從宜賓南行至昭通、曲靖段，因道寬五尺，稱『五尺道』」〔註 2〕。之後艾蕪轉向西行，經祿豐、舍資、祥雲、彌渡、雲州、順寧等地來到保山地區，通過永昌郡怒江壩後到達騰越，再沿著大盈江繼續向南走，離開中國進入緬甸。

在四川人民出版社 1981 年編輯出版的《艾蕪文集》第一卷裏，以艾蕪的南行歷程為序收錄了四十三篇小說。從第十三篇《紅豔豔的罌粟花》到第二

〔註 2〕南方絲路與民族文化論壇秘書組：南方絲路與茶馬古道研究概況〔J〕，中華文化論壇，2008（12）：219。

十三篇《瑪米》，非常細緻地交代了主人公「我」即艾蕪本人從雲南騰越到緬甸八莫的種種經歷。

1927年春末，「我」離開騰越後囊中羞澀，幸而在干崖土司轄界的彝方（傣族）壩子裏，遇到來趕集的一對漢族母女，被邀去幫工，隨這家人上山搶收了幾天罌粟。不久，在趕集時「我」結識以抬滑竿為生的老何和老朱，抱定去緬甸賺錢的想法後，不顧雨季即將來臨會中瘴氣的危險，與他倆結為旅伴一同南下。

離開彝方壩子後，「我」們來到傣族平原上一條空落落的集市街弄璋街，因碰上落雨，到第三日天晴才出發去中緬邊界山。大約一天半路程後抵達古卡爾，這裡只有一條小小的山溝做中緬國境分界線。走過溝上橫跨著的西式鐵橋，「我」們就離開了中國，當天在有印度兵駐紮的克欽山芭蕉寨中住宿一晚，第二天走到同樣挨著大盈江的茅草地過夜。離茅草地不遠就是緬甸入境檢查的關口，有緬甸扁達（警察）稽查私煙販子。通過檢查，「我」們到達小田壩，眼前展開的便是八莫平原。

艾蕪走過的這段路是南方絲路上的「永昌道」，主線從保山起，到騰沖後又分為兩條支路出國境，其中一條就是「由騰沖向西南，經梁河、舊盈江、盈江、順大盈江下到干崖入緬甸太平江至八莫」〔註3〕。

跟隨老朱、老何到八莫的轎行後，「我」待了三天依舊找不著工作，恰好歇在轎行內的一個私煙販子老趙，說自己有個本家在克欽山的茅草地開馬店，想找個家庭教師。「我」便又和老朱、老何一起，回到茅草地，在趙家馬店中住下。事與願違，老闆並不需要請老師，隨即指點「我」到克欽山上的寨子找活幹，說寨中的洋學堂正在招英語老師。「我」試著去碰碰運氣，卻因為不會說克欽話而再次受挫，無功而返，頹唐地回到趙家馬店。第二天一早，老闆問「我」願不願留下幫工，每天早起清理馬場、打掃污穢，無奈之下「我」只能接受。未幾，奸滑的老闆又要求「我」在午後、晚上的閑暇時間兼做家庭教師，教他的大女兒三妞、二兒子福昌念書認字。「我」在趙家馬店工作了五個月，直到1927年深秋才離開，後又從八莫輾轉去了曼德里、仰光等緬甸大城市。

〔註3〕南方絲路與民族文化論壇秘書組：南方絲路與茶馬古道研究概況〔J〕，中華文化論壇，2008（12）：219。

從艾蕪的描述中可知，從 1925 年到 1927 年他的南行旅程分為兩段，其路線與南方絲路的交通路線高度重合，先由「岷江道」、「五尺道」到達昆明，短暫停留後繼續南下，沿「永昌道」離開中國進入緬甸，後又折返回中緬邊境的茅草地。在趙家馬店裏，艾蕪以店夥計的身份從事勞動，深入參與到當地民眾的日常生活之中，接觸到形形色色的人群，得以近距離地觀察南方絲路上的文化特色。

二、「趙家馬店」——觀察南方絲路的一扇視窗

《南行記》小說集有多個版本，初版本（上海文化生活出版社，1935 年 11 月）中收入八篇小說，之後又有「一九六三年十一月《南行記》二十四篇作家本、一九八〇四月《南行記》二十五篇人文本和一九八一年十一月《艾蕪文集》本」〔註 4〕等。不論是哪個版本，與「趙家馬店」相關的小說都占很大比重。

以收錄小說較全的《艾蕪文集》本為例，其中《南行記》共三十一篇，與「趙家馬店」有關的小說有十篇，占比達三分之一。以故事的發生時間為序依次是：《我的旅伴》、《在茅草地》、《山官》、《洋官與雞》、《我詛咒你那麼一笑》、《山中送客記》、《偷馬賊》、《私煙販子》、《寸大哥》、《瑪米》。

艾蕪能寫出這麼多與「趙家馬店」相關的故事，得益於在這裡工作生活的五個月，與當地民眾朝夕相處感受甚深。而這家店獨特的空間位置和經營性質，是觸發艾蕪深刻而豐富感想的前提。

（一）「趙家馬店」的獨特之處

1.1 特殊位置

「趙家馬店」的特殊位置，決定了它成為艾蕪觀察南方絲路上往來行商及當地生活的一扇絕佳窗口。

這家店所在的茅草地，處於滇緬邊境克欽山南北走向的狹長山谷中，正是從雲南騰越到緬甸八莫的必經之路，尤其是四月到八月間的雨季。

山谷中地勢局促，大盈江從谷旁流過，只在江邊有一塊小小的平地可供人居住，「除了四家漢人開的馬店，幾間簡陋的克欽人住宅，及一座茅草蓋成

〔註 4〕葉春芳：艾蕪《南行記》的版本與文本研究〔D〕，成都：四川師範大學，2014：2。

樓房的洋官行署（洋官來巡視時，只駐足一兩天）而外，連可以栽種蔬菜的空地方也沒有了」〔註5〕，故來往行人只能在茅草地住店歇腳。在這裡做馬店生意，就成了獨佔，「每天總有一二百匹馱洋貨的馬，從緬甸北部的商埠八莫走來過夜」〔註6〕。除了馬幫，還常常有干崖壩子的傣族婦女們，一二十人一群，背著土特產去八莫，換成洋火、洋布等生活物品後折返回壩子，半個月中便要經過兩回。

所以「趙家馬店」是中緬邊境行商必經的歇腳處，除了谷中常住居民和經過的馬幫、傣族婦女，在這裡幫工的艾蕪還能接觸到私煙販子、偷馬賊、克欽山民、殖民地官員等不同人群。這些身份地位各異的人群在茅草地這個狹小荒僻的山谷中，組成了一個相當穩定的小社會，維持著特定的運行秩序。

1.2 特定秩序

從1885年起，緬甸被英國全面侵佔，屬於緬甸地界的茅草地也處於英國人的管轄之下，籠罩著一層殖民色彩。

統治茅草地的最高官員由英國派駐，是谷中居民爭相討好的「洋官」，平時住在克欽山寨中，每兩個月來茅草地巡查一回。山谷的常住居民裏，還有一個負責管理路況的印度人，其行事舉動是英國在緬甸殖民權力的延伸。

《洋官與雞》、《我詛咒你那麼一笑》兩篇小說，充分體現出英國人是茅草地小社會裏的最高階層。前者寫「洋官」在巡查時，指出劉家新建的客房佔了十英尺官路，對老闆呼天搶地的哀嚎聲置之不理，蠻橫地命令官兵將房屋砍倒；趙家新修的馬場籬笆也因占路三尺被拆除。對霸道的英國官員，谷中店家只敢在背地裏咒罵，表面上卻爭先恐後地做出巴結的諂媚姿態。

《我詛咒你那麼一笑》則描寫了一個色慾薰心的英國人，在醉酒後要求谷中店家為其提供可發洩獸欲的傣族少女。「我」的老闆不敢拂逆英國人，竟讓「我」為其引路，去客房挑選熟睡的過路客。

在「洋官」之下，這山谷還受著「山官」的一重管轄。所謂「山官」，是戶董山寨的克欽人（與中國景頗族同源不同國別），「只管我們山谷裏面這十來家人，地位約相當於一個保甲長」〔註7〕，遠不及「洋官」重要。「山官」在谷中開有一家三等客店，平時很少下山，「不管谷中人事上的糾紛，但對戶

〔註5〕艾蕪：南行記〔M〕，北京：人民文學出版社，1980：64。
〔註6〕艾蕪：南行記〔M〕，北京：人民文學出版社，1980：65。
〔註7〕艾蕪：南行記〔M〕，北京：人民文學出版社，1980：334。

董山寨上下來生事的克欽人，卻能加以統制。使谷中為數太少的漢人，可以不受到欺凌迫害」〔註8〕，雖不及「洋官」位高權重，仍是谷中漢人不敢開罪的要人。

而在山谷中聚居的漢族人群體內部，還有自己的規矩，如偷馬賊老三所言，「這邊外國人管，說起來厲害得很！其實呢，你我漢人自傢伙的事情，倒一直不管你牛打死馬，馬打死牛的」〔註9〕，憑藉武力逞兇犯罪的匪徒也是普通人所忌憚的對象。正是這個緣故，讓「一丁丁氣力」找不著工作的老三以身犯險，豁出性命也要混上一個「偷馬賊」的名號，以得到谷中店家們的優待。

官與匪這兩種凌駕於普通民眾之上的特權階層，到了茅草地的小社會中，被細化為洋官、山官、偷馬賊三類權力逐級降低的人群。

（二）《南行記》折射出的南方絲路文化

2.1 商貿活動

商貿活動是南方絲路興起的緣由，帶動了沿線馬幫運輸業、客棧旅店業的興盛，是茅草地趙家馬店存在的原因。

「在滇緬公路未通車前，八莫一直是中緬陸路交通和貿易的要道，是騰越人入緬經商的第一道驛站、中緬貿易的吞吐口」〔註10〕，馬幫為中緬商貿交通提供了最重要的運輸動力。「騰沖縣商業局《商業志稿》估計，常年活躍在騰沖至保山，騰沖至密支那，騰沖至八莫這三條線上的騾馬達萬匹以上」〔註11〕。

艾蕪待在茅草地的五個月，正是緬甸4月到10月間的雨季。來往於騰越八莫的馬幫多走開闢於 1898 年左右的商道：「自騰越—南甸—干崖—弄摩—蠻線—芭蕉寨—姑力卡—茅草地—猛育—八莫」〔註12〕。在趙家馬店中，他結識了好幾類往來行商，包括趕馬人寸大哥、私煙販子老陳、傣族姑娘瑪米等。

〔註8〕艾蕪：南行記〔M〕，北京：人民文學出版社，1980：334。

〔註9〕艾蕪：南行記〔M〕，北京：人民文學出版社，1980：318。

〔註10〕鄒懷強：晚清到民國時期騰越商貿活動對周邊地區的影響〔J〕，雲南民族大學學報（哲學社會科學版），2010（9）：119。

〔註11〕王明達、張錫祿：馬幫文化〔M〕，昆明：雲南人民出版社，2008：95。

〔註12〕尹春曉：民國時期騰沖馬幫馱運業〔J〕，保山學院學報，2015（12）：41。

趕馬人寸大哥因腳傷無法重操舊業，生活困頓不堪，時常到店中盤桓三五日。他來時總向「我」熱情地追憶自己的趕馬生涯：在原始森林中宿夜，要燒起火塘並在其中投擲藥料，燒出特殊的氣味嚇退老虎；或是走在山道上與同伴們一路高歌唱不停，這樣的「『趕馬調』已經成為了雲南最有邊疆民族特色的民歌品種之一」〔註13〕。

趕馬人的生活艱辛寒苦且時有危險，但寸大哥依然無比懷念往昔的自由自在、無拘無束，並催促「我」為趕馬人寫一部書。

有馬幫，便有與馬幫為難的偷馬賊。雖與寸大哥處於對立的位置，偷馬賊大佬楊也同樣歌頌自由自在的生活，他在山道騎馬時大聲唱歌：

「說荒唐來就荒唐，
不納稅也不完糧，
碰著官兒還要打他的耳光！
呵呵，到處都是我們的天堂！
呵呵，到處都是我們的家鄉！」〔註14〕

高大壯實、孔武有力、快活張揚的大佬楊，是偷馬賊中的例外，被趕馬人、谷中店家乃至山官等一干人所害怕、尊敬。

雨季時節常經過茅草地的還有私煙販子，他們會在客店中好好休息三五天，然後在黑夜裏打著電筒離去。私煙販子老陳居無定所、漂泊無依，仍舊豁達、樂觀，用積極的態度面對不確定的動盪生活，他所面對的主要危險來自在邊境稽查私煙的緬甸扁達（警察）。

由於英國殖民政府允許緬甸人民種植、吸食和買賣鴉片，「在 1878 年悍然頒布了《鴉片法》，規定英國在緬甸有運輸、販賣鴉片的壟斷權；並大量發放大煙館《營業執照》，使販毒、吸毒合法化」〔註15〕，並課以重稅牟利，所以鴉片走私是緬甸扁達在滇緬邊境的重點防範、打擊活動。他們多在克欽山唯一的路口或者洗馬橋邊盤查入境的行人，「在洗馬河到小田壩這一節路上，檢查得極嚴，鴉片煙和煙家什一類的東西，是不可以帶的。每次有客人從我們的店裏動身時，老闆都要叮嚀又叮嚀，以免客人誤陷危險」〔註16〕。而曾

〔註13〕王明達、張錫祿：馬幫文化〔M〕，昆明：雲南人民出版社，2008：169。
〔註14〕艾蕪：南行記〔M〕，北京：人民文學出版社，1980：106。
〔註15〕李必雨：緬甸煙毒種植史話〔J〕，貴州文史天地，2001（6）：46。
〔註16〕艾蕪：南行記〔M〕，北京：人民文學出版社，1980：107。

經與「我」同路的滑竿夫老朱偷偷將鴉片煙藏在空心竹竿中，成功躲過了檢查關卡。

雨季中常來住店的還有成群結隊的傣族婦女，她們不怕瘴氣，背著竹筐往返於中緬邊境交易物品，自帶生火做飯的一應物什。瑪米就是常來歇宿的傣族姑娘，她的父親是漢族人，故而對同是漢族人的「我」產生了愛戀情愫。

多種多樣的商貿活動促進了南方絲路上不同國家、不同民族間人口的接觸與交流，將一種流動性灌注到當地的原生文化之中，形成了別具特色的邊地社會風情。

2.2 邊地社會風情

在茅草地周邊地區，生活著漢人、克欽人、傣族人、印度人、緬人、英國人等，形成了多民族大雜居小聚居的社會形態。不同民族的交流與碰撞，是研究南方絲路區域文化、民族文化交融的重要課題，體現在語言、服飾、婚姻等諸多方面。

2.2.1 語言的差異與融合

語言是最重要的溝通工具，在艾蕪筆下，因不同民族間語言的不通出現了很多極有記憶點的情節。

「洋官」在出巡時帶著四個師爺，分別是緬人、克欽人、傣族人和漢人。充當漢人翻譯的是寸師爺，他一面借著英國人的威風在趙家馬店裏擺架子，吸免費的鴉片煙，一面又耍滑頭，和受到凌辱的漢人一起，在克欽兵面前破口大罵英國人，以博取同族人的好感。

「山官」在趙家馬店中，得知我兼做家庭教師，便讓女兒同趙家的孩子們一起學習，「她讀書的時候，就從袋裏摸出一支紅色的鉛筆，在『人』字旁邊記下羅馬字的拼音 Zen」〔註17〕。

這種羅馬拼音文字由歐美基督教會人員教授給克欽人。從十九世紀中葉起，英、法、美等國的基督教會開始在八莫、密支那等緬甸克欽人聚居地開辦學校。「1895 年，美籍傳教士漢森（Hanson）等人在緬甸創制了一種以拉丁字母為基礎的拼音文字——景頗文，並用景頗文編訂教科書」〔註18〕。據「山

〔註17〕艾蕪：南行記〔M〕，北京：人民文學出版社，1980：335。

〔註18〕雷兵：景頗族教育傳統的歷史演進〔J〕，雲南民族大學學報（哲學社會科學版），2009（5）：156。

官」的女兒介紹，本族村寨中設有天主教堂、郵局和學校，教科書、布告書全部使用羅馬字拼音的克欽文。

會多種語言在滇緬邊地是種優勢。趙家馬店的老闆娘和大女兒，會說漢語、傣語和克欽話，為自家客店招徠了不少生意。由於在山谷中負責管理路況的印度人只會說緬甸語、印度土坦俚語和英語，他來店中買雞蛋時多次溝通失敗，只好模仿母雞下蛋的樣子，口中發出「過得兒果，過得兒果」的聲音，並輔之以形象的動作，「稍微俯下身子，蹲在地上，把兩腕平伸了起來，鳥兒拍翅似地扇著」〔註 19〕，「又把右手往屁股上一摸，依然用手指做個圓圈圈現了出來」〔註 20〕，讓店中的一干人等忍不住捧腹大笑。這幅由語言差異造成的諧趣畫面是《南行記》中的尤為精彩之筆。

在發現「我」會英語後，這個印度人便常向「我」尋求翻譯上的幫助，隨後便發生了那晚令人氣憤不已的事：他領著一個喝醉酒的英國人到店，後者命令「我」，「I want a girl，boy！」（我要個姑娘，小夥計）。

日常生活中，其他民族的語言被融入到邊地通用的漢語中。比如「者弄」、「比發」、「蒲騷」、「景好」依次代表傣語中的大哥、大姐、姑娘、吃飯；「扁達」、「坐痛」、「慈雅基」是緬語，依次表達警察、坐牢、先生的意思。《私煙販子》中提到，被關在八莫監牢中的中國犯人，學會了好多緬甸詞語，夾雜在口語中使用，「講到嘴上的時候，頗有自鳴得意的神氣，彷彿他們無論做什麼事情，都可藉此表示出了他們的資格很老似的」〔註 21〕。

語言通用等於老資格，也體現在偷馬賊大佬楊身上，他精通邊地各民族語言，能跟克欽人、傣族人、傈僳族人、緬甸人乃至印度人稱兄道弟，生活如魚得水，使旁人又增添了對他的一份尊敬。

2.2.2 審美觀照下的民族服飾

不同民族間的差異，在服飾上也體現得非常明顯。艾蕪從一個漢族人的審美視角出發，描寫其他民族服飾給自己的第一印象，多帶些詭異色彩。

在雲南西部第一次見到傣族婦女時，艾蕪被她們染黑的牙齒和頭上高高的黑色包布嚇了一跳，直言「我一看見，便禁不住聯想起故鄉城隍廟裏的地方鬼來了」〔註 22〕。借宿當晚，燈光被風吹得搖曳不定，艾蕪吃著傣族女子

〔註 19〕艾蕪：南行記〔M〕，北京：人民文學出版社，1980：77。
〔註 20〕艾蕪：南行記〔M〕，北京：人民文學出版社，1980：78。
〔註 21〕艾蕪：南行記〔M〕，北京：人民文學出版社，1980：282。
〔註 22〕艾蕪：漂泊雜記〔M〕，上海：生活書店，1937：86。

提供的冷飯食，看著她們走來走去的影子不免心生膽怯，猶如身處幽冥世界。

走過中緬邊界古卡爾後，艾蕪在克欽山民的小茅棚中吃了一餐中飯。剛走進茅棚，他忍不住驚慌，「彷彿進了賣人肉包子的黑店一般。因為主人的腰上懸著一把齊頭的長刀」〔註23〕。佩刀是克欽成年男子的風俗，另一種嚼檳榔的風俗又讓克欽山民的嘴唇呈鮮紅色，「露出彷彿剛才生啖過人肉的光景。頭上纏著的黑布帕子，剩餘一節，筆直地豎在髮上，活畫出綠林好漢那樣的風度」〔註24〕。

來到緬甸八莫在大街上閒逛時，同路的老何見印度人頭上包著白布，身後還拖著一大節，嘲諷印度人是「個個家裏都死了娘老子麼？戴那麼長的孝！」〔註25〕。

這種強烈的異端感受和負面情緒，等艾蕪在邊地生活日久，漸漸看慣了各民族的不同服飾後就消散了。他由衷地讚美上穿緊身短衣、下著長筒裙的傣族女子，「對於這些傣族少女的樣子，似乎沒有誇寫的必要，不過我要略為說一點，就是走過好些地方，看過好些民族了，但要像傣族婦女那樣的清秀，確是很少有的。」〔註26〕

也正是因為艾蕪熟悉傣族人不同的頭飾，知道傣族少女盤辮子，而傣族婦人頭上包著尺來高的黑紗帕子、傣族男子包黑布帕子，才能趁機戲弄那個討要女人的英國醉鬼，在將英國人引入客房後，只把手電光照在傣族婦人和男子臉上，而避開那些年輕的傣族姑娘。

2.2.3 民族通婚的悲情色彩

中緬邊境生活的各民族間存在著不少通婚的情況，如趙家馬店的老闆娘、趕馬人寸大哥，和傾心於艾蕪的傣族姑娘瑪米，都是漢人和傣族人通婚的後代。茅草店另一家客店的老闆老劉，則娶了戶董山寨的克欽女子為妻。

在《南行記》中提及的民族通婚大多籠罩著一層悲情色彩：寸大哥的漢人父親死於瘴氣後，母親早早改嫁；瑪米的漢人父親拋棄了傣族妻子，回到漢人地方後再未歸來；而「我」對瑪米的好感頗感苦惱，最終也無法回應她的一片癡心。

〔註23〕艾蕪：漂泊雜記〔M〕，上海：生活書店，1937：106。
〔註24〕艾蕪：漂泊雜記〔M〕，上海：生活書店，1937：107。
〔註25〕艾蕪：南行記〔M〕，北京：人民文學出版社，1980：236。
〔註26〕艾蕪：南行記〔M〕，北京：人民文學出版社，1980：75。

部分原因是漢人無法適應緬甸的雨季，極可能死於瘧疾「啞擺」。「那時流行的歌謠『男走夷方，女家居孀，生還發疫，死棄道旁』就是很恰切的描寫。有極少數的人來去的次數多了，再回來又沒法生活，就在那裡定居下來，開店擺攤，做小買賣，然而，不是本人容易病死，就是生下的孩子，很難養大。」〔註 27〕大多數漢人去緬甸謀生，冬天去春末就要趕快離開，以避開炎熱潮濕蚊蟲肆虐的雨季。倘若定居，則要住在高山上，只能白天到少數民族聚居的壩子裏趕集做買賣，天黑前一定要趕回去，不敢留在壩子裏過夜。

此外，文化習俗、生活習慣等方面的差異也會造成民族通婚裏的隔膜。比如在克欽山芭蕉寨中開客店的老方，從傣族聚居的平陽大壩娶回一個女子，並深深愛著她。而離群索居的山間生活讓當了老闆娘的傣族女子十分寂寞，她愛上了夜夜來為自己唱歌的傣族土司之子，最終兩人一起私奔，獨留不知所以的店老闆老方黯然神傷。

結語

1927 年秋，艾蕪離開茅草地，繼續漂泊於緬甸、馬來亞等東南亞國家，最終因報導宣傳緬甸農民暴動觸怒英國殖民政府當局，在 1931 年被遣返回中國。同年 5 月抵達上海後，恰逢《申報自由談》的編輯黎烈文需要一些短小的遊記文章，艾蕪就開始用「劉明」作筆名，發表自己的漂泊生活回憶，並以此為發端，撰寫了大量「南行」系列小說與散文，陸續結集出版。

《南行記》1935 年由上海文化生活社初版時收錄了 8 篇小說，到 1963 年北京人民文學出版社重印，又收進 17 篇。1981 年四川人民出版社印行的《艾蕪文集》第一卷裏，《南行記》又增加為 31 篇。

建國後，在 1961 年和 1981 年，艾蕪又兩次踏上南行旅途，寫下《南行記續篇》和《南行記新篇》，他坦言「回顧幾十年的創作歷程，大都是把青年時代儲存的印象和激情的感受，作為涓涓不息的泉源」〔註 28〕，那段在中緬邊境艱難謀生的歲月被艾蕪珍藏於心間，成為他無法忘卻的創作靈感來源：「滇緬相接的邊界地區，我年輕的時候，在那裡生活過的一段期間，

〔註 27〕毛文，黄莉如：艾蕪研究專集〔M〕，成都：四川文藝出版社，1986：181～182。

〔註 28〕毛文，黄莉如：艾蕪研究專集〔M〕，成都：四川文藝出版社，1986：198～199。

有痛苦、有歡欣，有留戀、有憎恨。我永遠不會忘記的。可算是我的生活基礎」〔註29〕。

茅草地那方狹小的山間谷地也是艾蕪「生活基礎」的重要組成部分，是引發他百感交集的特殊存在：「茅草地在我的生活中，的確起過很大的影響，我在那邊勞動過，病倒過，受過壓迫、剝削和侮辱，也認識過不少的勞動人民和下層人物，得到過他們極其親切的關懷」〔註30〕。

當艾蕪在上海提筆寫下茅草地的故事時，回憶依舊歷歷在目。他用藝術性的手法展現出了南方絲路上滇緬邊境的真實生活，充溢著異域風情和邊地特色，在當時的左翼文壇乃至中國現代文壇上都是別具特色獨樹一幟的小說創作。更為重要的是，艾蕪將自己的情感判斷投注於在茅草地接觸過的各類人群中，把譏刺、鄙夷、歌頌、讚揚、不解、疑惑種種情緒揉進了《南行記》的字裏行間，這種最真切的情感體驗和人道關懷精神迸發出打動讀者心弦的強大魅力。

〔註29〕毛文，黃莉如：艾蕪研究專集〔M〕，成都：四川文藝出版社，1986：202。
〔註30〕毛文，黃莉如：艾蕪研究專集〔M〕，成都：四川文藝出版社，1986：184。

二、文藝思想研究

艾蕪《百鍊成鋼》與
工業文學的書寫及問題

中國傳媒大學　逄增玉

艾蕪對中國現當代文學是有重要貢獻的作家，他的《南行記》以現實主義與浪漫主義交融的創作方法，與東北作家群、葉紫、沙汀、馬子華、周文、萬迪鶴等大批來自內地邊地的作家一樣,以特異瑰麗的自然風景與人生視景，不僅豐富了左翼文學的結構格局，也為以京海為代表的中國新文化、新文學發源之地和文化文學中心，輸送和帶來了帶來新的文學資源、經驗、氣象和品貌，在現代文學的京海構造之外，實際上不斷地重組和改變著中國現代文學的中心——邊地（邊緣）構造，不斷地衝擊和豐富著京海構造與中心面貌。沒有這些不斷出現的來自內地邊緣、邊塞邊疆的文學新人新作，新的文學世界、文學經驗與血液，現代文學的中心將成為無源之水和無木之山——除了老舍筆下的北京、茅盾張愛玲和新感覺派筆下的上海，中國更廣大的空間世界的氣象，更豐富的文學人生視景，大多與內地邊地息息相關。此外，艾蕪的文學世界中對舊時代女性的苦難人生與倔強的求生意志的悲憫性抒寫，對內地和四川故鄉黑暗王國的揭露批判，對魯迅啟蒙主義思想和文學傳統的繼承以及落後內地農民苟安懦弱的哀其不幸怒其不爭，都在現代文學史上卓有建樹。而且艾蕪是緊跟時代步伐的作家，自從三十年代執筆寫作，幾乎每個時代都有創作，寫作題材範圍涉及的地域與社會文化空間及其廣大，雲南，中緬交界，緬甸，南洋，四川內地，東北城鄉，都進入他的視野。與艾蕪齊名的四川作家沙汀的創作，題材範圍就沒有艾蕪這樣廣闊，而且如一般民國時代開筆創作的作家一樣，1949 年後他們幾乎不再創作虛構類文學，艾蕪則不然，新中國成立後，他依然筆耕不輟，1952 年 3 月，艾蕪即偕妻子王蕾嘉到鞍山鋼鐵廠深入生活，歷時 16 個月，此間他擔任該廠總工會文教部副部長一職，這樣的經歷最終使他於寫出了長篇小說《百鍊成鋼》，屬於五十與六十年代十七年工業題材小說中銷量和影響最大的作品之一，1962 年他又到雲南體驗生活，寫出了《南行記續編》等作品。

然而遺憾的是，目前幾乎所有的當代文學史，對十七年工業文學或者一掠而過，如洪子誠的《中國當代文學史》，或者幾乎不提，如嚴家炎主編的《二十世紀中國文學史》，其他各種文學史也大率如此，周立波的《鐵水奔流》，艾蕪的《百鍊成鋼》，草明的《火車頭》與《乘風破浪》，白朗的長篇小說《在軌道上前進》，杜鵬程的《夜走靈官峽》《在和平的日子裏》等，都幾乎消失在文學史視野裏。提到艾蕪就是《南行記》，提到杜鵬程就是《保衛延安》，他們在 49 年後的工業題材寫作幾乎不被提及。當然，任何文學史都不可能包羅萬象，把所有的作家作品和文學現象都寫進去，總部要有所篩選取捨，特別是隨著時間軸線的延長，取捨和篩選的尺度越來越嚴格，文學史只能把那些被歷史和歷代讀者接受的經典性作家作品吸納其中，因而像艾蕪的長篇工業題材小說自然就被遮蔽不見了。本文的目的不在於為艾蕪和工業題材小說翻案叫好，而是想通過研究，從文本內外探尋這些工業題材小說的寫作模式和內容裝置是怎樣的，時代、政治、意識形態、對工業化的人生與審美掌握等因素，如何導致這些工業題材小說的缺陷——他們遮蔽了什麼和為什麼遮蔽，為什麼這些著名作家寫農村、革命、戰爭、內地、邊地、農民都能寫得有聲有色成為經典，為什麼涉足新中國的工業建設和工業化題材，作品的藝術水準和影響力就極大下降，甚至在當時具有很大的影響力而一旦時過境遷，就被文學史淹沒和讀者遺忘——政治和時代固然是其中主因，但是同樣有政治和時代原因而被一度詬病和文學史遮蔽的柳青的《創業史》，卻一直留存在文學史中並一直對當代陝西作家群如路遙、陳忠實等人產生久遠巨大的影響。相反，這些工業題材小說卻沒有這樣的命運，甚至成為這些著名作家一生創作中的蛇足之作。簡言之，關鍵和根本的問題不是寫了什麼，而是寫得如何？為什麼寫不好工業文學？這應該是是中國現當代文學的歷史之問。

一

艾蕪談到《百鍊成鋼》的寫作目的與宗旨，是表現經歷過新舊社會的「今天新的一代中國人，懷著光輝燦爛的理想，具有無窮無盡的勇氣和不畏任何困難的精神，在舊的社會裏戰鬥過，而在建設今天新的生活中，還正在付出更為艱巨的努力……我就是想把新的一代中國人寫出來」，〔註 1〕「我在《百鍊成鋼》中，試圖把中國社會主義工業建設中的新人寫了出來，並說明新人是鍛鍊出來的，而且還須不斷地鍛鍊下去」。〔註 2〕新中國成立前後以東北工礦企業為背景的工業題材文學，其中的重要主題和敘事就是表現新的歷史力量——工人形象和工人階級的登場與成長，草明等人的工業題材小說基本都如此。作為來陝甘寧解放區、參加和經歷了延安文藝整風的草明周立波等人，他們具有如此的文藝觀與創作追求理所應當，艾蕪與他們雖然都曾經是三十年代的左翼作家，但畢竟艾蕪來自國統區，兩支文藝隊伍雖然 1949 年第一次文代會上「勝利會師」，實質上兩支隊伍來自的政治區域的不同，彼此還是存在未能言明的政治等級的差序格局。儘管如此，艾蕪在新中國成立後能很快地與來自解放區的作家們一樣寫出「同質」化的工業題材小說，的確體現出艾蕪與時俱進的追求和能力。

《百鍊成鋼》以新中國成立後至朝鮮戰爭時期東北一家大型鋼鐵企業（鞍鋼）〔註 3〕為背景，一方面寫了大型鋼鐵企業在新中國百廢待興、急需大批鋼材之時如何進行工業化生產，成為國家最重要的鋼鐵資源基地，一方面描寫了在物質生產過程的中新一代中國工人及其階級的「生產」及其生產方式——後者是小說的主旨。艾蕪以往小說在描寫邊塞內地農村自然環境與風景時，是很有特色的，自然和物化的景色與人和人的活動具有內在的融合和聯繫，如《山峽中》的所謂叢林盜賊的「盜」與「匪」的生活和人性，是以自然環境的險峻兇惡為底色的，被不合理的社會排擠到人生夾縫中的各色各樣的流浪者漂泊者，是與西南邊陲瘴癘熱濕的山巒森林環境難以割捨的。同樣，初次寫作東北工業題材的艾蕪，在《百鍊成鋼》中也出色地描繪了現代化大型企業的工業風景：

〔註 1〕艾蕪：《百鍊成鋼．前言》，《艾蕪全集》第 3 卷，第 3 頁，四川文藝出版社．成都時代出版社，2014 年。

〔註 2〕艾蕪：《為〈百鍊成鋼〉的朝鮮譯文本寫的序言》，《艾蕪全集》第 3 卷，第 4 頁，四川文藝出版社．成都時代出版社，2014 年。

〔註 3〕小說寫的鋼鐵企業表面不是鞍鋼，實質上是以鞍鋼為背景和摹本的。

「梁景春首先看到的，是露天的原料車間。正有一列火車，把好多兩人高的大鐵罐子運走同時又有一列火車，把許多菜碗大的黑色礦石運來，架在鐵路上空的巨型橋式弔車，轟轟隆隆地吼著走著，弔起四個裝礦石的鐵槽子，運送到一座座大房子的平臺上。這座大房子，權勢鋼鐵修成的，梁景春從沒有見過房子會有這麼大。樓上許多地方，沒有牆壁護欄，平爐爐門上冒出的火光，可以很清楚地看見，樓下一座座窯也似的蓄熱室、沉渣室，以及各種彎曲的巨大每期管子，顯得一片烏黑。金紅色的液體，從樓上流了下來。空氣中散播著輕微的瓦斯氣味……出去的火車一走過，撿來的火車一停下，這座龐大的鋼鐵房子裏，傳出來宏洪大的喧囂聲音，就像裏面有條大河，水波洶湧，成天整夜在吼一樣……梁景春忍不住歡喜地想：』『真偉大，咱們這條生產線！』」，

這樣的描寫，將視覺、聽覺、嗅覺和感覺融為一體，把一個從革命老區來的未有見過現代化工業的黨委書記眼光中的工業風景，立體動態地呈現出來。而這種在中國現代文學史上比較罕見的、只在建國前後草明等人東北工業題材小說中出現的工業風景，無一不凝聚著人類的智慧、創造和勞動，是在自然界大地上被憑空製造出來的第二自然和空間，其巨大壯觀的景觀，內含著科技、工業的輝煌與在此空間環境勞動的工人階級的「偉岸」性，是與工人形象和階級形象的「性狀」描寫與揭示貼合共生的「人化」自然。所以，梁景春書記的「視景」與「心景」交融中的被讚歎為「真偉大」的工業化空間，就會應然出現小說要表現的偉大的成長鍛鍊中的工人形象。

這個先進工人形象就是小說寫的秦德貴，在艾蕪筆下，他一出場就是先進偉岸的，小說主要寫他在工業生產中的貢獻——他創造了史無前例的快速煉鋼法，和在生活中的追求愛情。對此艾蕪沒有過度美化，而是既寫他的先進乃至英雄事蹟——最後為搶救高爐負傷，也寫了他還不善於團結和帶領上下班煉鋼爐長和團隊的人，在追求愛情上有一定的猶豫遲疑甚至軟弱，屬於在工業生產和歷史時代中成長的新人，是一個尚不夠完美的「英雄」。這一點，在小說發表後讀者的來信和討論中，就有人指出秦德貴形象不夠高大完美，「還沒有充分地從共產主義人生觀和共產主義理想的高度去揭示這個共產主義先鋒戰士的精神品質……有的時候，卻又表現得不夠堅強，例如對於張福全身上所散發出來的資產階級個人主義思想臭味，卻一再容忍遷就，不敢堅

持原則開展尖銳的思想鬥爭」。〔註 4〕對此，艾蕪以自己的創作原則和目的即表現成長中的先進工人形象，和秦德貴作為先進工人所處的具體環境的規定性，予以了解釋和闡釋，對那種認為不必寫秦德貴的戀愛，只寫他如何工作奮鬥也能表現出工人階級先進性的說法，也委婉地表達了他的看法——社會主義新人也是正常的人，也有生理的和情感的合理欲望，從而說明寫工人形象與愛情關係的必要性。小說發表於 1958 年 5 月，正是中國陷入狂熱的一步邁入共產主義天堂的狂熱幻想的時代，文學中的共產主義新人塑造已然開始了向男女英雄無欲化、神話化、中性化趨向發展的苗頭——文革中的樣板戲是集大成者，所以會出現這些今天讀來恍如隔世的文學批評要求。〔註 5〕而艾蕪的清醒的回答和解釋，表現出一個受到五四以來現實主義文學影響的作家的文學認識與原則。

但是，由於受時代、政治和意識形態共聚的文學觀念影響，艾蕪在塑造這個先進工人形象時，不無遺憾地出現了政治化和非歷史化傾向。表徵之一，就是為秦德貴一出現就具有的先進性，尋找和製造了五十年代紅色經典文學共有的「革命歷史原點」，參加建國前的抗日和革命鬥爭，成為先進人物之所先進的「元敘事」和紅色基因，而小說中寫秦德貴參加抗日戰爭時還是少年，卻具有民族愛國情懷而投入抗日鬥爭，這種用意是好的，屬於政治正確，但一者若置於歷史環境中顯得不真實，從「九一八」事變到 1940 年，東北的抗日鬥爭在一度洶湧澎拜之後，在日本關東軍現代化武器和較為強悍的戰鬥力的打擊摧殘下，已經基本沒有了有組織的武裝鬥爭，從小說秦德貴的年齡看，他參加抗日鬥爭正好是這個時期，這顯然不符合歷史真實，表明艾蕪對東北抗日歷史的不熟悉而硬性地向壁虛造。其二，小說表現五十年代開國之初秦德貴就是熟練的煉鋼爐長，技術純熟，創造了史無前例的最短時間的快速煉鋼法，成為煉鋼英雄和「聖手」，卻沒有揭示和表現他是如何從一個幾乎沒有受過教育的戰士成為現代化企業的熟練工人的，連東北解放區的城市和工業文學曾經出現的必不可少的工業企業必然出現的生產關係——師徒關係，也絲毫未有，好像秦德貴放下戰鬥武器進入企業就成為煉鋼好手，沒有任何的

〔註 4〕艾蕪：《百鍊成鋼．新版後記附錄．關於〈百鍊成鋼〉與黃祖良同志的通信》，《艾蕪全集》第 3 卷，第 301～302 頁，四川文藝出版社．成都時代出版社，2014 年。

〔註 5〕1958 年 8 月，作家出版社出版了《〈百鍊成鋼〉評介》專輯，可見小說在當時引起的反響。

拜師學藝過程和師徒關係的描寫，似乎政治的正確和革命戰士的歷史必然帶來其技術的高超和精湛——這樣的工業文學中的英雄出現和成長，缺失了先進煉鋼工人成長的必要環節與過程，以及缺失了真正的工業主義邏輯必然出現的現代性生產關係與人際關係，即真正的工業化「事物」和「風景」中的內涵與裝置。

對於先進工人周圍的環境和中間人物、落後人物的描寫，作者的用意是以之作為秦德貴的陪襯。問題在於，共同使用同一平爐煉鋼的三個「三班倒」的另外兩個班組的爐長的描寫，也有表面化和平面化的傾向。其中在偽滿洲國時代就在鋼廠工作的老煉鋼師傅袁廷發，技術高超，愛崗敬業，但他在與秦德貴的快速煉鋼的競賽中，一度出現的私心和自私行為——求進度沒有及時補爐，甚至更為了與秦德貴一比高下創造快速煉鋼的新記錄，故意以經驗和技術掩飾爐頂燒壞而沒有及時修補，這是現代工業化和技術化的煉鋼過程不允許的，是違背工業精神和原則的損人利己、損公利私行為。還有他不願意把自己在日本人統治時代偷學的煉鋼技術傳給他人和徒弟，表現出他作為老工人的保守性和一定的自私性，這樣的描寫是符合歷史真實和環境真實的——從舊中國過來的工人及其階級，不可能如理論描述的大工業生產方式必然造就他們的先進性。但是對於袁廷發的轉變過程的描寫，作品同樣表現得簡單化，黨委書記的談心，家屬的督促，秦德貴的榜樣的力量，使他似乎一夜之間就徹底轉變，而沒有表現出轉變的細節和過程。至於對另一個落後爐長張福全的描寫，就更為簡單，他在煉鋼過程中對秦德貴的嫉妒，對工作的偷工減料和糊弄應付以致造成重大事故，以及他在愛情上與秦德貴的競爭，都是一個暗藏的階級敵人李吉明的唆使和挑撥，沒有揭示出來自農村的農民的小出產者的落後意識對工人階級隊伍的長期影響和腐蝕作用——尤其從舊中國過來的工人，身上難免甚至深嚴重地存在著並非先進的思想行為——東北解放區在偽滿垮臺後蘇軍的劫掠、國民黨破壞、解放戰爭拉鋸戰期間中共力量也一定程度地破壞之際，〔註6〕大批工人也曾偷盜企業設備機器，所以東北解放區恢復工業生產後，曾經以政府力量鼓勵工人獻納機器恢復生產，甚至成為一種運動，草明的第一部東北解放區工業小說《原動力》也寫到了這個問題。而這個問題也從側面表明了工人個體和階級整體在舊時代形成的某

〔註6〕石建國：《從開埠設廠到「共和國長子」——東北工業百年簡史》，第22～52頁，中國人民大學出版社，2016年6月。

些落後自私意識和行為。把落後工人身上存在的個人主義和自私自利思想行為，歸之於所謂資產階級，且通過尋找和製造暗藏階級敵人的手法和模式予以書寫，是解放區文學和十七年共和國文學的普泛模式，艾蕪不是始作俑者，但卻以這樣的方式處理和表現落後工人，使得小說對建國初期工業企業工人階級內部的先進、中間和落後三個層次的工人形象的描寫，顯得過於理念化，缺乏豐滿的血肉和立體感，屬於小說敘事學的扁平型人物而非圓形人物。

這種現象的出現原因，主要還是艾蕪對於工業事物及其內部關係瞭解掌握的還不夠充分，雖然在鞍鋼生活了一段時間，但總體上還是不如以往寫邊地、內地特別是四川舊時代生活那樣熟稔。工業化企業是自然與人類歷史上最大的人造空間，極大地改變了自然的面貌與人類的生活，世界各國文學對工業的描寫表現都不太成功，而中國是幾千年農業鄉村文明主導的國度，山林鄉村的抒寫是輝煌強大的傳統和資源，甚至形成了中國人的文化心理與審美心理結構，對於作家寫作和讀者接受都具有強大的支持意識，工業化進程又是現代中國比較稀缺的事物。因此，在沒有傳統資源可以借鑒的土壤上，艾蕪敢於寫作工業文學，本身就是極大的挑戰和創造，一下子寫自己從不熟悉的巨大化與陌生化的工業風景，出現上述問題也是自然和必然的——相反，現當代中國作家對工業及其內外事物和裝置寫得極其成功，那倒是奇蹟了，文學史上還未之有也。

二

《百鍊成鋼》出版之後，讀者的接受和批評中還談到了一個很有大躍進火熱時代的政治批評特色的話語，即小說沒有寫出黨黨委書記的豐滿形象，以及黨對企業如何領導的問題。對這樣的批評，艾蕪倒是接受了，自己也認為黨委書記梁景春形象確實著墨不夠，書寫欠立體、生動和豐滿。其實《百鍊成鋼》的時代背景是建國初期，對於黨及其幹部如何領導工業化，還是一個遇到不久、尚未完全處理好的問題。在抗戰勝利後中共派出三分之一的中央委員和兩萬幹部到東北建立根據地時期，曾經在白區和上海等地領導工人運動和革命的東北局領導之一的李富春、陳雲等人，就提出了革命即將勝利、大批來自革命老區和農村的幹部進入城市、接管城市和工業時，要學習如何以現代性方式管理城市和工業、老區幹部的思維和能力轉型問題。這是個嚴峻的考驗，毛澤東同志也認為從農村進入城市是一場考試，共產黨人要經得起考試。所以《百鍊成鋼》寫的黨委書記與如何管理企業的問題，是時代提出的課題，革命成功不久的執政黨在這方面還沒有成熟的經驗和經歷，艾蕪也是生平第一次接觸到現代化聯合企業，實際經驗的缺乏和對於工業企業出現的新的政企關係、生產關係、社會關係、人際關係的觀察思考的不成熟，使《百鍊成鋼》在這方面的描寫表現當然不會全面和深刻——這是一個時代和國家尚未解決和處理好的問題，不能苛責於艾蕪。艾蕪的小說倒是與幾乎同時期的專寫東北工業題材的草明一樣，提出和表現了黨委書記代表的政黨權力和責任，與企業管理技術領導人的權利和關係如何處理的問題，業務技術幹部與黨政幹部的矛盾和矛盾如何化解的問題。小說中，黨委書記平易近人、善於與人談心、善於發現問題、善於從階級政治鬥爭角度發現「敵情」與「敵人」，具有將物質工業生產與新人的生產且為國家建設提供物與人的資源的政治高度和領導能力，是單純以管理和技術領導企業的技術廠長所不具備的，對二者的如此描寫和處理顯示了共和國工業文明的一種模式的端倪：政治正確的黨委書記或黨的幹部「聖徒降臨」般地來到企業，團結工人群眾，發現存在問題，以政治敏銳和領導能力及時化解和處理問題，成為企業發展的「舵手」——上帝與牧師型人物。而迷信技術和工業化管理的專家型廠長則幾乎都會一度出現「迷失」，幾近於「迷途羔羊」，在危機時刻被書記黨幹部「拯救」而後「迷途知返」，從負面型人物向正面型轉變。這是中國的工業文學敘事，與曾經以之為榜樣的蘇聯工業文學，與西方的工業文學，最為鮮明的不同。為什麼會這樣，這是饒有意味和值得深入思考研究的問題。

但是與草明的《火車頭》《乘風破浪》等東北工業題材小說相比，在表現黨委書記的「天使降臨」、正確高明與一度糊塗的技術廠長之間的矛盾及矛盾的解決、以體現政治和意識形態要求黨領導企業是中國特色社會主義工業化必由之路方面，艾蕪的小說不僅僅是黨委書記形象的單薄和黨如何領導企業問題表現不夠的問題，更大的不足則是艾蕪的《百鍊成鋼》與草明等人的作品一樣，在新中國工業題材文學中首次觸及和表現了屬於政治革命性與工業現代性關係及其邏輯的「工業風景」和裝置問題。書記與廠長之間的關係和矛盾實質內含的就是這樣的帶有普遍性的問題。同時代的草明的工業小說《火車頭》，寫到了來自陝甘寧老區、曾經管理過一個農業大縣的書記，在接管日本遺留的有幾十個分廠的現代化聯合企業之際，必然出現了缺乏經驗、革命和農業工作經驗無法提供支撐、以致帶來管理混亂等問題，作品涉及和表現了解放區幹部從熟悉農業到熟悉工業的「蛻變」過程，幹部和政黨從革命性向現代性的轉型問題。《乘風破浪》則是在大躍進的背景下，同樣寫鞍鋼的黨領導與強調專家治廠的技術專家型廠長，在如何加速大煉鋼鐵和完成工業指標中的「兩條道路」的矛盾，已經不僅觸及了政治革命性與工業現代性的關係和問題，還更為深入地涉及和表現了中國式社會主義工業化與強調專家治廠、技術掛帥、與人類工業革命以來科技理性和工業主義邏輯一脈相承的蘇聯式社會主義工業現代化的關係和矛盾問題，即所謂的「馬鋼憲法」還是「鞍鋼憲法」孰對孰錯、孰優孰劣的工業發展道路和模式問題，並且這問題與一度全面學習蘇聯的工業化道路和模式、及中蘇國家與政治分道揚鑣後誰代表了社會主義正統的「巨大」問題。當然草明的作品是支持企業的、國家的大躍進和大煉鋼鐵、遍地高爐的群眾運動式的工業發展模式的，專家型廠長也是在一向政治正確、具有天使和上帝原型的妻子和黨委書記教育幫助下，從企業管理與愛情上的一度迷失後「被拯救」而「迷途知返」，回到了作家和時代認為正確的管理企業道路和妻子家庭的懷抱。遺憾的是，這些中國的社會主義工業文學應該涉及和表現的問題，特別是建國初期工業文學普遍揭示的傳統的革命性與工業現代性關係及其轉型等問題，艾蕪的《百鍊成鋼》已經觸及，卻沒有就此深入拓展開掘，遮蔽了工業化物質生產和新人生產的許多有歷史和時代意味的、可以極大豐富工業題材文學的問題。

這也是五十年代工業題材小說普遍存在的現象：作家寫農村和革命歷史，由於有傳統文化和文學審美經驗的積澱，寫起來相對得心應手，而對如何把握工業環境中的內在風景、關係、矛盾、人物創造和文學敘事等問題上，普遍存在現代化工業的生活經驗和相應審美經驗缺失帶來的不足，即如杜鵬程的工業題材小說，寫社會主義現代工業化建設如火如荼的時代，那些來自老區的農民出身的革命者也紛紛投入到工業化化建設中，但他們的革命者向現代工業內行轉變的過程被忽略了，反而大寫農民革命者實際上是以農業文明和戰爭時代的激情理想模式，奮不顧身地參與和投入工業建設。他們公而忘私的工作和精神是值得描寫和讚美的，但是農民文明式的工業化建設和投入，其實是違背工業文明精神和邏輯的，建國前後曾經有白區都市革命領導經驗的領導人如劉少奇、陳雲、李富春等人，是提倡或支持以工業文明方式、蘇聯式工業化模式搞工業化的，在他們的著作文章裏一再強調工業化和科學技術規範——科技工業理性的必要性，反對大躍進式的工業管理與生產，甚至認為大會戰就是大混戰，違反工業邏輯。當然這些思想和聲音在越來越政治化和浪漫化的壓倒性環境下，也受到壓抑、邊緣和不得不「消聲」。因此，儘管個別作家如草明觸及和表現了這些涉及國家工業化發展道路和社會主義發展模式的巨大問題，但總體上寫工業題材的作家及作品，還沒有掌握真正的工業化與現代化的「文明內核」，思維和審美還沒有、在越來越激進的政治環境下也不可能發生現代性轉變，因此給五十和六十年代的工業題材文學的思想深度和藝術感染力，帶來了致命的內傷，使其難以在文學史上留下身影和成為文化記憶中的經典。

三

由於歷史和時代的原因，艾蕪《百鍊成鋼》寫到了若干那個時代東北工業存在的現象，如小說在當代共和國工業文學中，出現了少見的蘇聯專家形象，他們全心全意為中國企業發展提供管理和技術支持，工作極其敬業認真，雖然著墨不多，但卻是正面的有價值的人物形象。眾所周知，中國革命政黨的誕生及中國革命勝利，蘇聯功不可沒，新中國建立後中國的大規模工業化建設和科技發展、國防建設，蘇聯提供了巨大的支持，蘇聯專家遍布於中國的科技、教育、科技、工業、農業、國防建設的幾乎方方面面，可以說蘇聯和蘇聯專家的支持，是中國五十年代乃至後來的社會主義建設取得重大成就的重要原因之一。但由於後來的中蘇關係破裂，蘇聯專家從中國消失，蘇聯成為全國全民共討伐的比美帝還壞的社會帝國主義敵人，所以活躍於五十年代中國各行業的蘇聯專家及其形象，在當代中國的工業文學中，少有描寫。而艾蕪寫作《百鍊成鋼》之時，中蘇關係還未全面破裂，在政治領導人之間和國家之間已經開始的分裂端倪，作為作家的艾蕪也不可能知曉，故此他寫下了蘇聯專家的形象，雖然篇幅不多，也算給當代工業文學的人物形象系列填補了空白

但是，作為曾經在鞍鋼生活了16個月的艾蕪，對蘇聯與鞍鋼的歷史關係，還是有所遮蔽和掩飾，小說的敘事主旨和時代因素，使他也不可能書寫另一個涉及蘇聯的問題：抗戰勝利前夕進軍東北的蘇聯軍隊，劫掠了大部分的鞍鋼及其設備，其中煉鋼、軋鋼和煉鐵的比較新的設備設施，幾乎都被蘇聯運走，解放後我國組織鋼鐵冶金專家邵象華院士等專家去蘇聯考察，知道這些設備都還在蘇聯，在中國的「一五」期間蘇聯才返還了部分。這些在鞍鋼自

己撰寫的史志中都有詳細的數據記載。艾蕪在鞍鋼期間，相信不論是從官方還是從老工人那裡，都能得到這些信息，但礙於政治原因，艾蕪的東北工業文學寫作，對此有意予以遮蔽，也不得不予以遮蔽，這勢必對大型鋼鐵基地的「廠史」和人物史的敘事，缺少了歷史的很重要的因素。

《百鍊成鋼》還寫到了技術高超的煉鋼爐長袁廷發，與描寫先天先進的英雄人物秦德貴沒有學習技術的經歷卻技術高超不一樣，袁廷發是在日偽時期的鞍山製鐵所和昭和製鋼所成為工人的，但小說描寫日本技術人員和工人壟斷煉鋼技術，不教給中國人技術，袁廷發是偷偷暗中學藝的，被日本人發現後還調離了煉鋼爐。抱著舊時代的「一招鮮吃遍天」的觀念，到了新中國的鋼鐵企業，他自己努力工作，但一度保守技術不願意把自己掌握的煉鋼技術教給其他工人，是在黨幹部教育和秦德貴行為感召下才發生轉變的。這樣的描寫符合一個老工人的身份與思想，但實質也遮蔽了袁廷發學藝的真實的歷史。在偽滿時代日本是殖民統治者，他們的企業不願意交給中國人技術，這一方面肯定有歷史的底子，殖民者的「五族協和」共建東亞共榮的所謂國策，很大程度上是一種欺騙和宣傳。另一方面，日本殖民者是把偽滿當作他們的生命線和未來國家的，這使得他們發起「百萬移民計劃」，在偽滿大搞五年產業振興計劃和工業與城市建設，至 1945 年，偽滿的工業特別是重工業佔據全中國的 90%，鐵路占全國三分之一，工業生產已經超過日本本土，這也是中共在抗戰勝利後大舉派兵派幹部往東北建立鞏固的根據地、進而奪取全國勝利的重要原因。在大規模的城市與工業建設中，必然要大量雇傭中國工人，除了東北，他們還派人到關內進行欺騙性的招工宣傳〔註 7〕。在大量的企業中，在封鎖技術之外，為了生產量，他們也會讓中國人學習一定的工業技術，不可能全部封鎖保密，那樣的化他們的產業計劃和工業生產是難以完成的。在鞍鋼應該也是這樣，不然的話，經曆日本戰敗、國民党進駐、國共雙方拉鋸戰的鞍鋼，在新中國會很快成為中國第一大鋼鐵企業，會有那麼大的鋼鐵產量。沒有大批掌握煉鋼技術的中國工人，是不可能有這樣的工業化成效的。鞍鋼不僅很快恢復了生產，為朝鮮戰爭和全國建設提供了大量鋼鐵，而且還作為雙基地——鋼鐵機器設備基地和技術工人基地，為全國的其他鋼

〔註 7〕我爺爺原是山東膠南縣海邊的漁民，會點民船製造的焊接手藝，也會用烙鐵收拾豬頭豬腳的皮毛。偽滿時期日本人到山東招工，說東北吃大米表面，煤炭木頭管夠少，爺爺就被欺騙來到鞍鋼的一個鐵礦當焊接工。

鐵企業建設提供了從物質設備到大批人員的支持，真正成為「原動力」。〔註8〕這大批的人員也不可能是短時期培養出來的，而是從偽滿時代到新中國工業化建設時期陸續培養造就的，東北的其他企業也有這樣的情形，〔註9〕而且據邵象華院士介紹回憶，即使在1946～1947年國民黨佔據鞍鋼時期，他們在大批先進機器設備被蘇聯運走、被破壞得一片狼藉的鞍鋼，還是克服困難練出了鋼鐵。在那樣的時刻，除了他們這些被國民黨政府派往東北的冶金技術專家之外，鞍鋼還有掌握技術的中國和日本的技術人員與工人，這也從側面說明歷史的實際情況，與小說描寫並不一致。

說到日本人，抗戰勝利後日本人員大批離開鞍鋼和東北，但也有一部分留下來，直到1952年才回國，這部分日本人是參與了鞍鋼的恢復生產和新中國建設的，至今鞍鋼的勞模館裏還有日本勞模的名字，不懂得歷史的人感到奇怪，其實這些留用的日本人對中國革命的勝利和建設，一直工做到五十年代才陸續回國，貢獻很大，中國政府對此一直承認〔註10〕。戰後至五十年代，鞍鋼還有不少技術人員和工人，除了鞍鋼自己撰編的史志外，還可從側面得到證明。日本的也是亞洲最早翻譯馬克思主義的大學者河上肇，其譯作極大影響了包括陳望道、郭沫若、毛澤東等中國革命的領袖和文化人，他的女婿大冢有章，是日本共產主義運動的領導人之一，三十年代被捕入獄，出獄後來到偽滿洲國的「滿映」工作，擔任巡迴放映課長。日本戰敗後他在中國恢復日本人共產主義組織活動，組織日本共產主義青年團到東北的遼源、鶴崗煤礦參加勞動，為中國革命勝利立下功勞。這期間，曾經參加了1948年在哈爾濱召開的「第六次中國工人大會」，1949年他調到瀋陽擔被任命為東北人民政府工業部日籍職工科科長，不久又調到中國當時最大的鋼鐵工業基地鞍鋼，擔任鞍鋼外籍職工科長和鞍鋼總工會外籍職工部部長。試想，如果鞍鋼沒有為數不少的日本職工，是不會讓這麼老資格的、已經成為中國官員的大冢有

〔註8〕草明在東北寫的第一本工業題材長篇小說就叫《原動力》。

〔註9〕如大連造船廠，是清政府建立的，歷經俄國和日本的統治、蘇軍接管，回歸中國，以及建國後我國政府的大力建設，成為北方最大造船廠，我國的第一艘航母即在此建造，其歷代積累的技術力量，包括焊接工人的水平，使其造船能力超群，八十年代改革開放初期，那裡還有很多舊中國過來和新中國建國後培養的技術工人和工匠達人。東北還有大量的這類企業。工業技術和工匠精神是需要迭代積累和傳承的。

〔註10〕參閱《友誼鑄春秋——為新中國做出貢獻的日本人》，上下卷，新華出版社，2002年。

章，去鞍鋼工作的，他在鞍鋼的工作，就是組織和領導日本職工參加鞍鋼的恢復生產和其後的一系列建設工作，這些工作就包括組織和幫助中國工人全面掌握鋼鐵生產的一切技術工藝問題。此後大冢有章在新中國繼續受到重用，擔任東北人民政府日本人管理委員會宣教科科長、日本人民民主新聞社副社長等職，直到 1956 年才回國。

大冢有章曾經工作過的滿映，是日本在東北興建的亞洲最大的電影生產和製作基地，也是宣傳殖民主義國策的文化侵略機構。1938 年，法西斯右翼分子甘粕正彥擔任滿映第二屆理事長後，卻大力提倡中日員工同工同酬，允許中國人參與導演、演員、美術、錄音、攝影、剪輯等一切電影生產環節，成為專家和行家，這些中國人後來對於東北電影公司和長春電影製片廠成為新中國電影的搖籃，對於中國的電影事業，都發揮了極其重要的作用。對此，原滿映的中國電影演職員和技術人員在改革開放後寫的回憶文章中，都真實披露了日本人不保守技術、認真地培養中國電影人，甚至中國人成為高於日本人的技師、美術師、攝影師後，作為下屬的日本人也完全服從和配合，體現出現代工業主義的天職、敬業、分工、合作精神。若不是看到他們的回憶文章，沒有回到歷史現場，真不敢相信這些完全迥異於我們的知識和常識的事情，會發生在偽滿殖民主義統治時期。還有回憶偽滿建國大學的中國人文章，提到那裡包括日本人在內的各個民族的學生的一切待遇都平等，這也是出乎意料的。〔註 11〕當然，日本殖民統治者這樣做的目的，是為了懷柔和征服民心，是為他們企圖長期霸佔東北的國策服務的，這些小善不能抹殺他們的殖民主義罪惡和大惡。這裡只是想說明，即使出於殖民主義的長遠企圖和考量，他們也可能不會在工業生產技術領域中完全排斥中國人。鞍鋼也是這樣，所以鞍鋼才會很快在戰後恢復生產成為中國最大鋼鐵基地，大冢有章才會到鞍鋼管理日本員工為中國服務盡職，鞍鋼的勞模裏才會有日本人的名字。而這一切，艾蕪在鞍鋼期間是應該知道的，他卻出於政治和意識形態考量，將有關的歷史事實予以遮蔽。而草明的最早寫作和出版的東北工業題材小說《原動力》，其中就有戰後留在中國和企業的日本人兄弟的細節，他們技術高超但思想上還存在著殖民意識，是需要改造的對象，改造後他們為東北工業和電廠的恢復發電做出力所能及的貢獻。

〔註 11〕上世紀八十年代以後，吉林省和長春市政協文史資料（多為內部印刷）刊載了大量原滿映後長影的電影人的歷史回憶文章，吉林人民出版社也出版了 8 卷《偽滿史料》叢書，可資參考。

當然，小說不是歷史，歷史真實不可能都進入文本成為藝術真實，寫什麼不寫什麼，是作家的自由和權力，以頌歌體描寫鍛鍊成長的工人和新人，是《百鍊成鋼》的主題訴求，出於這種訴求，他才如此處理他知道和掌握的一切事實和史實，比較純化地描寫工業物質生產中新人的成長和生產的過程。這是艾蕪的創作選擇，也是時代給予他的侷限，這種侷限使其忽略或遮蔽了鞍鋼及其他東北現代化大型企業在歷史時空中包含的極其豐富的歷史內容，把複雜豐富的歷史簡化和意識形態化了，把東北特殊環境和地域中工業發展中包含著工業化與殖民化、現代化與革命化、日本的殖民統治與蘇聯的紅色帝國行為、〔註12〕階級與民族關係及其矛盾、一般的工業化和中國特色的工業化的聯繫與差異等豐富複雜的歷史內容，艾蕪的小說統統進行了過濾和遮蔽，而只是抽取和表現新的工人階級在工業物質生產過程中的鍛鍊鍛造，從而造成了小說的單線和單薄，而過於單薄和明確的內容與敘事，不足以成就一部偉大的工業題材小說。馬克思主義創始人一再強調把意識到的豐富的歷史內容和與之相應的美學形式進行有意義的組合，才能成就偉大小說，十九世紀歐洲那些偉大的批判現實主義小說的巨大成就和價值，就在於它們容納和表現了巨大、複雜、豐富的社會歷史內容，沒有把歷史簡單化、政治化、意識形態化和作為作家與時代的傳聲筒。按照這種要求，《百鍊成鋼》和十七年的工業題材文學，普遍存在欠缺和不足，而這種不足導致它們一時燦爛後很快凋謝，文學史未給它們留一席地位，原因恐怕就在於此。

《百鍊成鋼》還有一個明顯的不足，就是小說的由地域文化決定的語言表達。早在三十年代日本帝國主義侵略東北之際，左聯執委會發出「抓緊反對帝國主義題材」的號召，在東北作家群還沒有推出他們正在寫作的反日抗日文學、只是在上海求學的東北學生李輝英發表了模仿法國作家都德的《最後一課》，而艾蕪卻及時發表了以東北人民淪陷前後苦難和抗爭的小說《咆哮的許家屯》，受到茅盾發表的批評文章的表彰。但是，艾蕪從沒有到過東北，完全不瞭解東北的社會與自然，他的小說政治和主題固然正確，但是其中卻存在若干違反生活真實和地域文化習俗的東西，如將一位東北農民的名字稱為「老麼」和「麼娃子」——東北農民和社會風俗可以把孩子叫作鐵蛋柱子

〔註12〕蕭軍在東北解放區發表的文章中就有「赤色帝國主義」和「各色帝國主義」詞彙，後被批判為「反蘇」和「反共」，遭到整肅，成為現代文學史上的重要事件，知道改革開放才被平反昭雪。

二愣子狗剩子……，絕沒有叫老麼的，這是典型的四川的語言和民俗。這樣一個細節，就顛覆了這篇小說的真實性和藝術性。同樣，在《百鍊成鋼》中，艾蕪也將四川地域文化和語言詞彙、表達方式，用之於小說中的東北工人身上及其人物語言和對話中，如東北工人即農民一般都說「知道」「知道了」，而在艾蕪小說中卻幾乎都是「曉得」「我曉得」，老工人袁廷發的話語中出現「你空起手回去」「你看哪個鬥得贏」「媽的，你起的啥子心哪？」這完全不是東北語言和方言的句式。還有秦德貴同村出來的女友和戀人回村，秦德貴母親的邀請話語是「近來坐一坐，吃一杯茶」「我找點煙給你吃」「你真習得好呀，煙都不吃」……五十年代的東北農村，農民幾乎家家不喝茶，也不邀請別人喝茶，況且不叫「吃茶」而是叫喝茶，請人抽煙也不叫「吃煙」，更沒有「習得好」這類用語和表達方式。不僅人物語言缺失地域文化色彩，敘述語言也存在四川話語的痕跡，如「秦德貴在四號爐上做了六天燒結爐底等工作，鼻子烤來發紅了」，「秦德貴已熱得來快要昏倒了……」這種以「來」字做狀語的表達語言和方式，也絕非東北話語所有。這類現象在《百鍊成鋼》中所在多有，表現出四川地域文化和語言的色彩和對艾蕪的強大影響，但是以之表現東北五十年代工人的對話和語言，實在有傷生活與藝術真實。在這一點上，艾蕪遠不如同樣來自南方的作家周立波的小說《暴風驟雨》，在表現東北農村土地改革這一宏大歷史事件時，周立波把東北農民的對話語言表達得非常具有地域色彩，敘述語言中也盡可能採用東北話語詞彙和表達句式。相比之下，艾蕪的東北工業題材小說語言就顯得有點「隔膜」和「地域穿越」，從而影響了小說的藝術真實和人物形象的塑造。在中國現代文學史上，地域文化與作家和文學的關係是非常明顯的，很多優秀作品都有地域文化的內涵和積澱。艾蕪也不例外，他的那些表現四川西南、邊陲故土生活的小說，從文化到語言都非常「入乎其內」，圓融無礙，但是當他表現他不甚熟悉的東北土地與社會人生時，就難免顯示出民情風俗和語言上的隔膜造成的「內傷」。在完全陌生的地域文化環境中進行文學寫作時，如何擺脫故土地域文化的強大影響而達到兼容和合，對作家而言是一個不小的困難和挑戰，茲事雖小卻也「體大」，處理不好就會構成對作家寫作的構成文化阻隔與穿幫，進而對其作品的真實性和藝術性帶來顛覆和破壞。如此看來，艾蕪的《百鍊成鋼》在地域文化的接受與跨越上做得不夠成功，進而影響了小說人物塑造與敘事表達的功能與價值，影響了小說藝術效果的達成。

逃避傾向與戀地情結——
生態文學視野中的《南行記》解讀（大綱）

首都師範大學文學院　王家平

一、中國現代文學的「逃避」傾向：從魯迅到艾蕪

20 世紀初，延續了一千多年的科舉制度被取消，大量的讀書人告別傳統的士子人生模式，避離鄉村和小鎮封閉的生活格局，前往北京、上海等大城市尋找新的生活道路。「五四」新文化運動倡導「勞工神聖」，出現知識分子前往鄉村和邊地的「到民間去」的時代潮流。青年艾蕪就是在這樣的時代語境中走進生活，並走進文壇的。

對艾蕪創作產生影響的魯迅創作之「逃避」傾向

魯迅在《吶喊・自序》：「我要到 N 進 K 學堂去了，彷彿是想走異路，逃異地，去尋求別樣的人們。」

《瑣記》中說自己：「好。那麼，走罷！但是，那裡去呢？S 城人的臉早經看熟，如此而已，連心肝也似乎有些了然。總得尋別一類人們去，去尋為 S 城人所詬病的人們，無論其為畜生或魔鬼。」

魯迅散文詩《過客》裏的老翁勸過客「還不如回轉去」，過客拒絕道：「那不行！我只得走。回到那裡去，就沒一處沒有名目，沒一處沒有地主，沒一處沒有驅逐和牢籠，沒一處沒有皮面的笑容，沒一處沒有眶外的眼淚。」 過客逃避社會的操控和文明的規訓，在不受文明污染和知識權力規訓的原野上，一直困頓而自在地行走著，永不停息地漂泊。

艾蕪的逃避和尋找

艾蕪在《艾蕪文集·序言》中交代自己1925年生活道路的重大轉折時說：「省立師範學校五年畢業（一年預科，四年正科），我讀了四年，就朝外省外國去漂泊，一則由於要廢除婚約（家裏要我畢業後結婚）遠走他鄉，一則由於習慣愛好讀書，想找半工半讀的機會。」（《艾蕪文集》第一卷，四川人民出版社1981年版）。

青年艾蕪當時受半工半讀思想影響，從成都走向昆明，再從雲南走進緬甸，尋找工作和讀書的機會，成為滇緬邊地的流浪者。他1963年在《南行記》後記中總結說：「我始終以為南行是我的大學，接受了許多社會教育和人生哲學，我寫《南行記》第一篇的時候，所以標題就是《人生哲學的第一課》。」（《艾蕪文集》第一卷，第431～432頁，四川人民出版社1981年版）

美國華裔學者段義孚（1930～）的著作《逃避主義》（Escapism，1998）總結人們逃避的四種對象：逃避自然、逃避文化、逃避混沌、逃避人之動物性。逃避的四種途徑是：空間移動（漂泊）、改造自然、建構有意義的物質世界、創造精神世界。

包括艾蕪在內的中國現代文學「逃避」傾向：克服對自然的恐懼，重建人與自然的對話關係；逃避物質的壓迫、文明的規訓和社會的操控，尋找健康詩意的生活；逃避含混曖昧之不確定的價值系統，建構意義明確的現代精神價值體系。把魯迅、艾蕪等中國現代作家的創作置放在這個大的語境中考察，能夠找到新的闡發空間。

二、中國現代文學的戀地情結：從魯迅到艾蕪

戀地情結（topophilia）語詞來自於詩人美國詩人奧登（W.H. Auden）。1948年，奧登在研究英國詩人約翰·貝傑曼的詩集 Slick but not streamlined 的文章裏首次使用了這個語詞。這個語詞蘊含著人類對環境的依戀及其變化之義。

段義孚的專著《戀地情結》（Topophilia：A Study of Environmental Perception，Attitudes and Values，1974）。相關評論：

「《戀地情結》是關於人與地如何相依的系統研究……段義孚將當時的現象學和存在主義哲學引入地理學之中，發掘人類經驗的複雜性和精妙性，深描人的地理感受……即通過研究人對環境的感知（perception）、態度（attitude）和價值觀（value），探討人與地之間的感情紐帶。因為感知、態度和價值觀三

者是有等級的：感知是對外界刺激在感覺上的反應；態度是人面對世界的方式，穩定性比感知更強；而世界觀則是概念化的經驗，是態度的系統化。因此，此書以遞進式論述，先論述共同的生理、心理、種族以及個人的感知，然後是態度，再次是價值觀和世界觀。……段氏提出中世紀的時間觀與垂直旋轉的宇宙觀相互契合，本質上是不斷循環的。十八世紀啟蒙運動之後，循環的時間觀被線性的時間觀代替，垂直的宇宙觀被平行的空間觀代替。

「段義孚對於人與地的追問並未止於戀地，之後又寫出《景觀恐懼》（Landscapes of Fear, 1979），反映人類在災害、饑荒、瘟疫、鬼巫、刑法、監禁等這些有形或無形環境中的脆弱和恐懼。」（張雷：《評段義孚無土時代的戀地情結》，澎湃新聞 18-11-02）

20 年代中期，魯迅在《忽然想到》中寫道：「兒時的釣遊之地，當然很使人懷念的，何況在和大都會隔絕的城鄉中，更可以暫息大半年來努力向上的疲勞呢。」魯迅 1926 年創作的散文集《朝花夕拾》就是借助回憶幼、少時代生活重歸精神故鄉的戀地文學作品。

魯迅不僅通過創作進行精神返鄉以表達自己的戀鄉情懷，還在《理水》《奔月》等歷史小說中，表達自己對生態失衡困境的思考和憂慮，還在 1930 年的《〈進化與退化〉小引》中表達人類生存的家園面臨生態危機的憂思：「沙漠之逐漸南徙，營養之已難支持，都是中國人極重要，極切身的問題，倘不解決，所得的將是一個滅亡的結局。……林木伐盡，水澤湮枯，將來的一滴水，將和血液等價」。

魯迅在《為「俄國歌劇團」》一文中寫俄國作家愛羅先科所感知的 20 世紀初中國社會生態：

> 有人初到北京的，不久便說：我似乎住在沙漠裏了。是的，沙漠在這裡。
>
> 沒有花，沒有詩，沒有光，沒有熱。沒有藝術，而且沒有趣味，而且至於沒有好奇心。沉重的沙……

魯迅在小說《鴨的喜劇》中寫愛羅先科對中國和緬甸生活環境的不同感受：

> 俄國的盲詩人愛羅先珂君帶了他那六弦琴到北京之後不久，便向我訴苦說「寂寞呀，寂寞呀，在沙漠上似的寂寞呀！」
>
> ……

> 「這樣的夜間，」他說，「在緬甸是遍地是音樂。房裏，草間，樹上，都有昆蟲吟叫，各種聲音，成為合奏，很神奇。其間時時夾著蛇鳴：『嘶嘶！』可是也與蟲聲相和協……」他沉思了，似乎想要追想起那時的情景來。

艾蕪 1927～1931 年曾經在滇緬邊地漂泊謀生，他的《南行記》等作品大量書寫滇西和緬甸熱帶的風光、風俗與風情。這是《山峽中》的神秘、恐懼的自然書寫：

> ……外面一片清朗的月色，已把山峰的姿影、岩石的面部和林木的參差，或濃或淡地畫了出來，更顯著峽壁的陰森和淒鬱，比黃昏時候看起來還要怕人些。
>
> 山腳底，洶湧著一片藍色的奔流，碰著江中的石礁，不斷地在月光中濺躍起、噴射起銀白的水花。白天，尤其黃昏時候，看起來像是頑強古怪的鐵索橋呢，這時卻在皎潔的月下，露出嫵媚的修影了。
>
> 老頭子和野貓子站在橋頭。影子投在地上。江風掠飛著他們的衣裳。另外抬著東西的幾個陰影，走到索橋的中部，便停了下來。驀地一個人那麼樣的形體，很快地丟下江去。原先就是怒吼著的江濤，卻並沒有因此激起一點另外的聲息，只是一霎時在落下處，跳起了丈多高亮晶晶的水珠，然而也就馬上消滅了。

滇緬、新疆、西藏等邊地，成為中國現當代作家表達戀地情結的空間場域。重審中國現當代作家對邊地的感知（perceptions）方式、對自然的態度（attitudes）和他們關於生態環境的價值觀（values），重構 20 世紀中國「人與地」的空間哲學，是學術研究新的增長點。

是「左而不作」，還是「作而不左」？——以艾蕪經歷透視「左聯」日常活動*

四川大學文學與新聞學院　妥佳寧

摘要：

艾蕪在以大量滇緬漂泊題材小說成名前，曾作為丁玲領導下的「左聯」成員，直接參加了大量非文學的革命活動，並創作少量帶有激進革命色彩的左翼文學作品，而與異域書寫關係並不密切。艾蕪的早期「左聯」經歷，正可透視「左聯」的日常行事方式。正與茅盾對「左聯」政治性過強而文學活動太弱的批評相應和。而「第三種人」論爭中蘇汶等人對左翼文學的攻擊，也切中「左聯」這一問題。1933 年的入獄經歷，使得艾蕪調整了「左而不作」的狀態，轉而接近於所謂「作而不左」。事實上，「左而不作」或「作而不左」都非「左聯」應有的形態，而現實中卻很難調和文學與政治的不同維度。

關鍵詞：艾蕪；「左聯」；「第三種人」

作者：妥佳寧，1984 年生，文學博士，四川大學文學與新聞學院副研究員。

在相對較為集中的艾蕪研究中，艾蕪詩歌創作往往被忽視。1932 年艾蕪以「沙漠」這一筆名在《文藝新聞》上發表過《示威進行曲》和《扛夫的歌》兩首詩歌。或許是因艾蕪小說創作更具特色而詩歌成就有限，這兩首左翼色

* 本文為國家社科基金項目「民國史視角下茅盾小說創作的精神歷程研究（1927～1936）」（17XZW004）階段性成果。

彩濃厚的詩歌絕少引起研究者的注意。學界一般認為艾蕪小說的成就在於「把左翼的理念與其豐富的人生體驗結合」〔註1〕，那麼艾蕪有限的詩歌創作是否能夠像其小說一樣，既在異域經歷中呈現漂泊體驗又在左翼視角下書寫底層生活？而包括這兩首詩在內，艾蕪在「左聯」期間的文藝活動與各類創作，打開了怎樣一扇透視「左聯」日常活動情況的窗，如何應和著曾任「左聯」行政書記的茅盾對「左聯」「毛病」的反思，又如何與「第三種人」論爭中「左聯」所受「左而不作」的指責，形成奇妙的對照關係？或許在異域風情與飄泊體驗之外，還有另一個與革命與組織有著複雜糾葛的艾蕪，有待進一步的研究來呈現。

一

艾蕪的《示威進行曲》1932 年 4 月 25 號發表於《文藝新聞》，全詩以兩人對話的形式呈現一個失業者從怯懦到勇敢示威的被啟蒙過程：

「來吧，沒工作的兄弟們！
你看，這裡那裡：
洶湧著失業的大群！」

「唉，我麼？可不成！
又沒有武器，
嚇，不行！不行！」

「夠了，兩個拳頭，一肚恨，
合起來呵，嚇殺人！
你聽，我們的足聲呀，
地都踏得震。」

「呃，鐵甲車，多怕人！
機關槍，可要命！」

「呸，你這阿木林！
留著狗命，餓不成？
抓著吧，磚頭石塊好得很，

〔註1〕陳國恩，陳昶：《從「游民」到左翼作家——論艾蕪20世紀30年代的創作》，《江漢論壇》，2013 年第 4 期，第 84～87 頁。

衝上前去！衝上前去！
搶他娘的大砲幾尊！
怕麼？為什麼怕？
你這阿木林！」

「媽的，你才是阿木林，
看，我是膽小的人？
老子要向前線衝進！」

「好傢伙，可還不蠢！
來，一起向前線衝進！
叫那些大塊頭呵，
滾！滾！滾！」〔註2〕

這首詩署名「沙漠」，若非艾蕪後來自己承認，讀者或研究者很難將這樣帶有激進革命色彩的左翼詩歌，與慣於書寫滇緬異域飄泊生活的小說家艾蕪聯繫在一起。全詩不僅語言粗俗，著意突出底層民眾語言風格，而且使用了融合洋涇浜話的上海方言「阿木林」來罵人，讓底層失業者不是由於獲得尊重而被鼓動參與示威，反倒是無法忍受被罵才逞強式地加入到頗具暴力色彩的示威活動中來。至於失業者參與示威的最終結果，是由此獲得職業還是引來殺身之禍，則不在全詩的關注範圍之內。而鼓動者的身份，也曖昧不明，不知是同為底層失業者，或僅僅是職業革命者。

而另一首《扛夫的歌——黃浦江底交響曲之一節》1932 年 6 月 6 日同樣發表於《文藝新聞》的詩歌版，則戲擬勞工號子，呈現民族之間、階級之間的不平等：

黃浦灘華懋飯店前面的碼頭上，無數的苦力正奔忙著。兩個人一組，扛抬著笨重的貨箱。前一人唱。後一人應：

——亥育海，
＝＝黑育海！
——洋鬼子的貨，
＝＝我們天天抬！
——落雨也抬，曬太陽也抬，

〔註 2〕沙漠：《示威進行曲》，《文藝新聞》，1932 年 4 月 25 日星期一，第 4 版。

＝＝把他娘的，到底為啥來？

——海喲，

＝＝亥喲，

——海喲，

＝＝亥喲，

——嚇，不是為著要吃飯，

＝＝呵，老子早就不想幹！

——亥育海，

＝＝黑育海！

——可是吃飯呀，

＝＝一家老小吃不全！

——看囉，前面不是大飯店！

＝＝看見了，全是大肚漢！

——他們在吃啥？

＝＝吃□翅

——吃燕窩，

＝＝吃大餐，

——吃我們的血和肉，

＝＝吃我們的卵！

——海喲，

＝＝亥喲，

——□喲

＝＝亥喲

——他們有吃又得玩，

＝＝我們吞口水，

——一天還要累到晚！

＝＝黑育海，噪他娘，

——亥育海，噪他爺，

＝＝來，拿著石頭拿著磚！

——來，拿著石頭拿著磚！

＝＝去，去，去！

——去，去，去！
＝＝敲破他們的盤和碗！
——捶爛他們的碗和盤！
＝＝黑喲，
——亥喲，
＝＝那時才有我們的吃和穿！
——是的，我們要有吃和穿！
＝＝亥喲海，
——黑喲海！〔註 3〕

相比前一首《示威進行曲》，這首《扛夫的歌》語言更加粗俗，卻不再將革命作為當下正在發生的行為來做寫實化的描繪，而將未來某一天的革命作為勞工的理想。到全詩結尾，「那時才有我們的吃和穿」的革命憧憬並未在現實中到來，兩個扛夫並未真的「拿著石頭拿著磚」「捶爛他們的碗和盤」，而仍然在「亥喲海」「黑喲海」的勞工號子當中沒有「吃和穿」地被迫勞動著。與前一首詩歌相對照，忍饑挨餓的失業者通過暴力示威而追求的職業，得到後不過是更為辛苦卻仍然「一家老小吃不全」。再次的暴力反抗雖未展開，但即便真的反抗，只要社會結構不發生根本變革，一切暴力反抗都無濟於事，反而陷入失業也餓有工作也餓，失業也示威有工作也不滿的循環怪圈。

那麼，那個後來以描寫滇緬異域生活而成名的小說家艾蕪，這時為何會連續發表這樣帶有激進革命色彩的左翼詩歌呢？考察艾蕪這一時期的創作與發表情況就會發現，艾蕪在國內最早發表的作品，並非後來收入《南行記》的第一篇《人生哲學的一課》，而是 1931 年回國途經香港後，4 月在廈門所寫的回憶散文《香港之一夜——南洋歸客談之一》，描繪的就是自己一撥七人因革命活動而被英殖民當局從緬甸驅逐羈押回國，而另一撥六人因失業而被殖民者從新加坡驅逐回國，兩撥人同被關押在英國在華殖民地香港狹窄惡臭的牢籠裏度過一夜〔註 4〕。對繁華的香港的美好想像，和現實中香港體驗的屈辱和痛苦形成了鮮明的對照，反帝主題非常突出。除去艾蕪在緬甸華文

〔註 3〕沙漠：《扛夫的歌——黃浦江底交響曲之一節》，《文藝新聞》，1932 年 6 月 6 日星期一，第 6 版。
〔註 4〕艾蕪：《香港之一夜——南洋歸客談之一》，《讀書月刊》，1931 年第 2 卷第 3 期，第 82～87 頁。

報刊上發表的作品不計，艾蕪剛一到上海，發表的作品就是反帝主題的，異域漂泊不過是偶然閃現而已。其後發表的第二篇作品《三個工人和一個士兵》，描繪的就是因世界金融危機中橡膠和錫價大跌而使馬來新加坡大批華人工人失業，為避免被殖民者押送回國而躲藏起來的三個工人，與一個逃兵之間的鬥嘴〔註5〕。最終揭示了殖民當局害怕大批失業工人「造成亂子」的內心恐懼，雖然寫的是異域題材，但仍然承接上部作品的反帝主題。可見艾蕪在寫作成名前的早期作品，最初就是包含著底層的反帝思想的。

而1931年剛剛歸國的艾蕪，之所以寫作，倒不完全是為了表達反帝思想，更多地是為了以微薄的稿酬謀生。然而總是不得稿酬，最終只能靠緬甸華僑和文化界友人的資助勉強度日。甚至一度投靠正在勞動大學讀書的舊友王秉心，進而間接接觸到安那其主義思想。直到偶遇同學沙汀後，才開始寫信向魯迅求教小說創作。在《太原船上》這篇向魯迅求教的小說中，艾蕪寫平日欺壓百姓的中國士兵在英國人的輪船上與富人發生爭執，最終被英國兵打罵的故事，並借另一位被俘虜過的滇軍士兵之口間接呈現了龍巖紅軍的游擊戰和蘇區男女平等及官兵軍民人人勞動的社會〔註6〕。呈現出非常鮮明的左翼文學特徵。隨後艾蕪向「左聯」機關刊物《北斗》投稿小說《夥伴》，然而《北斗》主編丁玲認為「《夥伴》是小資產階級的東西，故而不在《北斗》發表」〔註7〕，將小說退回，反倒是從此邀請艾蕪參加《北斗》的讀者座談會。到1932年春，艾蕪正式加入「左聯」，上述兩首左翼詩歌，就是這一時期的作品，也發表在「左聯」成員編輯的《文藝新聞》上。

由此可見，在艾蕪早期創作經歷中，反帝和呈現失業痛苦是其重要的主題。加入「左聯」也就成為一個自然而然的過程。

二

非常有意思的是，在艾蕪回憶中被《北斗》主編丁玲以「小資產階級的東西」為由拒絕的小說《夥伴》，描繪的卻是兩個扛滑竿的苦力老朱與老何，

〔註5〕湯艾蕪：《三個工人和一個士兵》，《讀書俱樂部》，1931年第5～6期合刊本，第1～8頁。

〔註6〕喬誠：《太原船上》，《文學新地》，1934年第1期，第23～29頁。

〔註7〕艾蕪：《三十年代的一副剪影——我參加左聯前前後後的情形》，載中國社會科學院文學研究所《左聯回憶錄》編輯組編：《左聯回憶錄》，北京：知識產權出版社，2010年，第177～187頁。

利用滑竿私販鴉片獲利，最終卻因賭博而輸掉錢財的故事〔註 8〕。與《示威進行曲》和《扛夫的歌》相仿，這部小說寫的同樣是無產階級，完全談不上任何小資產階級情調。那麼，同為作家的丁玲究竟為何拒絕刊發《夥伴》，卻又邀請艾蕪參加《北斗》的讀者座談會呢？這正與「左聯」的日常活動準則密切相關。

按照丁玲自己的回憶，她說：「我編《北斗》很重視讀者的意見。我聯繫了不少讀者，知道他們的地方，還開讀者座談會。沙汀、艾蕪，就是在讀者座談會上認識的。他們寫了作品，我打算在《北斗》發表。《北斗》被封以後，我把稿子交給周起應，在《文學月報》發表了。」〔註 9〕沙汀的小說《碼頭上》《野火》和艾蕪的成名作《人生哲學的一課》確實在《文學月報》發表，但丁玲與沙汀回憶雖然出入不大，卻與艾蕪的回憶嚴重不符。艾蕪回憶是周揚把《人生哲學的一課》拿給茅盾看，然後讓艾蕪增補並發表在「左聯」的刊物《文學月報》上的，並非丁玲推薦。這裡無意探尋三人回憶的具體差別，亦不想求證究竟誰的回憶更為準確，而是藉此來透視艾蕪等人眼中的「左聯」日常活動方式。在沙汀回憶中，他和葉紫、歐陽山「每次聚會，主要都是談創作問題」〔註 10〕。而在艾蕪的回憶中，他先後被編入「左聯」的不同的小組，先是阿英任組長，後來又由丁玲領導，「每次小組開會，都是談政治問題」。可見多年之後艾蕪對「左聯」的印象，仍然更多地在其政治活動而非文學創作。丁玲之所以沒有立刻刊發艾蕪的小說，恐怕不是因為那根本不存在的小資產階級情調，而是不敢貿然相信不相識的左翼青年。而在讀者座談會之後，才一步一步發展艾蕪為「左聯」成員。先是阿英作為組長多次教導艾蕪，後來阿英對艾蕪有所懷疑，不再見面，艾蕪如何解釋始終得不到信任。轉而安排艾蕪到另一小組，由丁玲直接領導。「左聯」屢遭破壞，成員最少時只剩十二人。有胡也頻等人的犧牲作為前車之鑒，故而「左聯」行事異常隱秘，不得不完全轉入地下組織的形態，早已不再是完全公開的文學組織。

〔註 8〕艾蕪：《夥伴》，《正路》，1933 年創刊號，135～149 頁。

〔註 9〕丁玲：《關於左聯的片段回憶》，載中國社會科學院文學研究所《左聯回憶錄》編輯組編：《左聯回憶錄》，北京：知識產權出版社，2010 年，第 127～131 頁。

〔註10〕沙汀：《一個左聯盟員的回憶瑣記》，載中國社會科學院文學研究所《左聯回憶錄》編輯組編：《左聯回憶錄》，北京：知識產權出版社，2010 年，第 169～176 頁。

而最令艾蕪痛苦的，還不是信任的問題，而是得不到稿酬。艾蕪在上海已快一年，仍衣食無著，「那時的生活全靠緬甸的華僑排字工人黃綽卿，向緬甸的工人朋友們屢次募捐接濟，以後遇見沙汀，又經常找他設法幫助。一九三三年的冬天起，才開始能夠得到稿費，獨立生活了，但好些稿子都是由周揚同志轉投出去的。」〔註 11〕除了最初被欺無名之外，作為「左聯」成員，給左翼刊物投稿也是不要稿酬的，後來只能借助轉投其他刊物獲得稿酬。然而「至今已過了幾十年，還要談稿酬問題，只是說明那時候成年成月住在上海，沒有一文收入，而要生活下去繼續工作的痛苦心情而已。」〔註 12〕透過艾蕪的回憶可以發現，現實的生存問題直接困擾著艾蕪，而「左聯」最初的日常活動又往往並不能直接幫助艾蕪通過發表作品來改善經濟困境，反而形成了為「左聯」無私貢獻稿件的態勢，在某種程度上加劇了艾蕪的拮据。

而「左聯」的日常活動則帶有很強的政治意味。當時曾擔任「左聯」行政書記的茅盾，1935年就曾反思道：「左聯的工作應該是文學工作，但中國左聯自始就有一個毛病，即把左聯當作『政黨』似的辦」〔註 13〕。若聯繫「第三種人」論爭中蘇汶對左翼文學的指責「做了忠實的左翼作家之後，他便會覺得與其作而不左，倒還不如左而不作」〔註 14〕，便會發現這並非單純的惡意攻擊，而是與許多「左聯」內部人士的感覺相吻合的，說到了「左聯」的痛處。

而這正是茅盾在國民黨報刊審查的形勢下於那篇著名的《雜誌辦人》中，想說卻始終未能說出口的：「我以為與其硬著頭皮盡講一些寬皮胖肉的裝門面的大話，公式話，倒不如老老實實多登些『技術問題』的討論，和『調查工作』的消息罷！」以免「寫了寫了些滿紙是，『第三時期』，『奧伏赫變』，『印推利更追亞』等等術語的大文章」〔註 15〕。在茅盾看來，「都市的產業

〔註 11〕艾蕪：《回憶我在「左聯」的幾件往事》，《文學評論》，1960年第2期，第77～79頁。

〔註 12〕艾蕪：《三十年代的一副剪影——我參加左聯前前後後的情形》，載中國社會科學院文學研究所《左聯回憶錄》編輯組編：《左聯回憶錄》，北京：知識產權出版社，2010年，第177～187頁。

〔註 13〕茅盾：《關於左聯》，載中國社會科學院文學研究所《左聯回憶錄》編輯組編：《左聯回憶錄》，北京：知識產權出版社，2010年，第118～121頁。

〔註 14〕蘇汶：《「第三種人」的出路》，《現代》，1932年第1卷第6期，第767～779頁。

〔註 15〕茅盾：《雜誌辦人》，《文學雜誌》，1933年第1卷第3～4期合刊本，第36～37頁。

工人的生活以及他們與黃色工會的鬥爭、罷工等等」題材在左翼文學中最為缺少，而受限於「有些話不准說」，許多左翼作家改而說一大堆食洋不化的空洞理論，未能充分發展左翼文學的創作，所以不是「人辦雜誌」而是「雜誌辦人」，令左翼文學刊物陷入困境。而刊登茅盾這篇《雜誌辦人》的北平左翼刊物《文學雜誌》，正是「北方左聯在糾正『關門主義』的過程中所做的實踐之一」〔註 16〕。

三

那麼在這種只談政治不談創作的「左聯」日常活動中，艾蕪是如何從一個擅長描繪底層革命衝動的「標準」左翼作家，逐漸轉變為一個為大眾所熟知的異域書寫者的呢？

就在 1933 年茅盾發表《雜誌辦人》的北平《文學雜誌》同一期上，刊登了艾蕪的《在茅草地》和丁玲的所謂「遺稿」《無題》等與丁玲相關的文章和照片，以紀念 1933 年 5 月被國民黨綁架的丁玲。而與丁玲遭難幾乎同一時間，1933 年 3 月艾蕪也在上海被捕。當時艾蕪在時任「左聯」黨團書記的丁玲安排下，直接參加了工人補習學校和發展工人文藝通訊員等大量具體的革命活動。而他在革命中相識的心上人周玉冰及其姐姐——丁玲的同學周海濤，也先後被捕，一同關押在蘇州。最終艾蕪在丁玲、周揚、魯迅等「左聯」領導先後的活動和營救下於六個月後出獄，周海濤病死獄中，而周玉冰從此與艾蕪分別。艾蕪出獄後曾用「劉明」的新筆名，以紀念一同被捕六名工人〔註 17〕。而當艾蕪出獄之時，作為艾蕪在「左聯」直接領導的丁玲已經被捕。

這次入獄經歷對艾蕪的創作影響深遠。「出獄後，周揚希望他做『左聯』的組織工作。他婉言謝絕，堅稱專事文學創作。同去的胡風譏諷他『被嚇怕了』，並對他『專事文學創作』一事很意氣用事地說過一句話：『我只是擔心有些人從左面上來，卻要從右面下去！』」〔註 18〕由此可見，「左聯」內部對曾受過牢獄考驗的同志更為信任而有意委以重任，但艾蕪卻對「左聯」的行

〔註 16〕近藤龍哉著，吉田薰譯：《〈文學雜誌〉、〈文藝月報〉與左聯活動探賾——以北方左聯克服「關門主義」的過程為中心》，《東嶽論叢》，2011 年第 3 期，第 12～29 頁。

〔註 17〕趙曰茂：《艾蕪的「劉明」》，《新文學史料》，2017 年第 3 期，第 86～90 頁。

〔註 18〕張元珂：《艾蕪的「牢獄之災」與「牢獄敘事」》，《文藝報》，2012 年 12 月 14 日，第 7 版。

事方式有了自己的看法，不再專門從事非文學的革命活動，轉而開始大規模的創作。

除了 1933 年入獄前就在周揚主編的「左聯」的刊物《文學月報》上發表《人生哲學的一課》，並在北平的「左聯」刊物《文學雜誌》發表《在茅草地》等漂泊題材小說外，「1934 年 3 月，艾蕪的《山峽中》在北新書局辦的《青年界》上發表。同年 4 月，中華書局的《新中華》文學專號刊載了他的《松嶺上》。1935 年，艾蕪出版了短篇小說集《南國之夜》、《漂泊雜談》、《南行記》、《夜景》、《海島上》，散文集《漂泊雜記》，可謂是他創作的一個豐收年。」〔註 19〕大量真實感人而又充滿異域風情的滇緬漂泊題材小說，使艾蕪在眾多同質化的左翼作家中脫穎而出，真正做到了「把左翼的理念與其豐富的人生體驗結合」，從而獲得了創作上的巨大成功。

結語

「文藝工作算不得革命工作」〔註 20〕的認識，當時並非艾蕪一人曾持有，乃是「左聯」許多領導成員長期以來的認識。在這樣的認識下，他們正如茅盾所批評的，「把左聯當作『政黨』似的辦」，而忽視了「左聯的工作應該是文學工作」。

正是與丁玲幾乎同時的入獄經歷，改變了艾蕪接近於「左而不作」的狀態，從直接的革命活動，轉向更富生活經歷的左翼文學創作，開始了一種偏向「作而不左」的階段。當然，「左而不作」和「作而不左」都只是「第三種人」論爭中蘇汶等人對左翼文學界的攻擊，只是正好戳到了「左聯」內部日常行事方式的痛處而為人所熟知，用這樣的表述來指代艾蕪入獄前和出獄後的左翼文學活動，並不特別準確，但能某種維度上呈現艾蕪對相關問題的思考。事實上，「左而不作」或「作而不左」都非「左聯」應有的形態，而現實中卻很難調和文學與政治的不同維度。

〔註 19〕陳國恩，陳昶：《從「游民」到左翼作家——論艾蕪 20 世紀 30 年代的創作》，《江漢論壇》，2013 年第 4 期，第 84～87 頁。

〔註 20〕艾蕪：《往事隨想》，成都：四川人民出版社 2004 年，第 194～195 頁。

後五四時代的文化遷移和精神想像
——從艾蕪的《南行記》談起

對外經濟貿易大學中國語言文學學院　趙靜

《南行記》是艾蕪自 1925 年到 1931 年間的南行記錄，主要由 8 篇短篇小說組成，大致勾勒了他從昆明走到雲南深山群落，又從滇緬邊界流浪到緬甸仰光的漂泊生涯。艾蕪也曾正面談到這樣的問題，他在小說的開篇序言中就明確指出了此書的故事發生在「漂泊的旅途上」，而這樣的「漂泊」也是他「某個時期日常生活的一部分」。

其實不僅是艾蕪的《南行記》，漂泊意識一直以來都是中國文學中的重要主題。在有關探討何為漂泊的理論中，它大多與回歸相對立，涉及到人類的文化身份和精神歸屬等重要生命情感。有不少研究學者在研究中國文學中的漂泊感時都曾意識到這樣一個問題。即漂泊的根本目的在於歸依，歸依是人類較高層次的精神體驗，而在完成這項人類體驗的過程中，自然也會出現生存境況中物質和精神條件與人類需求相互衝突的情況，在這樣的生存困境下即會產生無根感，亦或者是身份認同的差異，不知何去何從的「飄零感」。與一些無意識的被動的漂泊不同，艾蕪的流浪大抵是有計劃的。如他文中所說「本來我在成都想讀書而設法繼續進學堂的時候，就計劃在中國的大都市漂泊，最好能找著每天還有剩餘時間來讀書的工作」。〔註 1〕在他的規劃裏，這些中國的大都市構成了他理想的生存空間，成為他完成物質和文化想像的雙重場域。

〔註 1〕艾蕪：《南行記》，人民文學出版社，2000 年，第 13 頁。

一、城市——文化想像的方式

在此書的第一篇小說《賣草鞋碰了壁》中艾蕪就直接描寫了昆明市的「風景」。「昆明這都市，罩著淡黃的斜陽，伏在峰巒圍繞的平原裏，彷彿發著寂寞的微笑。」在這樣的一個漂泊者的眼中，大都市昆明是被峰巒圍繞的窪地平原，而如同他這樣的旅人，周遭的一切都是不熟悉的風光，寂寞陪伴著他，出走的旅人唯有「茫然地踟躕」。〔註 2〕在花光了最後一文錢之後，艾蕪不得已靠賣草鞋掙得了來之不易的二百文錢時，這座位於滇越鐵路大動脈上的昆明城才在艾蕪的眼中有了鮮活的模樣。「法國血，英國血」不斷注入，讓這「原是村姑娘面孔」的昆明一躍成為「山國都市」，倒像是個「標誌的摩登小姐」。在艾蕪的眼中，昆明城正在孕育著「不同的胎兒」。洋貨店、人力車、花崗石街道，以及那輝煌的酒店，熱鬧的飯店，這些閃動著現代生活情趣的新鮮玩意兒和與鄉村不同的異質空間均出現在昆明城中，成為了昆明城日常生活的重要組成部分。就連那賣麵包的安南人都要叫著「洋巴巴」的雲南聲調。多元文化在這裡交匯，多重的文化體驗在這裡上演。可這看似繁華的山國都市中，卻也有著「投著飢餓眼光的人」，縱使是那叫著「洋巴巴」的雲南聲調的安南人，在這擁抱著多族群，多人種，多文化的都市中也是「寂寞地走在人叢中」。

昆明的城的摩登性在失去了物質依附，生活朝不保夕的艾蕪看來，只能不時地生出「一種不明奇妙的寂寞」。物質的困境讓他只能漫無目的地在每條街上亂走，「這時，我是無所選擇的了，只要有安身之處，有飯吃，不管是什麼工作，不管有沒有工資，都得幹了。」〔註3〕生存的困局打破了他曾有的夢想——「每天還有剩餘時間來讀書工作」，雖不至於消磨他的意志，可也將他包裹在了不得不為了金錢所屈服的物質主義中。他一面去賣掉草鞋換來飯錢，一面又屢遭碰壁，情緒上來了說不賣就不賣。揣著所剩不多的錢，走在昆明的街上，他想起了成都。昆明城中多元的文化景觀以及南國風光，自然讓他找到了些同屬西南一隅的成都的生活脾氣。他想著到那些新書店裏，「翻翻架上的新書，消磨半個鐘頭」，成都時的他不至於像昆明流浪時的他會被許多人的眼睛，「監視著，憎惡著」。在艾蕪的回憶中，在成都他倒是可以「在書店裏隨意翻書」，那些日子著實是個「好時光」。

〔註 2〕艾蕪：《南行記》，人民文學出版社，2000 年，第 1 頁。
〔註 3〕艾蕪：《南行記》，人民文學出版社，2000 年，第 13 頁。

可事實上，艾蕪在談到《南行記》這本書的創作緣起時曾說過「省立師範學校五年畢業（一年預科，四年正科），我讀了四年，就朝外省外國去漂泊，一則由於要廢除婚約（家裏要我畢業後結婚）遠走他鄉，一則由於習慣愛好讀書，想找半工半讀的機會。當時不知道留法勤工儉學，錯過了機會。上海辦的工讀互助團又失敗了。只有自己出外去尋找」〔註4〕誠如斯言，艾蕪面臨著和五四那一代一樣的精神困局，為了逃脫家族的樊籠毅然出走。深受五四精神的召喚，被蔡元培等人所提倡的勤工儉學的理念鼓舞著，渴望能夠在這些大都市內逃離家族的桎梏，迎來個體的自由和精神的富足。與四川家中的境況相比，遙遠的北京和上海成了他潛意識中的精神標杆。可經濟的負累，以及上海辦的工讀互助團的失敗，讓其在這些地方生存成為奢望，不得已他選擇了去外省外國漂泊。這時，省城成都是他想要擺脫的精神牢籠，而北京和上海則是他想像中的文化樂園。其實艾蕪會有這樣的想像不足為奇，巴金小說《家》中的覺慧、覺民等知識青年也有過這樣的以城市為基礎的想像的差異。在他們的眼中，「四川社會裏衛道的人太多了。他們的勢力還很大」，而「著名的北京大學已經收了三個女學生，南京、上海也有實行男女同學的學堂」。〔註5〕這些遠在北方、東方的大都市早已經實現了「他們一輩子連做夢也都不曾夢到」的事情，燃起了他們「偉大的理想」。

值得注意的是，雖然在艾蕪的構想和巴金的描述中，北京、上海等城市成為知識青年追求的合理的生存空間和精神家園，甚至可以說北京、上海等城市代表著新的社會面貌和新的「文化中國」。可事實上，在歷史語境中，這三座城市發展的實際情況卻相差不大。適時的北京是新文化運動的重鎮，北京大學一開中國現代大學的先河，《新青年》雜誌在鼎盛時期更能有一萬五千本到一萬六千本的發行量；彼時的上海，憑藉著城市的經濟優勢和獨特的租借文化，在一定程度上形成了相對獨立自由的文化空間，現代大學紛紛湧現，報刊業、出版業等文化藝術領域也發展的如火如荼，提供了更為多元的文化職業，構築了多元共生，海納百川的海派文化。而此時的成都市除「傳統手工業外，成都的能源工業、機器製造業、紡織工業、化學工業、印刷工業以及日用品工業不斷湧現。」〔註6〕在教育和文化方面，成都市區的發展也如脫

〔註4〕毛文、黄莉如：《艾蕪研究專集》，四川文藝出版社，1986年，第194頁。

〔註5〕巴金：《家》，吉林大學出版社，2011年，第7，第20頁。

〔註6〕何一民：《變革與發展：中國內陸城市成都現代化研究》，四川大學出版社，2002年，第193頁。

韁的野馬一般，不遑多讓〔註7〕，「新式教育改革風起雲湧，到1911年，成都所設各類學堂已達157所」。〔註8〕城市人口劇增，在1910年前後，成都市區的城市人口佔地區總人口的17%，〔註9〕城市文明已初具規模。不過，我們也需要承認，成都自古以來被眾山環抱，又處於長江中上游，蜀道之難，交通的不便也導致了他與外界的交流有限。所以在20世紀上半葉，成都市內的許多改良精英還對「婦女出入公共場所甚為不滿」，「認為婦女在公共場所的拋頭露面是『不文明』的。」〔註10〕從沿海地區來的舒新成在1920年遊歷成都時曾大贊成都的「休閒生活」，他覺得工商業社會中男男女女的生活過於忙碌，而將成都悠閒的生活「視若天仙」。當然他也提到受到世界潮流的驅動，尤其是「川漢鐵路或成渝汽車路」會將這種悠閒的生活情形破壞。如王笛所說，外鄉人舒新成來自沿海地區，「那裡的物價較成都高」，「他可能並未考慮到在上等茶館裏喝茶、吃食和看戲，對一般成都人來說是不小的負擔」。〔註11〕這位來自沿海地區的舒先生，因社會化大生產造成的城市資源和經濟分配不均，來到成都後無需為物質所累，反而享有優越性，能夠自由地享受著這種「農國生活」所帶來的歡愉。可他也承認，這種恬靜的傳統生活方式終將會被以「成渝鐵路」為象徵的現代化、城市化進程所改變。可以說，個體經濟實力的殷實讓其對成都的傳統的葆有地方特色的生活方式讚譽有加，可他本質上仍是站在現代性的立場上，將成都視作歐風美雨，世界思潮之外的前現代的農耕時代的生活樣態。

社會生產力的發展改變著城市傳統化的生活方式，也縮小著城市間的距離和差距。而地區間經濟文化發展的不平衡性自然也導致了人們文化想像的差異。成都市由於地緣和經濟等因素，面對著北京和上海文化發展的蓬勃之勢，自然產生了文化落差。在艾蕪和巴金的眼中，它成了文化落後的「舊代表」，而北京和上海則支撐起了他們想像中的新的社會面目。不過，當艾蕪來到了與成都同屬西南地區的昆明，因其個體經濟能力的缺失，同樣也造成了

〔註7〕王無為：《成都的文化運動》，載於《新人》，1920年第1卷第5期。

〔註8〕何一民主編：《成都學概論》，巴蜀書社，2010年，第64頁。

〔註9〕何一民：《變革與發展：中國內陸城市成都現代化研究〉，四川大學出版社，2002年版，第659頁。

〔註10〕王笛：《茶館：成都的公共生活和微觀世界，1900～1950》社會科學文獻出版社，2015年，第14頁。

〔註11〕王笛：《茶館：成都的公共生活和微觀世界，1900～1950》社會科學文獻出版社，2015年，第15頁。

成都與昆明的想像落差。此時，成都成了舊日裏的「好時光」，成了比之昆明的優越的文化象徵。在艾蕪的精神家園的探尋中，他從北京、上海漂泊到昆明，又從昆明折回成都，終其原因，此種以城市為代表的文化想像決定因素大抵是社會發展所賦予的個體的經濟實力。

二、漂泊——文化認同的堅守

以城市來想像精神家園必然會涉及到城市發展的差異和具體的地方日常生活，這是以城市來想像文化、想像中國這種方式不可避免的聯想。可我們也應該意識到，對於巴金和艾蕪等人而言，他們的家就在四川，成都某種程度上也成為了「家」的代表。當他們深處「家」中時，成都與生活的家同質同構，是他們要掙脫的，要反抗的空間，可當他們逃離出家後，因物理距離的遠離，家所具有的溫情脈脈的面紗便又恢復作用，尤其是當個體在異鄉環境下生存受挫之時，家就從牢籠轉變為理想中的港灣。故而，艾蕪的南行，如他自己所言，是從一城漂到另一城，甚至走出國門，來到仰光，新加坡，可本質而言，這仍是一場隸屬於五四風波的「出走」問題。即被家族束縛和制約的青年知識階層如何逃離出家的遺留問題。

在五四時期，關於青年如何在家族生活中謀求個體解放的話題爭論不休。陳聖任在《新青年》第二卷第一號中暢聊「青年的欲望」；李平則在《新青年》第二卷第二號上討論「新青年之家庭」；李張紹南在《新青年》第二卷第六號上發表的《女子問題——哀青年》更是關注到了青年群體的性別身份問題；《新青年》第三卷第五號上鄭佩昂則大談「青年早婚之害」；羅家倫也在《新青年》第四卷第一號中暢談「青年學生」群體的家庭、生活和追求。魯迅於 1923 年 12 月 26 日在北京女子高等師範學校的文藝會講上曾發表演講，在講演中他提出了「娜拉走後怎樣」的社會問題。他還說「夢是好的；否則，錢是要緊的」，或者換高雅一些的說法，則是經濟。「自由固不是錢所能買到的，但能夠為錢而賣掉」。在他看來，娜拉如若沒有獲得獨立的經濟實力，那麼她的出走要麼墮落，要麼回去。

個體經濟能力和文化理想一直是五四知識青年致力探討的重要主題。1919 年 8 月 16 日，在北京女子高等師範學校就讀的女學生李超病逝於北京法國醫院。李超原名李惟柏，廣西蒼梧金紫莊人，李家本家境殷實，少時也曾在外求學，因周誼向李家求親，李超不想過早結婚便離家前往廣州念書，後因不滿廣州的學校，她又隻身一人來到北京讀書。在此求學過程中，她曾不止一次向其兄寫信求助，希冀其兄能給她籌措求學的費用。可每次都被她的兄長以倫理法度等原因給駁回。李超年少失怙，由其父親的妾養大，因其父母無子，故過繼了胞叔的兒子。叔伯一家為其選中了周家，可李超不願嫁，其兄便以此理由搪塞，不願為李超出在外求學的費用，實則是想獨享財產。李超為此還曾寫信質問過繼兄，「妹年中所耗不過二三百金，何得謂為過分？況此乃先人遺產，兄弟輩既可隨意支用，妹讀書求學乃理正言順之事，反謂多餘，揆之情理，豈得謂平耶？」〔註 12〕將家族財產等問題擺在了明面上。可此「教育之費」的問題還未解決，李超的病情便加重了，最終死在了異鄉。她死後，其兄嫂好不容易來信一封卻說她「死有餘無」，甚至入殮的棺材還被停在「北京的一間破廟裏」無人問津。

李超之死引起了蔡元培、胡適、陳獨秀的注意，他們為其召開了聲勢浩大的追悼會。在此次追悼會上蔡元培、胡適等人均做了重要演講。後來《晨報》於 12 月 1 日～3 日更是連續三日連載了胡適的《李超傳》，並於 12 月 13 日、12 月 17 日、12 月 22 日的「論壇」專欄登載了《李超女士追悼會之演說詞》。而無論是這些演講稿還是胡適關於的《李超傳》的注解都基本上圍繞著經濟問題和青年生存的關係展開。胡適將李超「算做中國女權史上的一個重要犧牲者。」認為我們研究李超的一生，「可以聯想到許多問題，比如家長族長的專制，女子教育問題，女子承襲財產的權力，有女不為後的問題等等……」〔註 13〕，而蔡元培則談的更為透徹和全面，他直接拋開男女性別的差異，將其上升到人類整體生存的問題上，「覺得男女兩方面有同樣問題，所以不得不想出總解決的方法」〔註 14〕，而如何解決，則最根本的是「經濟問題」，其次是「教育問題」。

其實，蔡元培此言涉及到了五四智識青年「出走逃離」的根本問題，即個體經濟的獨立性。在個體無法擔負起自我生存的經濟負纍之時，那最終走向的可能就是魯迅所說的墮落，或是死亡（更為徹底的墮落與消沉），要麼回去。事實上艾蕪的出走外省亦是五四逃離出家的社會議題的延續，當他出走後，亦如娜拉要直面人生選題。當他只想謀求個安身之處的想法全成了泡影

〔註 12〕李超答歐壽松信，見胡適《李超傳》，《新潮》第 2 卷第 2 號。
〔註 13〕歐陽哲生編：《胡適文集 2》，北京大學出版社，1998 年，第 591 頁。
〔註 14〕蔡元培，署名蔡子民：《李超女士追悼會之演說詞》，《北京大學日刊》，1919 年 12 月 13 日。

後，當他在街上閒逛卻連一個「變牛變馬的工作也找不著」時，他沒有喪失毅力，也沒有走向墮落，反倒激發出他「求生」的欲望，明白了「處事要奮鬥的意義」。但是，他卻想到了回去。只不過他的回去，並不僅是空間上的回到成都，更是在時間上去時刻提醒自己「來自五四」。

眾所周知，「青春」、「青年」是五四精神的關鍵詞，「青年如初春，如朝日，如百卉之萌動，如利刃之新發於硎，人生最可寶貴之時期也。青年之於社會，猶新鮮活潑細胞之在人身。」〔註 15〕「個人有個人之青春，國家有國家之青春……人人奮青春之元氣，發新中華青春中應發之曙光」，〔註 16〕受社會進化論的影響，在這一批新青年人的眼中，青年是社會和國家鮮活的原動力，迸發著源源不斷的生命活力。受五四文化影響的艾蕪也始終以青年人自居，縱使是在街頭狼狽又滑稽流浪的途中，他也不忘尋求鋼鐵般頑強的生命力。起初他所感知的「暗淡的世界」也因年輕姑娘的到來，使得「黑暗，沉悶，和憂鬱，都悄悄躲了出去」。〔註 17〕甚至連同那挑著擔子的年輕人，一路唱著歌，「勞倦和辛苦，便都給年輕的銳氣征服著了」。〔註 18〕艾蕪對青年人的肯定，正是對五四精神的認同。而此種文化堅守也讓他在出走途中倍感寂寞，產生了漂泊羈旅之感。

繁華的大都市中的物質和精神文化並沒有給艾蕪帶來多少歡樂，社會分工之後，因知識分子階層整體的特殊性，肩不能扛，手不能提，當可供選擇的文化職位較少時，知識分子階層就喪失了其原有的文化智識的優越性，而成為了弱者的化身。賣草鞋碰了壁，別人讓他去伺候有錢人，他又不願去，回到住所聽見同住的人的夜晚夢話，「家鄉活不下去了，才來到省城的，哪知道省城還是活不下去呢」，〔註 19〕同是天涯淪落人的念頭油然而生。當他來到深山，城市裏的精於算計的壓師和老闆不常見了，吸食鴉片有錢人也不多了，遠離了城市的投機和拜金，在深山中他似乎找到了一種暫時的平和。作為被城市生活所拋棄的智識青年，與那些樸實原生態的村民一起，從遠山那邊的市集裏逃了出來。可面對著這樣一群人，知識精英所掌握的社會資源在此種人群結構中卻始終是處於弱勢地位。鬼冬哥搶他的書要燒，老頭子諷刺他，「我

〔註 15〕陳獨秀：《敬告青年》，《新青年》，1915 年 9 月 15 日，第 1 卷第 1 號。
〔註 16〕李大釗：《青春》，《新青年》，1916 年 9 月 1 日，第 2 卷第 1 號。
〔註 17〕艾蕪：《南行記》，人民文學出版社，2000 年，第 30 頁。
〔註 18〕艾蕪：《南行記》，人民文學出版社，2000 年，第 86 頁。
〔註 19〕艾蕪：《南行記》，人民文學出版社，2000 年，第 21 頁。

們的學問，沒有寫在紙上，……寫給傻子讀麼？……第二……我們的學問，哈哈哈」。這時的他也沒有以啟蒙者的身份自居，去對這群人曉之以情，動之以理，實行精神救贖，反倒是覺得「就有再好的理由也說不服他這頑強的人的」。〔註20〕在與這些具有原始獸性的人共同漂泊時，他努力地尋求共生的平衡，同時也堅守著自己的文化認同，客氣地說「用處是不大，不過閒著的時候，看看罷了，像你老人家無事的時候吸煙一樣」。〔註21〕面對著不熟悉的生存環境，知識分子話語在穩固的民間話語面前雖未能建立獨立的體系，甚至征服民間話語，取得話語領導權，但卻找到了合理的對話機制，從民間話語的縫隙中去搭建溝通的橋樑。

事實上，對受挫不斷的知識階層而言，民間原始生命的衝動和野蠻某種程度上也使得他們獲得對「生」的更為真切的感悟，填補他們漸漸被機械的物質城市所侵襲的冰冷的心，以至於在大自然中獲得暫時的自由。可當原始衝動中的暴力和血腥成分暴露時，二者之間再無對話的可能。當老頭子與他說「懦弱的人是不配活的」，艾蕪只生出些悲涼，決計著「明天準於要走了」。〔註22〕其實艾蕪南行所經歷的這些正是30、40年代知識分子階層精神困局的前奏。20世紀20年代，大多新興的知識階層走入學術的象牙塔，教育領域、大學校園成為這些知識階層自我安頓的生活空間。可戰時環境的破壞，學校經費困難等問題的出現，打破了知識分子原有的生活環境，使得他們不得不與普羅大眾一道走入更廣闊的社會中去。試問，這些脫離象牙塔，初入民間社會的知識階層所堅守的五四文化信仰在現實生存面前又能有幾分勝算？南行途中的艾蕪尚能保持著「去追求一個美麗而偉大的道德原則的勇氣」，〔註23〕一面在餓著肚子時承認自己是乏力生存的弱者，一面又強調向人示弱，不可能。而面對著30、40年代冗長繁雜細碎的日常生活和艱難的經濟條件和生存條件的知識分子們又有多少能有著艾蕪的定力。巴金在《寒夜》與《憩園》中問出來了，艾蕪在《南行記》中也談到了。可以說，出走是對五四時期個體本位、幼者本位思想的認同，而漂泊同樣，也是對五四精神的堅持。也許當青年人的精神氣在現實生活面前持續萎靡，當這些知識分

〔註20〕艾蕪：《南行記》，人民文學出版社，2000年，第27頁。

〔註21〕艾蕪：《南行記》，人民文學出版社，2000年，第27頁。

〔註22〕艾蕪：《南行記》，人民文學出版社，2000年，第35、37頁。

〔註23〕沈從文：《雲南看雲》，郁達夫等著：《16城記》，吉林出版集團有限責任公司，2012，第209頁。

子仍然擺脫不掉青年時的理想與文化追求，他們只能夠在街頭，在城市間游蕩、漂泊，文化的無認同性和無歸屬感則會推著他們繼續漂泊。

不過值得注意的是，艾蕪選擇的「南行」其實代表了一大批知識青年在後五四時代的行程路線。與艾蕪一樣，蔡元培、魯迅等一批五四新青年所選擇的文化突圍的線路也是由北向南行進。其實這裡掩藏著更為複雜的後五四時代文化南遷的問題，本次僅做初稿，留待正稿中繼續探討。

談艾蕪對域外小說的介紹

遼寧師範大學　喬世華

自 1939 年起，艾蕪在桂林生活了將近五年時間，這一期間他在文學創作之餘，還積極從事域外小說的推介活動。譬如，1942 年 11 月，他編選的《翻譯小說選》一書在胡愈之等創辦的專事出版進步書籍的文化供應社面世。雖說《翻譯小說選》的出版「悄無聲息」，但也印行多次，該書於 1948 年刊印了新一版，香港文化供應社於 1948 年 9 月還印過港一版，並由文化供應社在上海、香港、廣州、桂林、南寧分社同時發行。〔註 1〕與此同時，艾蕪還在《中學生雜誌》、《青年文藝》等雜誌上刊有《關於〈波華荔夫人傳〉》、《略談果戈里描寫人物》等文章，都是面向國內讀者特別是青年讀者介紹外國翻譯小說的，一如其同時期所寫作的《文學手冊》那樣是向熱愛文學的青年讀者傳授寫作知識的。

《翻譯小說選》收有俄國契訶夫《盒裏的人》（即《套中人》）、保加利亞伐佐夫《村婦》、波蘭顯克微支《酋長》、法國莫泊桑《野人老狼》、俄國高爾基《幽會》、美國果爾德《一個琴師的故事》、法國古久列《慶祝》、英國詹姆士《最後的恩惠》、亞美尼亞米凱良《上絞刑架》、波蘭華希來夫斯卡《幸運的維采克》、蘇聯巴倍里《鴿窠的歷史》和蘇聯石夫《男性的友情》等 12 篇外國短篇小說；在每篇作品末尾，艾蕪都撰寫了「作者介紹」和「內容說明」這兩部分內容，對「每篇大概的內容，以及應該特別注意的地方」（《序》）均言簡意賅地指出來；這樣的介紹文字長則有一千多字，短不過五六百字，如果連同這本書前面兩千字的《序》，則書中計有一萬幾千字的內容是艾蕪對其

〔註 1〕韋泱：《小說之外艾蕪的編寫收穫》，《中華讀書報》2015 年 1 月 28 日 15 版。

所選錄作家作品的認知和評價的。因為該書是面向青年讀者，艾蕪在編選作品上處處透著用心：「選者更為了想幫助讀者增加閱讀的興趣起見，不致讀了一次即行拋棄，故所選的作品，除了在技巧方面可供學習而外，還注意到內容方面。」(《序》) 其所撰寫的有關介紹文字既富有才情，也通俗易懂。

艾蕪在書中所擇取的翻譯作品都來自歐美，其中俄國、波蘭、蘇聯和法國各 2 篇，美國、英國、保加利亞和亞美尼亞各 1 篇。除了兩篇作品譯者不詳外，10 篇作品的譯者分別是魯迅、李青崖、邵荃麟、黎璐、周立波、梅益、耿濟之等思想進步人士。

從其編選和評介外國小說本身來看，首先有著授人以魚的意思。就是向國內讀者介紹、傳播域外的小說創作，不光是要藉此讓國內文學讀者瞭解外國的小說創作情形，也據此瞭解域外人們的生活。所以，其所選錄的作品都是地道的現實主義作品，分別關乎這樣一些話題：對守舊畏新的人以及產生這種人的體制的諷刺（《盒裏的人》）；民族壓迫下弱者爆發出來的愛國熱忱或精神蛻變（《村婦》、《酋長》、《野人老娘》）；專制的家長對真心相愛的青年男女的強行拆散（《幽會》）；無產者聯合起來對無德的資產者的罷工反抗（《一個琴師的故事》）；一戰中法國、英國官兵的無謂犧牲和不得已的骨肉相殘（《慶祝》、《最後的恩惠》）；師傅對學徒的虐待摧殘（《上絞刑架》、《幸運的維采克》）；舊俄時代猶太人飽受歧視並遭到血腥清洗（《鴿窠的歷史》）。上述這些作品差不多都是冷色調的，充滿著對受欺負被壓迫的弱小個人和民族的同情，對形形色色的專制、暴力、淩虐行為的唾棄。書中也有一篇作品例外，那就是反映蘇聯社會主義制度下青年男女有著自由發展的機會和空間的小說《男性的友情》，艾蕪特意在《序》中提及自己選這篇作品的目的：「然而光把地獄的色相，顯示給青年的讀者，未免有些冷酷，故又選出一篇愉快的，使人微笑的東西，這便是奧爾加不夫的《男性的友情》了。」這些作品的選擇本身就很能說明艾蕪的思想傾向，譬如對來自個人、階級或國家的暴力的憎惡，對符合人性的生活的肯定和對美好社會制度的嚮往。這些被侮辱被損害的異民族的他者鏡象都對其時同樣災難深重的中華民族審視自身形象和命運頗有助益。而這也確乎在其《序》中有明確的表露：「如伐佐夫的《村婦》，莫泊三的《野人老狼》，巴倍里的《鴿窠的歷史》，果爾德的《一個琴師的故事》，顯克微支的《酋長》，都是描寫異族統治下的各種生活，有死亡，有流血，有掙扎，有奮鬥，有團體，有互助。實和我們今日處在日本帝國侵略下的情形，

多少有些相似，相信讀者讀了，當必極為感動的。至少也不會使讀者認為讀小說乃是消遣而已。」(《序》)

其次，艾蕪編選《翻譯小說選》更重要的是有著授人以漁的意思。作為一個小說家，他無保留地向國內讀者展示自己的文學偏好和閱讀經驗，這是他給青年讀者上的文學課，是在給青年人介紹寫作經驗，融入了自己的寫作感受和閱讀體會，其講授比較注重作品內容和技巧，功能與其同時期寫作的《文學手冊》可以說相得益彰。如介紹《盒裏的人》內容時提到該作品在中國的不同譯本及「目前蘇聯人士，都極推崇這篇作品，業已攝為電影」的事實，還介紹了該小說的現實生活原型以及作者在生活基礎上的文學創造：「實際上的戴可諾夫，沒有那種戀愛，沒有那樣死法，但寫在作品上的畢里可夫，所經歷過的悲喜劇（許多是作者添進去），卻使我們覺得很自然，毫不勉強。這就是由於作者寫的時候，先就有一種合理的推測：假使這樣性格的人，同一個活潑自由的女性戀愛，會發生怎樣的現象。假使受了人家的嘲笑，又會顯出什麼樣的結果。……這種推測，是極重要的，一切藝術家，都靠這個來完成他們的創作。高爾基曾在《我的創作經驗》一文說過，實際從社會上觀察得來的人物，只是半成品，還須把他們製造過，『用自己的經驗的力量，自己的知識去琢磨他們，去替他們說盡他們所未說完的話，去替他們完成他們所未完成而按著他們的天資的力量應該完成的行為。這兒——是虛構的地方——藝術的創作。它的完成，是仗著作者嚴格的按著自己主人公的本性，去說完要說的話，做完要做的事。』」〔註 2〕談到《村婦》的寫作，他有這樣的意見：「我們寫作品，是先要研究人物自己所具有的信仰、見解，決不可只拿作者的臆測，給他安在腦子裏，否則，寫出的人物，既不真實，也不動人。」〔註 3〕他提醒讀者要注意《酋長》寫作上的詳略得當：「也可以看出一個短篇小說，那些地方，該用簡單的敘述，那些地方，該用詳細的描寫了。」〔註 4〕談到莫泊桑《野人老娘》用朋友轉述故事的寫法，認為「照這種體裁來寫的時候，頂應該注意的，就是要段落分明。像第一人稱的敘述和第三人稱的敘述，中間必須分開，否則，混在一塊就會使讀者沒明其妙」。〔註 5〕分析高爾

〔註 2〕艾蕪：《翻譯小說選》，文化供應社 1942 年版，第 31 頁。
〔註 3〕艾蕪：《翻譯小說選》，文化供應社 1942 年版，第 58 頁。
〔註 4〕艾蕪：《翻譯小說選》，文化供應社 1942 年版，第 70 頁。
〔註 5〕艾蕪：《翻譯小說選》，文化供應社 1942 年版，第 84 頁。

基《幽會》中男女青年逼不得已的分手原因有二:「這就表明了戀愛的悲劇,全是由於貧富不均造出來的」;「這篇小說尤有特別值得注意的,是作者寫出女的父母嫌貧愛富,其中還有著面子問題存在。」藉此提醒讀者注意當時俄國這樣的社會常態:「貧富界限之嚴,乃是社會上一般的現象,正不必單對女的父母發生憎惡了。」還認為這篇全用二人對話寫作的小說的動人之處在於對話「刻畫得非常鮮明」,「故事所取的時間,是在兩人戀愛最後決定的那一刻,成功是終生幸福的開始,不成功便是永遠的分離。故兩人的對話,在這種情形之下,便自然而然含有熱烈的感情,能夠句句打動人了。」〔註 6〕評價「用作者的口氣,來講述第三者的生活情形」的《一個琴師的故事》「敘述多於描寫,抒情的成份,極其濃厚。相當於一篇美妙的散文詩」〔註 7〕。他特別提到自己編選《最後的恩惠》和《慶祝》這兩篇寫一戰的小說是「拿來和現在第二次大戰對著一看,也還是一面最好的鏡子,能給我們看出一些東西來的。而且準備寫戰爭,這也是很好的參考。」(《序》)讓讀者注意《慶祝》這篇作品所採用的第一人稱的寫法「彷彿在向熟識朋友,講述自己在前線作戰的經過一樣。故文內屢用『但願你曉得』『你感到』『你想到』『你知道』這類的句子。這跟用第一人稱寫法,只將己身的經歷記敘下來的那種情形,顯然是不同的。這種寫法,比較活潑生動。但有一點須要注意的,即是作品中講述故事的『我』,先要弄清楚他的身份,是農夫,是商人,或是知識分子,他們講話的腔調,以及所用的字眼,都是應該有分別的。斷不可以毫無差別,籠統使用。」〔註 8〕同樣是描寫悲苦學徒生活與境遇的寫實作品,《上絞刑架》和《幸運的維采克》有不同,前者是「從個人的背後,露出社會的制度來」〔註 9〕,後者「使人注意的手法是把做學徒的無希望,跟家庭的窘迫,母親的衰老,拿來對照著來寫的」。〔註 10〕認為巴倍里寫瑣事的《鴿窠的歷史》能以小見大:「從瑣事中,卻繪畫出了舊俄政府對待異民族的不平制度,以及俄國一九〇五年有名的大屠殺。」〔註 11〕至於完全用通信方式寫的小說《男性的友情》「是通過有趣味的辯論,並非一些寫得很呆板,使人厭倦的通信」,因

〔註 6〕艾蕪:《翻譯小說選》,文化供應社 1942 年版,第 96 頁。
〔註 7〕艾蕪:《翻譯小說選》,文化供應社 1942 年版,第 102 頁。
〔註 8〕艾蕪:《翻譯小說選》,文化供應社 1942 年版,第 121 頁。
〔註 9〕艾蕪:《翻譯小說選》,文化供應社 1942 年版,第 139 頁。
〔註 10〕艾蕪:《翻譯小說選》,文化供應社 1942 年版,第 159～160 頁。
〔註 11〕艾蕪:《翻譯小說選》,文化供應社 1942 年版,第 178 頁。

此得出結論:「寫作的技巧，雖是人為的，但它總和社會生活的情形吻合，否則，就會弄巧反拙，成為不真實的了。而且我們還可從社會生活裏面，去發現新的技巧，新的手法，只要我們肯不斷地去注意人生，研究人生。」〔註12〕

艾蕪特別注重和強調細讀，他認為閱讀短篇小說:「最要緊的，應該多讀傑出的短篇小說，而且須要重三倒四的精讀。從作品的本身，研究出作者寫這篇作品的手法來。比如怎樣描寫人物，怎樣寫對話，怎樣敘述事情，怎樣表現風景等，都該下細推敲的。斷不可以一讀兩讀，就拋開了。這樣說不上是在學習。」(《序》)

在編選《翻譯小說選》的同時期，艾蕪還在《中學生雜誌》、《青年文藝》等雜誌上刊有《關於〈波華荔夫人傳〉》(《中學生雜誌》1942 年第 52 期)、《略談果戈里描寫人物》(《青年文藝》1942 年 1 卷 1 期)、《〈Ahcho 與 Ahchow〉注釋》(《青年文藝》1943 年 1 卷 4 期) 等文章，同樣是向青年讀者介紹外國短篇小說的思想內容和寫作技巧的。譬如一面逐層分析《包法利夫人》步步為營的敘述方式，一面對其思想主題有這樣的認知:「因為對舊生活不滿的煩悶，是人類共同具有的。只是各人煩悶的方式不同而已。我們從波華荔夫人身上，看出了作者對她煩悶的激賞，同時也看出了作者對於舊社會生活也是一樣的生出了不滿和煩悶。」〔註13〕從《Ahcho 與 Ahchow》中善良的中國工人阿 Cho 在法國殖民地無辜遭到殖民者殺害的故事肯定「賈克倫敦是非常同情中國工人的」，對小說所花費的剪裁工夫有細細分析:「這篇小說的題目，是阿 Cho 與阿 Chow 兩個人，但實際上卻是寫阿 Cho 這一個人是怎樣死的，亦即是寫一個善良的中國工人在法國殖民地是怎樣被壓迫死的。作者暴露這一慘痛的事實，是採取循序漸進的方式，使讀者對阿 Cho 的同情，對法國殖民地政府的憤怒，一級一級地高漲起來，如登塔一樣，一步一步地爬上去，越爬得高越看得廣大。」〔註14〕對果戈里小說人物塑造的方式頗多肯定:「果戈理描寫人物，不僅把主要的角色，寫得鮮明活躍，就是一些配角，也在他的筆下，得到生命，使讀者看了，不易忘記。甚至在作品中，隨便提到一個人，竟能幾筆就把那個人生動地勾畫出來。」「果戈理對於社會中的人，總常常注意他精神上的特點」，「我覺得果戈里描寫人物最愛使用的方法，是先將

〔註12〕艾蕪:《翻譯小說選》，文化供應社 1942 年版，第 197 頁。
〔註13〕艾蕪:《關於〈波華荔夫人傳〉》，《中學生雜誌》1942 年第 52 期。
〔註14〕艾蕪:《〈Ahcho 與 Ahchow〉注釋》，《青年文藝》1943 年 1 卷 4 期。

人物的微妙的特徵，由作者的口氣扼要而又具體地揭示出來，然後再把人物放在故事裏面，用人物自己的行動言語，將作者揭示出來的特徵，證實跟讀者看。」其次，「不僅扼要而又具體地加以描寫，而且還很深刻地將性格上的特徵，從矛盾方面，表現出來。」「第三，果戈理也愛用同一事件，來表現各種不同的性格。」〔註15〕

艾蕪對於文學的看法、學習寫作的經驗和對於寫作技巧的孜孜不倦的探討，盡顯於這些評述外國作家作品的文字中，我們不難從中發現他的文學觀和文學情趣、閱讀喜好和閱讀傾向乃至文學師承。這是艾蕪的一次文學佈道，可也是他對自己的文學閱讀和經驗的一次有計劃的清理，其在這當中對中外文化交流所做的務實的工作是值得肯定的。

如果說艾蕪早先所寫作的《文學手冊》是要讓「有愛好文藝而又願從事寫作的友人，不致再像我似的胡亂摸索，走許多冤枉路」〔註16〕的話，則艾蕪上世紀40年代編選的《翻譯小說選》以及介紹域外小說的文字便是他個人的文學閱讀和創作經驗的一次重要盤點和融匯，是他為夜行的文學青年們所安置的一盞火炬，讓他們得以更好地行走在文學的道路上、望見更豐饒的文學和文化的原野。

〔註15〕艾蕪：《略談果戈里描寫人物》，《青年文藝》1942年1卷1期。
〔註16〕艾蕪：《文學手冊》，文化供應社1941年3月版，第134頁。

試論抗戰時期艾蕪鄉土小說的啟蒙精神

廣東海洋大學　盧月風

內容摘要：

延續五四個性解放與個體自由的啟蒙思想一直是 20 世紀中國文學的關鍵詞，抗日戰爭時期艾蕪的文學創作逐漸走向成熟，其中較有影響力的正是以啟蒙視角審視現代鄉土社會面貌的小說。艾蕪鄉土啟蒙敘事的超越性是在抗日的烽火中，救亡、愛國成為個體意識的召喚力量，使啟蒙精神有了新的意義，一定程度上延伸了五四個性解放的內涵。本書將通過艾蕪啟蒙思想的精神淵源、鄉土啟蒙的內涵與文學價值等角度闡釋艾蕪鄉土小說啟蒙話語的獨特性。

關鍵詞：艾蕪；鄉土小說；啟蒙精神；抗日戰爭

艾蕪的文學創作起步於《南行記》，因文中對邊境地區鮮為人知的地域風貌、異域風情的描摹而引起文壇重視。尤其對邊地人們日常生活的表現，對善良、淳樸人性的發掘，對強悍、野性生命力的禮讚有著與沈從文相似的筆觸。1930 年代初艾蕪結束南行來到當時的文學中心上海，加入「左聯」之後意識到文學不僅是茶餘飯後的消遣品，更要積極干預社會現實，開始轉向自己熟悉的農村題材，追求「有意義的文藝」成了其新的創作追求與後期文學生涯的主體精神走向。縱觀艾蕪抗戰時期的鄉土小說，構思樸實，組織嚴密，描寫深湛，以自己熟悉的巴蜀風俗民情為基礎，既忠實於生活又忠實於藝術，個體、自由、國民性批判等話語只是其中的一翼，但在整個啟蒙主題的寫作鏈條上也不可小覷。在鄉土小說創作理念上，既自覺接受左翼革命思想的薰陶，又吸收五四文學精髓，承續啟蒙精神的個體解放思想基礎，並對當時阻礙民眾自我價值實現的不合理統治秩序也給予極力控訴，國家觀念與人的主體性融為一體，體現了艾蕪鄉土啟蒙敘事的超越性。

一、艾蕪啟蒙思想的精神淵源

中國現代文學書寫中的啟蒙主題出現在「五四」新文化運動時期，「鄉土」是這一文學理念的描寫焦點，思考中國現代化歷程的起點，而魯迅的鄉土書寫很好地實踐了啟蒙的內涵。艾蕪坦言，五四運動對他的影響巨大，曾嘗試白話新詩創作，喜歡捧著《新潮》《新青年》等刊物如饑似渴地閱讀，加深了對封建倫理綱常落後性的不滿，深惡痛絕於「父母之命，媒妁之言」的婚嫁習俗，為此而「逃婚」，感受不到當地學校新思潮的氣息而中途輟學，離開故鄉到西南邊陲及緬甸、新加坡等地另謀出路，與魯迅「走異路、逃異地」的人生選擇頗為相似。艾蕪結束了幾年的南行之後，定居於上海，對當時文壇盛行的普羅文學創作類型頗有異議，關於「小說題材」的問題向魯迅請教並得到指導，「選材要嚴，開掘要深」、「不趨時」的文學觀成為他後來寫作的指明燈。艾蕪在《我們應向魯迅先生效法的》一文也強調了魯迅的戰鬥精神，忠於人生與藝術的創作態度值得我們效法，尤其欣賞魯迅利用文學的力量來改良社會的創作初衷，隱含著啟蒙精神對其創作的影響。

艾蕪的啟蒙精神源於異域生活的一次經歷「在電影院看見一張侮辱中國人的影片，收場時，許多中國人臨到外國飛機的轟炸，我反而同在座的白人棕色人，一起拍起讚美的巴掌來」〔註1〕。由此使艾蕪清楚地認識到文藝的力量，文學創作應該發揮完善人生、人性的作用。如果說魯迅在日本留學時期的「幻燈片事件」是他決定「棄醫從文」，救治國民麻木的靈魂，那麼艾蕪的那次觀影經歷使「文學改造國民精神」的啟蒙觀在他心中有了雛形，由隨性而發的散文、詩歌轉向小說創作。而早年四海為家的漂泊生活成為他反思國民性的開端，也是其津津樂道的文學資源。在《緬甸人給我的印象》中由緬甸人的生活狀態想到當時中國周遭的一切太過沉悶與古老，需要打上一針少壯的血液。《山峽中》《南行記》等篇章同樣描寫了「邊緣人」野蠻、堅韌、不安分的「另類」性格，以「時代主潮衝擊圈」的特殊人生與生活景象映像出本土文化的痼疾，國民性格的老態，實現啟蒙的意圖。楊義認為「艾蕪以自由生命的意識平視南國和異域野性未馴的奇特男女，使之在蔑視現實的聖

〔註1〕毛文、黃莉如：艾蕪研究專集〔M〕，成都：四川文藝出版社，1986.13。

教倫理和官家法律中顯示出一種大寫的『人』的尊嚴」〔註2〕。通過呈現這種原始的生命形態來反思國民性，為人的現代化提供參照，這是艾蕪的啟蒙路徑，同時這些奇異獨特的邊地故事使他在文壇贏得了聲譽，為回歸「岷沱故鄉」的書寫模式奠定了基礎，在巴蜀地域文化建構的文學世界中希冀理想的國民性實現。

「九·一八」事變的炮火預示著局部抗日戰爭的開始，民族危難步步逼近，此時的艾蕪剛剛回國，在上海受到左翼文學運動思想的感染把創作的視角轉向社會現實，寫了以東北一個村莊農民抗日為背景的小說《咆哮的許家屯》。抗日文藝統一戰線形成之後，艾蕪還發表《關於國防文學》一文表達作家要立足現實、借助文字的力量鼓舞國人共赴國難的心聲，他的鄉土小說在呼應曆史需求的同時沒有流於概念化，而承繼五四啟蒙文學傳統，使文本有了更廣闊的審美空間。其實，封建意識的落幕與新的社會意識生長是一個複雜而遲緩的過程，這就決定了思想啟蒙的曲折與艱巨性。因此掃除數千年種種專制之政體，脫去數千年種種奴隸性質是中國現代啟蒙運動的根本內容。戰爭的語境一定程度上導致潛在的民族劣根性展現出來，沉渣泛起。艾蕪說：「每天每時都呼吸著日本帝國主義重壓下的空氣，對於祖國的命運，更是非常的擔心，直到宛平城下，槍聲一起，看見我們的祖國已不再作無聲無息的屈服，而是忿吼起來了，開始反抗了，心裏真是感到無比的喜悅。」〔註3〕他在短暫的喜悅之後，開始憂心於農民沒有削弱的性格痼疾，其中的原因除了傳統根深蒂固的封建宗法思想影響之外，還有當時國民黨愚弄民心的腐朽統治使民眾個性解放之路困難重重。在複雜的社會現實面前，艾蕪雖然把國家、救亡等主題視為鄉土敘事的主要價值取向，但也沒有忽視對農民精神世界的剖析，使啟蒙與革命相互補充，從某種程度上救亡的急迫性也加速了個體意識覺醒的步伐。從《反抗》《母親》《鋤頭》等小說中能夠感受到作者把對農民個體生命價值的關注提升到整個民族興亡的高度，個體與國家緊密相連，深化了五四啟蒙主義精神的內涵。恰如胡風所說：「鬥爭是艱苦的，然而非勝利不可，因為，只有這樣才能克服亞細亞的麻木症，也只有這樣才能夠爭到祖國底自由、幸福和平等。」〔註4〕言外之意就是「人之大覺」同國家獨立緊

〔註 2〕楊義：中國現代小說史（第 2 卷）〔M〕，北京：人民文化出版社，1987.457。
〔註 3〕艾蕪：「七七」二週年紀念的回憶與感想〔J〕，中學生，1939（5）。
〔註 4〕胡風：胡風評論集（中）〔M〕，人民文學出版社〔M〕，1984.429。

密相連，沒有國家的自由，個體的一切訴求都無從談起，而個體自我價值實現又是國家發展的有力支撐，抗戰語境下艾蕪啟蒙思想的精神淵源也契合了這一觀念。

二、救亡語境下的鄉土啟蒙敘事

李白的詩句「蜀道之難，難於上青天」較為形象地勾勒出四川巴蜀地區四面環山、險峻的地貌特徵，盆地的封閉性一定程度上阻礙了新思想的傳播，艾蕪是走出家鄉後感受到了五四啟蒙精神的洗禮，在魯迅的指導下找到了一條以自己熟悉的巴蜀地域環境為基點的創作路徑，也由此確立了自己的創作個性，成為中國社會「鄉鎮人生」的主要書寫者之一。

艾蕪的創作從早年邊地流浪經歷為背景的《南行記》到 1930 與 1940 年代蘊含著時代性、革命性、啟蒙精神的鄉土小說，無不傾注著對社會下層民眾生活現狀的關照，又因身上深厚的農民氣質被稱為農民型作家。抗戰時期艾蕪鄉土小說的啟蒙敘事一方面延續五四時期揭示病苦、批判矇昧的精神，另一方面也注意到民族救亡語境激起了農民的反抗情緒，他們走出封建家庭為抗戰盡力，國家成了個性自由的召喚因素。因此艾蕪曾說：「我覺得在大後方的農村裏有兩種農民：第一種農民是被殘酷的壓迫者，在飢餓、貧苦、痛苦的深淵裏，聽天由命的生活著。第二種農民是比較覺悟的，他們憧憬人民的武力，希望改變他們的生活。」〔註5〕我們常說小說的中心是人物，真實而深刻的人物形象塑造是衡量小說價值高低的主要標準，艾蕪鄉土小說中這兩種農民形象承載著其啟蒙精神的內涵。《挾鬮》中的保長採用「挾鬮」這種荒唐的形式決定壯丁、救護、消防等重要事務，群眾只是按著要求「撚紙團」，沒有絲毫反抗，那些挾到白紙的人被稱為「有財氣」，為自己的僥倖而激動不已趕快趁機散開，盡顯奴才本相。《母親》通過一個思想守舊的母親在日軍侵略步步逼近的局勢下把女兒關在家裏，以求神拜佛祈平安的行為，儘管生活貧窮，但還是想著「磨鍋豆腐，到廟上去敬觀音娘娘，影射封建迷信觀念對農民精神的毒害。老祖母常常把「難道如今世道變了，皇帝也坐不成龍廷」這樣的話掛在嘴邊，映像出老一輩農民封建保守的思想。母親把一切背離常

〔註5〕梅林：關於「抗戰八年文藝檢討」記一個文藝座談會〔A〕，樓適夷主編：中國抗日戰爭時期大後方文學書系（第一編文學運動）〔M〕，重慶：重慶出版社.1989.527。

規的舉動視為異己，如不允許女兒接近那些短發女兵，這是長期閉塞的生活方式養成了狹隘、頑固的觀念，頗有幾分阿 Q 式「排斥異端正氣」的精神特質。《故鄉》具有茅盾「社會剖析」小說的特點，揭示半封建的社會性質，具有很強的思辨性和概括力。以知識分子余峻廷的視角展現農民雷吉生麻木的精神狀態，他們曾經是童年的玩伴，多年之後余峻廷重回故鄉看到雷吉生的「臉子紅黑，顴骨突出，神情略顯呆板，但卻給人一種忠厚的感覺」〔註 6〕，而在余峻廷的記憶中這個老表應該是活潑、頑皮、多話的形象，如今幾乎改變了模樣，大概是「一向跟靜默的泥土，不說話的牲畜混久了，也受了它們呆笨板澀的影響了吧」〔註 7〕。在封建傳統倫理綱常思想的禁錮下，性格被扭曲，個性獨立意識喪失殆盡，這是中國傳統被壓迫、安分守己的農民典型。同樣《意外》中的老張也是一個逆來順受的農民，平時靠幫別人做農活維持生計，農閒時節同老李一起南下找活的途中被別人騙去頂替壯丁的空缺，甚至連姓氏的自由都被剝奪了，面對這樣的不公，他只是默默忍受。

《鍛鍊》寫了一個游擊隊員因戰鬥失敗藏身於佃戶家中，提出了付租穀充當游擊隊行進中的經費，而愚昧的佃戶心懷不滿竟向日軍告發，思想矇昧到敵我不分的程度，他的行為同魯迅筆下華老栓買來用革命者性命換來的「人血饅頭」醫治癆病一樣無知。《鋤頭》中的阿棟被迫給日軍修路，還要捐錢，而自己家的田地荒蕪，生活十分窘迫，妻子又遭到日軍迫害，這樣的局勢下依然奴隸一樣的生活著沒有絲毫反抗意識，最後壞了的鋤頭何嘗不是阿棟被奴化腐蝕的思想之隱喻。《春天》一經發表就得到茅盾的好評，他說:「《春天》展開給我們看的，卻是眾多人物的面相以及農村中各階層的複雜關係。這一切作者都能給以充分的形象化，人物是活人，故事是自然渾成，不露斧鑿的痕跡。」〔註 8〕「人物是活的」指向小說中所塑造的三類農民形象，堅決反抗的劉老九；反抗與服從兩面性的趙長生；奴性順從的邵安娃。 尤其是人物性格中苟安依附的特徵很好地實踐了《春天》改版序言中對農民惰性心理的剖析，他們「太安分守己了，彷彿馱著石碑的贔屭一樣，只在千金的重壓下無聲無息地忍受著自己的命運」〔註 9〕。其實，不只是邵安娃，從雷吉生到老張

〔註 6〕艾蕪：艾蕪集（第 4 卷）〔M〕，成都：四川文藝出版社，1986.6。
〔註 7〕艾蕪：艾蕪文集（第 4 卷）〔M〕，成都：四川文藝出版社，1986.4。
〔註 8〕茅盾：茅盾文藝雜論集（上.下）〔M〕，上海：上海文藝出版社，1981.648.697。
〔註 9〕艾蕪：艾蕪文集（第 2 卷）〔M〕，成都：四川文藝出版社，2014.233。

再到阿棟等農民，他們始終沒有擺脫封建思想的藩籬，身上遺留著落後小農生產方式的桎梏，同樣也延續了魯迅筆下閏土、祥林嫂、阿 Q 等苦苦掙扎而又麻木卑怯的靈魂。

1943 年《新華日報》發表了一篇有關文藝創作方向的社論，提到「今天，除去用我們的筆來動員民眾打擊敵人之外，解放文化上的纏腳，戒絕精神上的鴉片，從千百年來的封建壓迫和一百年的帝國主義侵略下恢復我們民族健全自由的體魄和精神，已經是無可旁貸地加在我們肩上的責任了。」〔註 10〕艾蕪在鄉土小說中所畫出的那些「沉默的靈魂」某種程度上也契合了當時的文藝創作方向。喬冠華說：「兩千年的封建重壓，百年來的外來侵略不但束縛了我們民族在經濟、政治和軍事上的發展，而且侵蝕了我們民族的精神，阻礙了我們文化的生長，它幾乎使我們失去了抬頭做人的自信。現在是我們抬頭做人的時候了。」〔註 11〕換句話說，正是作家敢於正視現實的姿態才使我們文化的新生成為可能，抗戰爆發後，艾蕪曾輾轉於桂林、武漢等地，目睹了幾千年封建主義思想統治下農民的精神缺陷與扭曲的人性，逐漸放棄以前的浪漫主義敘事風格，轉向現實主義文學觀，關注民眾麻木、混沌的性格。「從轟轟烈烈的前線歸來，對大後方人民普遍的愚昧、麻木、不覺悟感受是很強烈的」〔註 12〕，可以看出艾蕪的鄉土小說是以自己戰時的生活經歷為依據，並自覺承擔起思想啟蒙的使命，曾毫無遮掩地指出：「我喜歡『荒地』這兩個字，他們能夠給我一幅荒涼的景象；一望沒有成林的樹木，沒有青綠的菜園，也米有開花結實的果樹，只是一些亂紛紛的茅草、荊棘、刺藤，看來十分愁慘、憂鬱。」〔註 13〕話語中滲透出荒涼、黯淡的景象，其實艾蕪以啟蒙主義精神審視鄉土社會、揭露農民空虛愚拙精神世界的作品中同樣彌漫著這種陰森、停滯的空氣。

胡繩說：「五四時代尊重個人的實質是尊重人的個性價值，精神上的奴才與小丈夫是不能也不配過民主生活的，民主文化的建立要靠真正的健康的人。由獨立精神與魄力的人。改造中國的文化就是為了要改造人，建立民主文化就是為了要創造這樣的新人。」〔註 14〕艾蕪也意識到招致農民性格沉屙的原

〔註 10〕轉引黃潛：抗戰後期國統區小說創作中的啟蒙思想〔D〕，南京師範大學，2005。
〔註 11〕喬冠華、章含之：那隨風飄去的歲月〔M〕，上海：學林出版社，1997.67。
〔註 12〕譚興國：艾蕪評傳，重慶：重慶出版社，1994.139。
〔註 13〕艾蕪：艾蕪文集（第 8 卷），成都：四川文藝出版社，1989.759。
〔註 14〕胡繩：胡繩文集（1935～1948）〔M〕，重慶：重慶出版社，1990.785。

因除了自身之外，還有「吃人」的封建文化，因而對傳統中國文化落後性的改造同樣緊迫與必要。小說《遙遠的後方》寫的是農村謠言迷信毒害性。村裏突然傳出日軍投放麻風毒的消息，瞬間各種謠言四起，吉古老是一個平日吸水煙、玩紙牌來消磨時間的農民，在謠言的影響下，他似乎感到了自己身體的不適，表現出惶恐不安的神情，村民在沒有任何常識的情況下就深信吉古老感染了麻風毒而平時躲著走路，處處戒備，甚至連他的家人都要疏遠，無中生有的謠言著實讓吉古老內心備受煎熬、寢食難安。《逃難中》寫到青年農民在逃難中撿到一個女棄嬰，他一路詢問卻無人想要收養，透露出當時重男輕女陋習。同彰顯五四鄉土啟蒙敘事精神的小說《菜芽與小牛》（許傑）中的菜芽父親一樣，因為母親沒有生男孩而整日遭到醉酒後父親的毒打。而抗戰時期加深農民性格劣根性的外部誘因還有當時國民黨政權的黑暗統治，如國統區呈現出「貪污滿街，謬論盈庭，民眾運動，備受摧殘，思想統制，言論檢查，無微不至，法令繁多，小民動輒得咎，而神奸巨滑則借為護符，一切罪惡都成合法」〔註 15〕的狀態。《兩個逃兵》《意外》等小說在塑造農民落後性格的同時更是影射出當時國統區不合理的兵役制度：「這年辰就是壞在這裡的！會打仗的偏不打，不會打的，偏要逼著來打。」〔註 16〕《荒地》寫到了地主刑太爺對農民的欺壓，並試圖以減免兩年地租的形式換得佃戶兒子替少爺去當兵，這件事也透露出當時國統區兵役制度的漏洞，無疑加深了農民精神的昏憒，對自我價值的認識更是遙遙無期。《信》的副標題「蒲隆興老爺家一天的紀事」，通過蒲隆興全家以及同佃戶之間的關係，多角度呈現了一個刻薄、愚昧、自負的地主形象，性格中有著「獅子式的凶心、狐狸式的狡猾、兔子式的怯弱」。他雖然把「如今打仗的年辰」掛在嘴邊，但並沒有體恤佃戶，收到希望他「樂捐一百元」的信件後，不敢質疑當時不合理的政策，而把由此可能帶來的損失理直氣壯地轉嫁到雇農身上。這一形象背後暴露出當時統治者的黑暗面以及以國難為藉口欺騙百姓的現象，加重了農民「不成熟」的精神狀態。

三、鄉土啟蒙精神的文學價值

五四是一個思想啟蒙的時代，人的個性解放主題得以發展，當民族危機

〔註 15〕茅盾：茅盾選集（第 5 卷），成都：四川文藝出版社，1985.322。
〔註 16〕艾蕪：艾蕪文集（第 8 卷）〔M〕，成都：四川文藝出版社，1989.567。

的到來，使文學的現實性不斷強化，民族救亡的宏大敘事受到青睞，具有個性化特徵的啟蒙話語相對式微。而新文化運動時期魯迅所開啟的改造農民性格痼疾為中心的鄉土啟蒙敘事，影響著幾代作家的創作情緒，顯示出其強大的生命力，抗日戰爭時期，艾蕪的鄉土啟蒙敘事總使人想起魯迅的《故鄉》《阿Q正傳》等小說，但在此基礎之上又有新的發展。

康德說：「啟蒙就是人類擺脫自我招致的不成熟。不成熟就是不經過別人的引導就不能運用自己的理智。如果不成熟的原因不是在於缺乏理智，而在於不經別人的引導就缺乏運用理智的決心與勇氣，那麼這種不成熟就是自我招致的。」〔註17〕並進一步提到「理性的啟蒙」，「夾雜著幻念和空想而逐步出現了啟蒙運動這樣一件大好事，它必定會把人類從其統治者的自私自利的擴張計劃之下拯救出來的，只要他們能懂得自己本身的利益」〔註18〕，不難發現康德對啟蒙的理解主要立足於探究造成民眾「不成熟」狀態的根源，一則是民眾自身缺乏理智，二則是專制統治者的民智鈍化政策。因此啟蒙的任務除了喚起民眾的個體意識與理性的潛能之外，還要揭穿統治者欺壓民眾的行徑，即「要除去虛偽的臉譜。要除去世上害人害己的昏迷和強暴」〔註19〕。艾蕪鄉土小說中的啟蒙話語主要指向民眾劣根性心理、喚醒自由生命與個性精神，同時在《某城紀事》《挾鬮》《夢》等小說中也對當時國民黨的昏暗統治以及麻痹民心的策略給予了強烈斥責，而農民習慣於忍耐的性格限制了其自我意識追求。

啟蒙可謂是20世紀中國文學的關鍵詞之一，而關於「啟蒙」與「救亡」之間的關係也是眾說紛紜，李澤厚80年代提出了「救亡壓倒啟蒙」的觀點，主要是基於1920年代之後的歷史局勢，即革命戰爭逐漸擠壓了啟蒙運動的個性解放理想，幾乎成為一種研究現代文學較有影響力的「元敘事」自然包括抗日戰爭時期的社會現實；而金沖談到了「救亡喚起啟蒙」的看法，包涵著啟蒙與救亡相互促進的內容；沙健孫認為：「馬克思主義的傳播，救亡鬥爭的興起和發展，既沒有中斷，更沒有取消啟蒙的工作；在一定的意識上，我們倒應該說，不是別的，正是馬克思主義指導下的革命實踐，促使啟蒙運動在

〔註17〕康德對這個問題的回答：什麼是啟蒙〔A〕，詹姆斯·施密特編，徐向東、盧華萍譯：啟蒙運動與現代性——18世紀與20世紀的對話〔M〕，上海：上海人民出版社，2005.2～6。

〔註18〕轉引賀來：邊界意識和人的解放〔M〕，上海：上海人民出版社，2007.200。

〔註19〕魯迅：魯迅全集（第1卷）〔M〕，北京：人民文學出版社，1981.125。

量上得到了空前的擴大，在質上得到了根本的提高。」〔註 20〕簡短的話語傳達出救亡對啟蒙的積極作用，社會救亡的不僅沒有壓倒啟蒙，反而使其深化。相對來說，艾蕪鄉土小說中的啟蒙精神更為契合金沖、沙健孫的觀念。《反抗》中兩個青年農民，一個懷揣「英雄夢」走出封建家庭而參軍，一個為抽到壯丁簽而興奮不已，抗戰的號角是他們勇敢地反叛傳統思想，個性解放與愛國結合在一起，在民族救亡的行動中喚醒其倫理覺悟。《老好人》中徐老全儘管固守著苟活於亂世的心態、自慰自誇愚鈍的傳統農民性格，但在得知妻女被抓進慰安所的真相後參加了游擊隊。《山野》裏農民抗日的信念是「不管你怎麼說來說去，我們只保衛我們的村子，我們的家勢」〔註 21〕。足以見出身上遺留的小農意識，但在戰爭中逐漸克服了那些自私、狡猾、不吃虧的陋習。由此可見，艾蕪鄉土小說啟蒙精神的價值表現在強調「掃除矇昧，啟發民智」的同時並沒有排斥救亡，而民族救亡中包含著啟蒙的內容，成為啟蒙的主要武器，從某種程度上還還促進了啟蒙，也使得啟蒙達到了新的境界。

有學者說：「即使在民族戰爭十分激烈的年代，重新祭起社會批判的解剖刀，把一切阻礙抗戰進步的黑暗現象暴露出來，也是十分必要的，後方鄉土抗戰小說從一開始，就表現出了這樣深入的理性思考。」〔註 22〕艾蕪在抗戰時期就拿起了手中的解剖刀揭露阻礙抗戰的黑暗現象，當時國民黨的腐朽統治對農民精神劣根性的影響不容忽視，而以「改良人生」的目的審視沉默的國民靈魂時又發現了他們在愈演愈烈的民族矛盾面前性格的改變。如《受難者》中尹嫂子，她的丈夫被迫替日軍做事，當看到丈夫帶領日軍就要闖進村子時，她內心陷入抉擇的兩難，回村子叫壯丁就意味著拯救了整個村莊人的性命，但丈夫肯定會犧牲，在反覆思慮之後她還是做出了大義滅親的選擇，後來在大家歡慶勝利之時，她想到了死去的丈夫失聲痛哭。尹嫂子從優心個人私情到權衡多數人利益的觀念轉變，拋掉身上的舊衣衫，帶領士兵衝向日軍據點，犧牲了自己當漢奸的丈夫卻拯救了整個村莊。不得不承認民族救亡的歷史環境使得尹嫂子這類農民形象逐漸戰勝身上奴性依附、狹隘自私的守舊觀念，換句話是救亡推動了啟蒙的深入，實現了革命戰爭的救亡主題同個

〔註 20〕中國社會科學院科研局：五四運動與中國文化建設〔C〕，北京：社科文獻出版社，1990.197。

〔註 21〕艾蕪：艾蕪文集（第 5 卷）〔M〕，成都：四川文藝出版社，1986.128。

〔註 22〕房福賢：中國抗日戰爭小說史論〔M〕，濟南：黃河出版社，1999。

體解放啟蒙精神的融合。因此，艾蕪鄉土小說啟蒙精神的獨特性在於個性解放與國家意識的聯結，突出民族救亡局勢對啟蒙的作用力，並且控訴國民黨黑暗統治秩序對民眾落後思想意識的腐蝕，這樣以來文本的藝術視野就更為開闊，明顯超出同時期蕭紅、王西彥等作家鄉土話語中的啟蒙內涵。

參考文獻：

〔1〕艾蕪：「七七」二週年紀念的回憶與感想〔J〕，中學生，1939（5）。

〔2〕魯迅：魯迅全集（第1卷）〔M〕，北京：人民文學出版社，1981。

〔3〕茅盾：茅盾文藝雜論集（上.下）〔M〕，上海：上海文藝出版社.1981。

〔4〕胡風：胡風評論集（中）〔M〕，人民文學出版社〔M〕，1984。

〔5〕茅盾：茅盾選集（第5卷），成都：四川文藝出版社，1985。

〔6〕毛文、黃莉如：艾蕪研究專集〔M〕，成都：四川文藝出版社，1986。

〔7〕艾蕪：艾蕪文集（第5卷）〔M〕，成都：四川文藝出版社，1986。

〔8〕艾蕪：艾蕪文集（第4卷）〔M〕，成都：四川文藝出版社，1986。

〔9〕楊義：中國現代小說史（第2卷）〔M〕，北京：人民文化出版社，1987。

〔10〕樓適夷：中國抗日戰爭時期大後方文學書系（第一編文學運動）〔M〕，重慶：重慶出版社，1989。

〔11〕艾蕪：艾蕪文集（第8卷）〔M〕，成都：四川文藝出版社，1989。

〔12〕胡繩：胡繩文集（1935～1948）〔M〕，重慶：重慶出版社，1990。

〔13〕中國社會科學院科研局：五四運動與中國文化建設〔C〕，北京：社科文獻出版社，1990。

〔14〕譚興國：艾蕪評傳，重慶：重慶出版社，1994。

〔15〕喬冠華、章含之：那隨風飄去的歲月〔M〕，上海：學林出版社，1997。

〔16〕房福賢：中國抗日戰爭小說史論〔M〕，濟南：黃河出版社，1999。

〔17〕黃潛：抗戰後期國統區小說創作中的啟蒙思想〔D〕，南京師範大學，2005。

〔18〕康德對這個問題的回答：什麼是啟蒙〔A〕，詹姆斯．施密特編，徐向東、盧華萍譯：啟蒙運動與現代性——18世紀與20世紀的對話〔M〕，上海：上海人民出版社，2005。

〔19〕賀來：邊界意識和人的解放〔M〕，上海：上海人民出版社，2007。

〔20〕陸媛：艾蕪抗戰小說研究〔D〕，廣西大學，2013。

〔21〕艾蕪：艾蕪文集（第2卷）〔M〕，成都：四川文藝出版社，2014。

艾蕪的故鄉書寫及其開發利用價值

張映竹〔註1〕　張建鋒〔註2〕

艾蕪的《豐饒的原野》、《我的幼年時代》、《童年的故事》、《端午節》等是書寫岷沱家園、自己故鄉的小說。《豐饒的原野》由《春天》、《落花時節》和《山中歷險記》三部小說組成。《春天》寫於1936年，《落花時節》寫於1945年，《山中歷險記》寫於1979年，跨度竟達40多年。這說明，豐饒的原野，故鄉的原野，在艾蕪的心中是何等刻骨銘心，終身難忘。艾蕪書寫故鄉的小說可以與「南行記」並列，具有特別重要的現實意義和開發利用價值。

一、回望故土，書寫家園

《春天》寫於1936年12月，是艾蕪創作的一個轉換時刻：由漂泊而回歸，由異域而故鄉。1925年夏天艾蕪離開家鄉南行飄泊，到雲南後曾寫信給父親說，「我要在他鄉異國流浪十年之後，才能轉回家去。」到1935年時，十年過去了，艾蕪也沒有如約歸家，還打算在外「埋頭苦苦用些年工夫」。雖然這樣決定了，但對故鄉的思念，卻沒有靜息下來。「於是，便決定把那位在岷沱流域的景色人物，移到紙上，也宛如自己真的回到故鄉去一般。」〔註3〕由此，艾蕪將小說的取材由滇緬移向故鄉，連續創作了《落花時節》、《童年的故事》、《我的幼年時代》等，書寫著回望中的岷沱家園、自己的故鄉。

〔註1〕張映竹，澳門城市大學碩士研究生。

〔註2〕張建鋒，成都大學文學與新聞傳播學院教授，主要研究現當代巴蜀文學與文化。

〔註3〕艾蕪：《春天》改版後記，艾蕪研究專集，成都：四川文藝出版社，1986.119。

艾蕪說:「《豐饒的原野》所採取的背景，是在所謂天府之國的邊緣地方」。〔註4〕這是非常明確的地理空間指向，是艾蕪自覺的題材轉移和視野回歸。如果說「南行記」系列小說是對自身流浪經歷的「傳記式」書寫，那麼，「岷沱家園」系列小說則是對童年、少年生活的「回憶錄式」書寫，二者具有相同之處，都是對自身經歷的「復述」，都以親身經歷的人事為原型，具有相當高的生活真實性。《春天》裏面汪二爺的家，很像童年時代艾蕪的家，連門前那條小河溝都「克隆」到了小說裏。小說裏的每一個人物，差不多都有生活的原型，是艾蕪小時候非常熟悉的。那三個長工，就有艾蕪家三個長工的影子。邵安娃是艾蕪認識最久，連名字都沒有改換的人物。他就在艾蕪家幫工，後來忍受不了祖父的壞脾氣自己走了。〔註5〕艾蕪說:「我對他印象太深了，他的名字和他的樣子，他的性情，幾乎連在一道，彷彿另換一個名字，就會分散他的印象似的。」〔註6〕趙長生的原型是那個曾經拿板凳當人，唱戲給艾蕪一幫小孩子看的長工。劉老九的原型是那個大水淹了他家茅屋，敢拿醜話罵玉皇大帝的長工。儘管這三個農人身上還有很多虛構的成份，艾蕪也不是替這三個熟人「立傳」，而是要把我們五千年來以農立國的奠基石——最勞苦的農民，拿來一刀一刀的解剖、分析。但是，在回望故鄉的情感支配下，艾蕪表現出與其他現代作家不同的價值取向。安份守己的邵安娃，彷彿馱著石碑的贔屭一樣，在千斤的重壓下無聲無息的忍受著自己的命運。陳家麼店老闆娘都嘲罵他:「沒出息的東西，我不可憐你！」艾蕪從他的身上寫出了奴性的服從，但艾蕪不像浙江的魯迅那樣，對未莊的阿Q「怒其不爭」！艾蕪自始至終沒有說出一句責備的話，對他的遭遇寄予深深的同情，為他的身世感到深深的悲哀。而對劉老九更多的是讚美，肯定他身上堅決的反抗精神，正直無私、富有同情心的品質。與魯迅挖掘國民的「劣根」相比，艾蕪試著書寫國民的「憂根」，體現出回望故土、回望家園的一份深情。

在《春天》之前，艾蕪創作了《端陽節》，其副標題為「某鄉風俗記」。這一次艾蕪似乎完全沉醉在少年時代的回憶裏，連家鄉風俗的細微末節都歷歷在目。四川農村的端陽節似乎和紀念屈原毫不相干，變成了「趕韓林」或者叫「逮旱魃」，以為只要捉住了韓林這個鬼王，就能風調雨順，諸事大吉。

〔註4〕艾蕪:《豐饒的原野》前言，艾蕪研究專集，成都:四川文藝出版社，1986.128。
〔註5〕艾蕪：我的幼年時代，艾蕪文集第2卷，成都：四川人民出版社，1984。
〔註6〕艾蕪:《春天》改版後記，艾蕪研究專集，成都：四川文藝出版社，1986.120。

「遊百病」是川西壩子端陽節的「法定」節目。「到今日端陽節，就是一向躲在屋裏，生人來了，只能從門縫裏，偷瞧幾眼的大姑娘，也要擦著粉，打打扮扮的，衣紐上掛著前一天做好的香荷包，袋裏裝著李子，大膽地同媽或是嫂嫂到晴朗天空下，田野裏，隨便走走。——這叫做『遊百病』，據說，從此一年內便不容易染上疾病了。即使這一天午後的太陽光是怎樣的毒辣，射下了千百萬枝火箭，甚至把秧田裏的水燒到燙腳起來，但喝了雄黃酒吃了蒜泥涼拌肉的男女們，是並不害怕一點兒的。往日午後田野寂寞起來，單獨去同太陽大打仗，現在卻是青綠的豆地邊，秧田邊，都現出朵朵黃的和紅的油紙傘來了。」端陽節聽川戲那也是必不可少的節日活動。艾蕪描寫了川主廟裏唱《白蛇傳》，唱到許仙向白娘子灌酒時的場面：「『呵呵，灌呀！灌呀！使勁地灌呀！……』戲臺前面的空壩子裏，響雷似地吼噪著一片莊稼漢子的聲音。舉在頭上的細竹旱煙管子，像給暴風吹著的森林一樣，不住地動搖著。篾頂蓬上透下來的陽光，焦辣辣的，刺人的皮膚。海中波濤一般的無數光頭頂上面，蒸散出濃烈的汗的氣味。空壩子的西邊，搭來圍著座位（在右邊，女賓坐的）和茶桌子（在左邊，供有錢的男賓吃茶的）的杉木架子，被人的浪花擠著軋軋地發響。」這些端陽節風俗活動的白描，極富川西壩子的生活氣息，是一幅幅真實、生動、有趣的風俗畫。有論者認為「《端午節》的缺陷是明顯的，一個中篇，沒有給人留下深刻印象的人物，脫離人物的命運去單純描寫風景或風俗，是很難吸引人的。」〔註 7〕從藝術角度來看，這種說法是不錯的。但從創作主體的心理、心態的角度來看，如此記述鄉風民俗，正體現出艾蕪的回望故土、回望家園的戀鄉、思鄉、懷鄉的情感特性。我們完全可以推想，艾蕪創作這些回望故鄉的小說時，他早已沉迷在兒時生活的回憶之中，小時候趕場、看戲、走人戶、上墳、玩耍、讀書時的點點滴滴都浮現在眼前，讓他情不自禁，乃至熱淚盈眶。

回望故鄉系列作品中情感最真摯，思想最深刻的要算《我的幼年時代》。飽經離亂，已過不惑之年的艾蕪，回望那個久違的家，對故鄉、對親友的眷戀之情汩汩流出，讓人感動。在《我的幼年時代》裏，艾蕪以小孩子的眼光、口氣和心情來敘述，把湯氏家族移民的苦難史、艱辛的創業史和家族的盛衰史一一道來，像擺龍門陣，句句吸引人，字字含深情。川西壩子秀麗的自然風光、古樸的鄉風民俗、童年的生活趣事、多彩的民歌民謠、生動的民間故

〔註 7〕譚興國：艾蕪評傳，重慶：重慶出版社，1994.112。

事、通俗的說唱藝術，都出現在艾蕪的筆端。可以說這是巴蜀民間文化的豐富記錄，具有文化學、民俗學的價值，值得珍視。艾蕪正是受到這樣的文化薰陶成長起來的，剪不斷文化血脈。都說漂泊讓艾蕪走上了文學之路，其實根還在幼年時代的生活。當初離家南行，艾蕪是決定到外面的大都會去半工半讀專門研究哲學的。他的包袱內，始終沒有裝過一本文學書，反而是梁漱溟的《東西文化及其哲學》，胡適之的《中國哲學史大綱》，吳稚暉的《文府》及一些經濟學之類的書籍，跟隨他一兩千里的路。艾蕪自述他的文學經歷，也談到幼年聽村裏人講三國戲如長阪坡、戰漢水，祖母講的民間故事如熊家婆、蚌殼精，自己讀的俠義小說、《三國演義》，而且說這些舊東西「養成我愛幻想的脾氣了；只要抓著一個片面的印象，就可以毫不費力地把它展放成一個有頭有尾的故事。」〔註8〕設想一下，當艾蕪後來以寫作謀生，尤其是要靠稿費買米下鍋的時候，他是何等地感念幼年的時光啊！《我的幼年時代》剛好是寫在艾蕪經濟窘迫的時候，那顆感恩的心在字裏行間時時跳動。這樣的心情也反映在《童年的故事》裏。因此，艾蕪書寫故鄉的小說，流露出戀鄉、思鄉、懷鄉的深情與厚意。這是艾蕪故鄉小說的情感特質，還沒有引起學界足夠的關注。

二、懷鄉戀鄉，精神歸家

在漂泊十年之後，艾蕪自己覺得一事無成，「有何面目去見江東父老」？此時，艾蕪開始梳理自己的人生行程。漂泊固然值得留戀，令人心神嚮往，但是「往事如夢不堪回首」，自然而然感染上一層不甚分明的憂鬱。1943年，艾蕪在《漂泊雜記》改版後記中自述到，「也許當年抱著乘長風，破萬里浪那樣壯快的胸懷，光起兩足走到世界上去漂泊，仍舊暗自潛藏有些憂鬱吧。比如在他鄉異國的客店裏面，早上醒來，有時候——自然不是常常——會詫異地感到：我為什麼不在家中的床上，會睡在這麼遠這麼陌生的地方呢？這裡就似乎不能不有一絲輕微的感喟。」〔註9〕帶著「憂鬱」、「感喟」這樣的情緒與心情來描寫岷沱家園、自己的故鄉，艾蕪故鄉題材小說的思想情感特質就在於表現精神還鄉。

〔註8〕艾蕪：墨水瓶掛在頸子上寫作的，鄭振鐸、傅東華編：我與文學，上海：上海生活書店，1934.66～67。

〔註9〕艾蕪：《漂泊雜記》改版後記，艾蕪研究專集，成都：四川文藝出版社，1986.116。

《春天》是艾蕪獻給父親的書，傾力描寫天府之國的故鄉人事。《春天》的創作應該說是艾蕪的一次「精神還鄉」。他說：「作了《春天》五年後的今天，重新再翻來讀的時候，兒時親切過的景物，又一度現在眼前了。我感到，我讀這部《春天》一次，很像重歸故鄉一次似的喜悅。」〔註 10〕此話道出了艾蕪的心聲，書寫故鄉的人和事就是一次次精神還鄉。《春天》《我的幼年時代》裏的自然環境、自然景物，悉如沃野千里的成都平原，甚至可以說就是艾蕪幼年時代生活的新繁縣（現新繁鎮）與彭縣（現彭州市）連界的清流場一帶的寫真，用現在的話說艾蕪是「非虛構寫作」。

艾蕪曾深情寫道：「《春天》裏面那條小河，對我是有著最愉快的回憶。二三月間，日暖風和，家家婦女都到田野裏面去摘龍鬚菜的時候，祖父卻要我在半暗半明的屋子，苦讀四書五經，那種悶氣，真是令人難受。好在他老人家喂有一些鴨子，常常放在小河裏面，怕它們浮遊去遠，總每天上午叫我出去看視一次。在讀了詰屈聱牙的《書經》或者討厭的《禮記》之後，晴光朗人的原野，開花發綠的，又展開面前，真使人快樂得想學樹林中的小鳥一般，飛了起來。」〔註 11〕毫無疑問，艾蕪對故鄉景色充滿熱愛，無比癡情。小說中的景色描寫其實是精神歸鄉的顯在表現。艾蕪長在川西壩子鄉村，從小就在清流場、新繁城、九尺鋪、彭縣城一帶遊玩、上學、趕場，優美的自然景色、淳樸的鄉風民俗曾經讓他迷醉。在自傳體小說《我的幼年時代》中，艾蕪記述了相當豐富的川西壩子景色和鄉風民俗。長著樹林的草地、蜿蜒曲折的小河、林木蔭幽的泉塘、一片灰白石塊的沙灘、祭掃祖墳、拉乾爹、合八字，多姿多彩，燦然可觀。「曾經滄海難為水，除卻巫山不是雲。」艾蕪漂泊滇緬他鄉，舉目都是異鄉風情、異國情調，反而增添了他對舊時「水」、舊時「雲」的「鄉愁」。在緬甸仰光的時候，艾蕪寫下這樣的詩句：「回首岷沱的故鄉，／淚滴在異國的湖上。／但願將朽的皮囊，／丟在慈母的墓旁：／冷寂的幽夜呵，／化作點點螢光，／減我慈母的淒涼；／芳春來臨呵，／化作朵朵花香，／讓我慈母好徜徉。／回首岷沱的故鄉，／淚滴在異國的湖上。」〔註 12〕人在異國他鄉，身、心都願回歸岷沱的故鄉。此情綿綿無絕期，只不過漂泊之時抑壓在內心深處，很少形之於色，訴之於筆罷了。事過境遷，漂

〔註 10〕艾蕪：《春天》改版後記，艾蕪研究專集，成都：四川文藝出版社，1986.120。
〔註 11〕艾蕪：《春天》改版後記，艾蕪研究專集，成都：四川文藝出版社，1986.120。
〔註 12〕艾蕪：墨水瓶掛在頸子上寫作的，鄭振鐸、傅東華編：我與文學，上海：上海生活書店，1934.71～72。

泊不在，歸鄉之情才下眉頭，卻上心頭。多年的鄉思傾注到作品裏，癡情故鄉景色、風土民情的描寫就成為自然而然的事了。

「太陽已由紫紅，變成耀眼的金黃了。木槿花籬側那幾株馬桑，在沒葉的枝上還纏有峨嵋豆的枯藤，就像水墨畫一樣，在微微潤濕的地上，繪著瘦長的陰影。越過籬柵那邊的一片田野，綠海似的龍鬚菜，麥苗，和葫豆，以及快要開花的江西苕和油菜，都帶著朝露的光點，和淡淡的光霧，織成了春天大地的綺麗。院子上頭的天空，繞飛起了一群鴿子，響著哨子的聲音。」這是川西壩子的風景畫，極富地方色彩。所以周立波說，《春天》是南國田舍的新歌，作者和過去一樣，非常之愛好自然的景色，用有著畫家取景一樣的靜穆的神情，繪出了春天鄉野的許多「綺麗」的景色。〔註 13〕此景猶如清流田園的寫真，寄託著艾蕪對故鄉的眷戀之情。

《春天》是艾蕪獻給父親的，父親卻在 1945 年病故了。艾蕪在重慶得到父親的死訊後，提筆把兩年前在桂林開了頭而沒有寫成的續篇《落花時節》一氣呵成了，出人意料又在情理之中。對於艾蕪來說，父親是他的「精神導師」，恩重於山。幼年時他曾三度當父親的學生，接受了父親的言傳身教，獲益匪淺。但長大後，艾蕪執意南行，二十年沒有回家！「故鄉」的一切全部凝聚在父親、母親的身上。而今父親走了，維繫自己和故鄉的情感紐帶割斷了，千般思鄉情，萬縷思鄉緒，恰如洪水洶湧，烈火燃燒，催生了懷鄉之作《落花時節》。1978 年艾蕪還寫道：「大約在一九四五年，我住在重慶南溫泉鄉下，算是和位在岷沱流域的家鄉隔得不遠了，一種懷念家鄉的心情，油然而生，劉老九他們和周圍的自然景色，又像夢似地顯現出來。」〔註 14〕小說充分調動了艾蕪幼年時代在家鄉的生活，祖父的家、自己的經歷都被寫進了小說。「汪二爺的兩個孫子，大的十二歲官保，小的九歲軍保，是在三清寺讀小學，剛剛放學回來的。他們頂喜歡跟劉老九到河壩裏去放牛，在那裡有嫩嫩的青草做墊子，可以隨便飛跑打滾，不會弄髒衣服回去吃媽的耳刮子。」在這段敘述中，除了把「三興寺」變成了「三清寺」外，幾乎與艾蕪幼年的情形一致。艾蕪十二歲時，堂曾祖母一家人因吸鴉片連居家的院子及附近的田地也要出賣了。湯姓族人不忍她們的祖業變成異姓所有，就勸艾蕪的祖父把它買下來。之後，艾蕪的父親一家和艾蕪的四叔一家就遷進新院落居住。

〔註 13〕周立波：論《春天》，艾蕪研究專集，成都：四川文藝出版社，1986.414。
〔註 14〕艾蕪：《豐饒的原野》前言，艾蕪研究專集，成都：四川文藝出版社，1986.126。

這座院落與原來的住宅相隔不過三四里路，但屬彭縣管轄，名叫李家碾李家院子（在今彭州市竹瓦鄉天星村四組）。這時候，艾蕪的遠房堂叔祖來到設在三興寺的小學教書，艾蕪和弟弟便轉到三興寺讀小學，一年後才離開。〔註15〕小說中的自然景色也滲透著濃濃的懷鄉之情。「小溝兩旁的麥田菜田，白天原是拿碧綠的麥苗與金黃菜花在三月燦爛的陽光底下，裝飾這美好的大地的，現在給半圓的月照著，全籠在一片朦朧的暗霧中，顯得溫柔而且寧靜。」只不過，美麗的自然與人間悲劇糾合在一起，原本充滿詩情畫意的景色就染上了憂鬱的色彩。「田野裏罩著白霧和月光，一切都現得朦朦朧朧的。胡豆花，豌豆花，油菜花，正在暗中悄悄地落著。杜鵑的啼聲，正一聲聲悲哀地從遠處送了過來。」景與情，物與人，相互交織，共同傳遞了還鄉的真實情感。

三、故鄉書寫的開發利用價值

《豐饒的原野》、《我的幼年時代》、《童年的故事》、《端午節》是艾蕪的「回憶錄」式的小說。真實的環境，真實的民俗風情，真實的人和事，真實的感情和心理，讓書寫岷沱家園、自己故鄉的作品富有真實的社會內容和歷史價值，具有重要的認識意義和現實意義，從而具有開發利用價值。

艾蕪的故鄉新都區清流鎮人民政府正在以艾蕪故居為依託，進行艾蕪故里園及周邊環境打造，以期引領清流鎮旅遊產業、文化創意產業的發展，帶動休閒農業、旅遊農業、種植業的發展。艾蕪書寫岷沱家園、自己故鄉的小說，是艾蕪故里風景區打造的重要文獻資料，是艾蕪文化建設的重要文獻資料，具有重要的文獻參考價值和借鑒作用。艾蕪在小說中的風景描寫、環境描寫，可以成為艾蕪故里風景區的景觀說明，賦予自然風景以文學形象，增添文化內涵。比如目前打造的烏木泉景點已初具規模，可以借助艾蕪小說的描寫來豐富景點的內涵。《春天》多次描寫到烏木沱及其周邊環境，表明在那時就受人關注。「向烏木沱那面的溪溝走去，兩岸夾植著高大的榿木，楊柳，麻柳，以及枝條茂密的爆格蚤樹，挨近水的地方，還長著青色的菖蒲和打破碗花。」「這條溝的水源處烏木沱，是一個很大的泉塘，樣子倒圓不圓的，向東有一缺口，通到溝裏去，其餘便給滿堆沙石的斜坡圍抱著，坡上面覆蓋起無數的雜色樹木，白天也顯得陰森森的。黃昏以及夜裏，還有野貓黃鼠狼之

〔註15〕三興寺在1950年代以後漫漫煙滅了，當年的地方現在是彭州市竹瓦鄉天星小學。

類出沒。地上草上，則全黏著點點發白的鳥糞。」這些文字再現了烏木泉舊時的模樣，周邊的樹木、植物和動物，如果在烏木泉的顯著位置展現出來，不僅可以成為烏木泉景點的文學描寫，憑添烏木泉的魅力，而且可以讓旅遊者「撫今追昔」，自然生出滄海桑田的感慨，得到精神的養育。

艾蕪故鄉小說中的風俗、風情描寫，可以成為艾蕪文化節的表演內容。艾蕪故里風景區可以結合一年一度的梨花節，注入艾蕪文化元素，豐富梨花節的內容，提升梨花節的層次，融觀花、賞花與閱讀艾蕪作品為一體，在景區裏常設艾蕪故里風俗、風情陳列展，打造具有綜合性、文化味的旅遊品牌。都江堰的放水儀式已經成為非物質文化遺產，年年清明節如期舉行，吸引了無數遊客前往觀賞，擴大了都江堰風景區的影響力。其實，除了清明放水，都江堰流域的「設堰分水」、「淘堰」、「歲修」也是值得注意的民俗風習。「設堰分水」使得川西壩子處處有堤堰，大大小小，紛繁多樣。艾蕪在《春天》裏描寫的申家堰、野豬堰就是一斑。艾蕪描寫的「淘堰」其實是「歲修」的一種形式。如果以影像、視頻為載體，再現「淘堰」情景，不失為歷史的「復活」和農耕文化的生動展現，可以成為直觀、形象的審美教育方式，具有很好的宣傳效果。

艾蕪故里風景區的硬件打造，也可以借用艾蕪故鄉小說的描寫，進行景觀再現、場景再現、情節再現和人物再現。杜甫草堂在升級打造中，就依據杜甫的詩作，打造了新的景觀，再現了當年的場景，將《茅屋為秋風所破歌》的元素注入其中，成為可視、可感、可遊的景點。原屬安縣的龍隱鎮風景區，其建築景觀均以沙汀小說描寫的川西北小鎮為「藍本」。龍隱鎮原名北斗鎮，沙汀《淘金記》寫的就是北斗鎮發生的故事。龍隱鎮上的何家大院、沸泉居茶館、暢和軒茶館、關帝廟煙館、葉二爸、白三爺、蒲貢生住宅等，都是《淘金記》中描寫的場所。艾蕪故里風景區的建築，可以「復舊」、「還原」，或者建造「仿舊」的川西民居。比如依照艾蕪《春天》中的描寫，「復建」陳家麼店子、汪家大院、汪家燒房這些景觀建築，能夠形成具有民國時期川西風情特點的旅遊文化景區。甚至房間裏面的陳設、布置，都可以從《春天》中找到「原型」:「汪二爺睡的房間裏面，床面前靠壁的連二櫃上，點著一盞高腳的錫燈盞，櫃面的紅漆，已在剝落了。上面還放了一堆帳簿，一本皇曆和一把算盤。挨櫃子的壁上，掛著一幅壽星圖，因為給油煙子長年薰了的緣故，顯得黃而污黑。這是全房間內，菜油燈照得最亮的一部分。其餘如對面的立櫃銀櫃，當窗放的連二櫃，都顯得有些暗淡朦朧。」連二櫃、錫燈盞、帳簿、皇曆、算盤、壽星圖、立櫃銀櫃，陳設具體，位置明確，特徵明顯，「複製」是不難的。

艾蕪故里風景區內還可以借用艾蕪故鄉小說的語言元素建造景觀，展現川西話的魅力。方言是非物質文化遺產，其內含的歷史文化、民俗風情是豐富多彩的，具有極強的地域特色和不可替代的文化魅力。劉老九對趙長生說：「顫鈴子，我聽見你說過一百回了……叫喊的麻雀，沒四兩肉的，真是！」「你又在沖殼子！」汪四麻子抱怨劉老九：「這龜兒子東西，老子他們今晚非吐他一泡口水不可！」「顫鈴子」、「沖殼子」、「龜兒子」、「老子」，這些人們耳熟能詳的方言，至今還「活」在人們的口裏，是如此親切。如果打造為景觀，自然具有極強的吸引力和文化魅力。

以詩意消解陰鬱
——論艾蕪早期小說中的風景書寫

西安科技大學人文與外國語學院　宋海婷

記得第一次閱讀艾蕪，是從他的《山峽中》開始的。這篇出自其代表作《南行記》的短篇小說，很容易讓人產生獨特的閱讀體驗。一個讓人意緒遼遠的另類世界，如在目前。

在艾蕪的早期小說中，他以詩意的筆調完成了主觀情緒的抒寫，呈現出強烈而飽滿的特徵，在殘酷惡劣環境中，對誠意與柔情的表達令人印象十分深刻。1930 年代的左翼小說家群體中，運用理性的社會分析的方法形成其故事模式成為大多數人的選擇，然而艾蕪似乎走了另一條相對人跡罕至的小路，他全身心地體驗流浪漂泊，滿懷希望地經歷並目睹著人生的淒苦。他的小說中分明有兩種對立存在的現實。事實上，早有論者注意到了這種看似矛盾的現象：在《南行記》的篇章裏，「這對照不絕的展露」〔註 1〕，鮮明的甚至是尖銳的矛盾看似並不和諧地交融在一起。「似乎存在著兩個迴然不同的世界，奔湧出兩股互相矛盾的激情。有時他是那樣豁達開朗，熱情洋溢，一言一笑都流露出純真的赤子之情；有時候他卻那樣滿懷悲憤，故作平靜的神色掩飾不住心底的憂傷。」〔註 2〕由此形成的小說風格，「既不同於創造社浪漫小說那樣直瀉胸臆，也不用於他的同窗好友沙汀那樣冷雋地刻描。」〔註 3〕在這裡，用浪漫主義或現實主義都很難概括艾蕪小說的整體風格。他的前期小說明顯具有主體的介入，經歷著底層人民的困窘，抒發著愛恨與悲憤。

〔註 1〕周立波：〈《評介南行記》，載《讀書生活》3 卷 10 期 1936 年 3 月。

〔註 2〕王曉明:《兩個世界的背後——論艾蕪的藝術個性》,《文藝論叢》,第二十三輯，1986 年 12 月。

〔註 3〕楊義：《中國現代小說史》，第 483 頁。

一、陰鬱的人生與拒絕沉淪的意志

毋庸置疑，追求光明與幸福原本是人類共有的願望，然而，囿於時代的原因或個人的命運，會使人生蒙上陰沉黯淡的色調。青年時代的艾蕪，因為受到「勞工神聖」口號的強烈驅使，踏上去南洋的漂泊之旅。他住在發黴、陰暗、散發著病態黃光的屋子，飽嘗飢餓與失業的恐慌。《南行記》具有鮮明的自敘傳色彩，《人生哲學第一課》中將「我」的陰鬱人生窘況和盤托出，賣草鞋只為能塞肚皮，連拉黃包車這樣變牛變馬的苦力活也因為沒有保人而不得，原本半工半讀的計劃全成為泡影。但這一切並沒有扼殺他的毅力，每一條記憶的神經線上刻烙的是處世須要奮鬥的意義。他認為雖挫折不斷，但只要沒有倒在塵埃里給野狗拖扯、螞蟻嘬食的時候，總得掙扎、奮鬥下去。在陌生的都市裏，「我」像被人類拋棄的垃圾，即使這樣，「我」沒有悲哀，沒有眼淚，只有要活下去的強烈念頭，內心渴望要看到鮮明的太陽，晴美的秋空。在僅有的一雙快要破爛的鞋也被偷去的時候，「我」發怒咆哮，在社會不容「我」立足的時候，卻激發出要鋼鐵一般頑強地生存的意志！眼前的社會現實、生活現實滿目瘡痍，無路可尋，隨時都有被暗黑吞噬的可能，然而如何能夠超越這一切苦難的現實？

強韌的生存意志是超拔於現實泥淖的強有力支撐。生之苦痛在周圍泛濫，在自己身上發生，在到過的任何地方發生，幾乎要將人淹沒。然而，「一個人，能夠吃苦，能夠耐勞，能夠過最低度的生活，外界無論什麼東西都不能嚇退他的」。〔註 4〕《人生哲學的一課》中的「我」征服生活的決心自不必說，是要跟這世界做殊死搏鬥的人。《山峽中》老頭子認為懦弱的人是不配活的。野貓子轉述他爸的話說懦弱的人，一輩子只有給人踐踏著過日子的。必須伸起腰杆，抬起頭。《松嶺上》中的老人內心陰鬱孤寂，人性已被曾經的過往所扭曲，覺得世間的人都拋棄了自己，「我」在給老人幫工的過程中感受到了他的善意，但在瞭解到他曾是殺人犯之後，我決然離開他，將自己的同情和助力放在更年青的一代人的身上。《在茅草地》裏的「我」是南國天野裏乏力生存的弱者，然而當在空地上感受到山風搖曳、明月照徹時，心中就泛濫起清爽和光明，「一個追求希望的人，儘管敏感著那希望很渺茫，然而，他心裏總洋溢著滿有生氣的歡喜，雖也考慮著成功還在不可知之列，但至少不會有絕望

〔註 4〕艾蕪：《艾蕪文集》第 11 卷，四川文藝出版社，2014 年 6 月，第 281 頁。

和灰心那樣境地的黯然自傷。」〔註5〕《偷馬賊》裏的老三為了讓人知道自己是盜賊而去偷馬受傷，以此尋找生路。起初「我」瘦黃矮小的人只有同情，當看到他身上升騰起強烈的爭生存的歡樂感情時，對他地面上找裂縫極力向裏鑽的人生哲學原來也包含著高傲，原本無須任何人的憐憫。

發掘出底層人金子般的品行。《我的旅伴》的老朱老何賭錢、走私、吃鴉片、屈服於牛馬般的生活，但「我」依然看到他們稟賦裏最閃光的東西：敢做敢為的進取精神以及為人的善良和助人的熱情。正如艾蕪多次表達過的，眼前的生活原已愁苦慘淡，途中遇到人往往是野性未經馴化的小偷、盜馬賊、私煙販子、鹽販、流浪者、商人等，相遇之後或者與之結伴同行最終成為朋友、或者短暫相處後分道揚鑣，他自覺篩出了所看到的那些人身上兇狠、殘暴及貪婪，又像淘金者一樣保留了他們性情中的果敢進取及誠意與柔情。並以此拒絕沉淪，「它提示我們，在一個人性異化，等級森嚴的現實社會之外，還有完全不同的一個自然化、平等化的江湖世界。這個世界是超越的，因為它將引領人們步向希望、步向光明」〔註6〕。無論是熱情洋溢與滿懷悲憤的對照，還是現實社會與江湖世界的反差，都印證了艾蕪小說的獨特魅力。

二、漂泊零落與怡悅的自然詩意

漂泊是一直行進在途中的生命狀態，而漂泊也已成為中國現代文學的一種文學母題。如果說中國現代作家們都「樂於把自己想像為一個在感傷的旅行中彳亍獨行的漂泊者」〔註7〕的話，那麼，漂泊對於艾蕪而言，卻是十分真切的生命體驗。《南行記》是艾蕪早期的重要小說集，是「在祖國的南方和亞洲的南部漂泊的時候，把親身經歷以及所見所聞的一些事」〔註8〕用小說的形式寫出來。艾蕪從 1925 年夏開啟南下漂泊之旅，直到 1932 年回到上海後，生活才逐步穩定。長期居無定所，無固定職業，東奔西走是艾蕪當時的生活狀態。因為被整個世界拋棄，於是不斷找尋活路。《山峽中》幾個被世界拋卻的人只能將破敗荒涼的神祠作為暫時的自由之家，《森林中》中的馬哥頭、小麻子幾個人連走三天碰不到人家，感覺天底下全是山林。「窮困的漂泊，比富

〔註5〕艾蕪：《在茅草地》，《南行記》，人民文學出版社，1980 年 4 月。
〔註6〕趙曉琪：《艾蕪早期小說的文化想像》，文學評論，2004 年第 5 期。
〔註7〕譚桂林：《論中國現代文學的漂泊母題》，中國社會科學，1998 年第 2 期。
〔註8〕艾蕪：《南行記》後記，人民文學出版社，1980 年 4 月。

裕的旅行，就更令人感到興味而且特別神往些」，是「人生最銷魂的事」〔註9〕，漂泊零落的日子所透漏出的是世事之艱難，生存之掙扎不易，本身並不銷魂，也無多少詩意可言，但作家偏偏要以自己對無法遏抑地對自然的神往抒發詩意，消解灰色與黯淡的愁苦。同時，漂泊為書寫自然中的風景提供了極為廣闊的天地。

風景何以成為小說中的重要因素？從中國小說發展的歷史來看，將風景寫入小說對於中國文學而言，既是自然而然的事情，又是並不受重視的事情。直到胡適及魯迅發現《老殘遊記》，情況有了一些不同。胡適認為《老殘遊記》的貢獻主要在於作者描寫風景人物的能力，相比之下，人物描寫在大多數小說中都肯用力氣，但「描寫風景的能力在舊小說中簡直沒有」，進而指出中國舊小說缺乏風景描寫主要有兩個原因，一是缺少實地的觀察，二是因為語言文字上的障礙。即寫景很難擺脫已有的駢文詩詞中的詞語，被他稱之為「陳詞濫調」。胡適所說的「簡直沒有」實際上指他認為舊小說中的風景描寫缺乏創新且沒有個性，沒有「鎔鑄新詞」，多是陳舊的。《老殘遊記》在這方面顯示出它的不同來。在第十二回中，寫老殘所見是一幅雪月交輝的景致〔註10〕，且做了「實地描畫」。胡適一再強調風景描寫憑依的是實地的觀察。他繼續補充說既然景物各有不同，那麼因襲的詞章套語就無法表現某地某景的個別性質。這種類似白描的手法源於精細的觀察，且只有樸素新鮮的文字才可以做到。〔註11〕魯迅也注意到了其中的風景描寫與以往之不同「敘景狀物，時有可觀」〔註12〕。因此，《老殘遊記》中的風景描寫的確是整部作品藝術價值的重要體現，它使整個小說情境逼真，氣韻生動。可見，這部清末小說受到論者關注，與其中的風景描寫是分不開的。不能否認的是：大凡被看作經典的小說作品，總會有讓人印象深刻的風景描寫。

艾蕪的早期小說中的風景書寫往往令人印象深刻：遠處山峰與天空相接的地方，湧出西瓜瓤般的白雲，緩緩地散成一些輕紗，彷彿在藍色的水面上悠悠浮動。(《夥伴》)。露在林中裝點珍珠，螢在草上散悶逍遙，我繼續回味著另一個星空下的往事。(《在茅草地》)

〔註9〕艾蕪：《想到漂泊》，《艾蕪文集》第十二卷，第132頁。

〔註10〕《老殘遊記》第十二回，第71頁。

〔註11〕胡適著黃保定、李維龍選編《胡適書評序跋集》，嶽麓書社，1987年，第157頁。

〔註12〕魯迅：《中國小說史略》，東方出版社，1996年，第213頁。

小說中的風景之所以成為重要因素在於小說要寫人。毫無疑問，人無法離開自然，因此風景在小說中不可缺失，若是如此，將風景寫入小說是順理成章的事，此時所說的風景是自然景觀，然而，除去自然景觀，歐洲學者還將風景強調為包含於其中的人文內涵和人文意識。試圖將風景的闡釋上升到哲學層面上進行更深入的開掘。那麼，至少證明風景描寫在小說中不是可有可無的點綴與裝飾。

艾蕪在其《文學手冊》裏專門談及「關於風景的描寫」，大致分為三類，他認為高爾基在「瑪爾伐」中所使用的「海笑著」是極自然的擬人法，此種方法比較恰切，但關鍵在於不能濫用。相對而言，第二類較為穩妥的是如實客觀描摹，但此法使用不當極易與故事脫節，此外，還可以用部分暗示全體的內蘊象徵。

一般而言，作家在進行風景描寫時，如果將最重要的目的設定如實客觀地將它們描寫出來，就成為如實描摹，這讓我們感到景物都是他們曾經親眼目睹過的，一種真實感，撲面而來。風景描寫，必然需要觀察的角度，如果借用繪畫方面的術語，就是透視，即把客觀事物在平面上表現出來，產生空間感和立體感。風景通過想像來表現，不能胡思亂想，必須憑著實在觀察出發，才能令人感到恰切。小說家在進行風景描寫時，顯然借用了繪畫的方法。西洋畫通常採用焦點透視的方法，如照相機一樣，固定在一個立足點上，以近大遠小的原則將視野之內的景物如實記錄下來。「朝山頂上望，是松林，朝山壕裏瞧，也是松林。這在近處看起來，松針映著陽光，還顯得通明翠綠，令人悅怡」。「這山裏的峰巒，溪澗，林裏露出的藍色天光，葉上顫動著的金色朝陽，自然就在我的心上組織成怡悅的詩意了」（《在茅草地》）這兩句風景描寫的共同之處在於它帶給我們的真實感，顯示出大自然的盎然生機。尋求如畫風景僅僅是尋求美學體驗。」〔註 13〕因此說風景給人們帶來的首先是審美體驗。

用擬人法描寫自然風景，究其實質是傳達人物的內心世界。「風景是和孤獨的內心狀態緊密連接在一起的。只有在對周圍的東西沒有關心的「內在的人」（inner man）那裡，風景才能得以發現。風景乃是被無視『外部』的人發

〔註 13〕（美）溫迪．J．達比著《風景與認同》，張箭飛、趙紅英譯，譯林出版社，2011 年，第 82 頁。

現的。」〔註 14〕風景描寫往往也成為人物內心的反映，如王國維所說「昔人論詩詞，有景語，情語之別。不知一切景語，皆情語也。」〔註 15〕

四周黛綠色的群山，已給天風拂去了雨季期中的瘴霧，都裸露出身子，迎迓著鮮麗的朝日，清爽地微笑起來。（《山中送客記》）在涼爽的夜氣中舒適地吃著晚飯，或是披著棕毛紮成的蓑衣，倒在帶露的草上，銜著旱煙管，閒望遠峰徐徐吐出的月亮。（《歐洲的風》）坡下邊寬闊的白色江流，明耀地驟然奔來，閃亮在山間過客的眼前。跟著就撲來很大的爽人的風，路邊的草和樹葉，一下子都搖曳生姿起來。

還有些時候，風景描寫所體現的是作家對存在的一種認識，可以是暗示或象徵。當作家為了表達的需要，選擇某種東西去表達他想表達的意思時，風景往往會是最常用的。對存在的體認是作家要通過作品表露的，同時，存在又確是難以被直接說出的，因此可以通過象徵或比喻的方式進行表達：艾蕪在《荒地》集序言中：分外傾心於荒涼景象：一望沒有樹木、菜園以及果樹，「只是一些亂紛紛的茅草、荊棘、刺藤、看來十分愁慘、憂鬱」。但我卻並不退縮，要儘量拔去周遭的茅草、荊棘及刺藤，只想讓感到荒涼之苦的年輕人得到更多的勇氣。「那些荒野的、崎嶇的、超越人們想像的、廣闊無垠的風景是「崇高的」，因為其無限性使人們生發出充滿敬畏的情感和永恆的觀念。簡言之，有規律的自然是秀美的，野性的自然是崇高的。」〔註 16〕顯然，艾蕪筆下對於自然風景的書寫呈現出他對崇高美的神往傾心，也正因為如此，讓他可以消解生活中的陰霾苦痛，重新獲得生機與活力。

總之，風景是作品生命的一枝一節。對自然中風景的細心描摹，產生出不竭的詩意，因為有怡悅的詩意，使得艾蕪厭惡與憤怒但並不悲觀，曾在繁星之夜寫下《流星》：天空的星晶瑩／水裏的星淒清／都睇著我眼波盈盈。忽地一閃流晶／天空的星向我飛奔／水裏的星向我湧進。呵呵，我要擁著雙星／光燦地飛騰！在艾蕪的早期小說中，分明可以讀到飛騰向上的力量。

〔基金項目〕西安科技大學博士啟動金項目（2017QDJ071）

〔註 14〕（日）柄谷行人《日本現代文學的起源》，趙京華譯，中央編譯出版社，2013年，第 13 頁。

〔註 15〕王國維《人間詞話》，蘭州大學出版社，2004 年，第 98 頁。

〔註 16〕（美）溫迪．J．達比著《風景與認同》，張箭飛、趙紅英譯，譯林出版社，2011 年，第 53 頁。

生存之痛的日常體驗與文學書寫
——以艾蕪《都市的憂鬱》為例

北京師範大學文學院　楊洋

中國的近代史加上現代史就是一部百年的戰爭史〔註 1〕。「戰爭」毫無疑問地成為解讀現代中國社會歷史形態和時代語境的關鍵詞。「戰爭」不僅是現代中國社會轉型的時代背景，同時也構成了現代中國的生存語境。1931 年的「九一八事變」標誌著日本侵華戰爭爆發。1932 年 2 月，東北三省淪陷。剛從緬甸被遣送回國的艾蕪，在民族危亡之際，發出了對侵略者的反抗之聲：「許家屯在黑暗中咆哮著。各處湧著被壓迫者忿怒的吼聲。」〔註 2〕儘管《南國之夜》和《歐洲的風》描寫的是被壓迫者對英國殖民主義者的反抗而並非直接取材於抗日戰爭，但是，《咆哮的許家屯》、《南國之夜》和《歐洲的風》卻是以艾蕪「南行」途中殖民地的見聞和體驗為底色的創作，一如胡風的評價：「他身受的或目擊的殖民地大眾底苦難在他裏面養成了一種不得不呼喊出來的熱情，一種想摧毀那種枷鎖的夢想。」〔註 3〕在這層意義上，上述三篇小說可以說是艾蕪抗戰小說的先聲。1937 年，「七七盧溝橋」事變之後，日本全面侵華，抗日戰爭正式爆發。「抗戰」對於作家而言，已不僅僅只是時代的主題，更是其文學創作和思考的主旨，是其體察現實、感悟人生的經驗背景。艾蕪的抗戰小說創作在他輾轉至桂林後迎來了高峰，寫下了大量表現抗戰語境下大後方人民生活的作品。或許是艾蕪的《南行記》太過搶眼，以至學界關於艾蕪抗戰小說的研究顯得有些落寞。

〔註 1〕李侃：芳古集，李侃隨筆〔M〕，南寧：廣西人民出版社，1999：273。

〔註 2〕艾蕪：艾蕪文集（第 8 卷）〔M〕，成都：四川文藝出版社，1984：48。

〔註 3〕胡風：南國之夜〔A〕。轉引自毛文，黃莉如編：艾蕪研究專集〔M〕，成都：四川文藝出版社，1986：368。

在艾蕪的抗戰小說中，《都市的憂鬱》是一部值得關注的作品。1947年，短篇小說《都市的憂鬱》在《文藝春秋》第 1 期上發表，後被收入《煙霧》集中。艾蕪將透視現實人生的焦點落到袁長生母子這兩個城市貧民的身上。文中袁長生母子既不是農民，也不是工人，確切地說，他們是失去了土地進入城市的流民，尷尬的身份使他們在城市的生活無所依傍，是那個都市裏真正的邊緣人。在這一點上，《都市的憂鬱》延續了艾蕪在三十年代「南行」系列作品中對邊緣人物一以貫之的關注。值得注意的是，艾蕪正是利用袁長生母子的尷尬身份將戰爭語境下的農村圖景用寫意的方式與城市生活場景有機相連，由此，作者得以在寬廣的社會視野下從容不迫地描述著最普通的中國民眾戰時語境下的日常生活，作品中的人物融入了作者無比深刻的生命體驗與熱切的現實關懷而顯得更厚重深沉。中國抗日戰爭的「孤軍奮戰」、「艱苦卓絕」以及「2000 萬人代價」等描述性詞彙的背後，是多災多難的中國人在逃亡、饑荒、轟炸中無窮無盡的、日常性的煎熬以及揮之不去的心理陰影。在絕大多數情況下，關於抗戰的歷史描述更為凸顯的是民眾在抗日中的大無畏犧牲精神和受難者形象。毋庸贅言，這些對於多災多難、堅持抗日的中國民眾而言，是非常重要的主題。然而，當本就生活多艱的人們再次深陷於抗戰這樣長期且異常的環境中時，他們是以怎樣的心態生活著？思考著？當飢寒交迫的民眾直接面對具有壓倒性優勢的侵略者時，他們又會作何感想？顯然，戰爭語境下民眾的日常生活形態和心路歷程飽含了更豐富的歷史細節和多重面相。本文主要以《都市的憂鬱》為探討對象，結合民國時期的具體歷史語境，試圖重新進入艾蕪的文學空間，以期更深入地把握作家作品的思想內蘊及精神內涵。

一

身處亂雲飛渡、群狼無首的動盪年代，以「為人生」為宗旨的作家們，將關注的目光和筆墨投向人力車夫、學徒工、下等妓女等底層民眾的身上。在民國的文學空間裏，作家艾蕪是一個獨特的存在，他以「南行」漂泊的生命體驗為文學資源和創作基底，把握社會底層人物的生活邏輯和生存狀態，發掘人物在特定狀態下的生存訴求及行為選擇的合理性，將細膩真切的生存關懷融入到對對底層人物的書寫中。艾蕪關於南行漂泊的文學書寫因其豐富意義生發出更多期待進一步挖掘和闡釋的可能。想要重新進入艾蕪的文學空間，首要考察的就是「南行」漂泊之於艾蕪的意義。

我寫《南行記》的時候，雖然已是南行以後好久的事了，但南行過的地方，一回憶起來，就歷歷在目，遇見的人和事，還火熱地留在我的心裏。而我也並不是平平靜靜著手描寫，而是儘量發抒我的愛和恨，痛苦和悲憤的，因為我和裏面被壓迫的勞動人民，一道受過剝削和侮辱。我熱愛勞動人民，可以說，是在南行中紮下根子的，憎恨帝國主義、資產階級以及封建地主的統治，也可以說是在南行中開始的，我始終以為南行是我的大學，接受了許多社會教育和人生哲學。〔註 4〕

可以說，「南行」構成了艾蕪取之不盡的文學資源，那麼，「南行」的經歷是如何轉化成文學資源的？而最終這些文學資源又如何形塑了作家的觀念？從而促成了艾蕪獨特的文學觀念和表達方式。

安得舉雙翼，激昂舞太空。
蜀山無奇處，吾去乘長風。

——艾蕪《致孫綽率》

漂泊、流浪似乎是每一個壓抑苦悶的靈魂發自本能的生命抗爭。五四的波瀾，給年輕的艾蕪帶來了正面現實的勇氣和檢視自我的姿態。當時艾蕪的家鄉「也可以看出那個遠遠來自北京的浪潮，即使多年以後，已成了小小的漣漪了，也還在四川的小角裏，使人受著強烈的激動，感到莫大的鼓舞。」〔註 5〕五四新文化浪潮蕩開了艾蕪感悟自我、體察現實、思考人生的視野，反觀巴蜀地域的生存境況，艾蕪發現「來自家庭、社會以及小學校的知識，和雜誌、刊物掀起的宏大思潮一比，確是太貧乏、太狹窄了。」〔註 6〕生存空間的逼仄加上生活的渾濁迷茫，導致青年的苦悶和焦躁持續發酵。「由於討厭現實的環境」，艾蕪最終決定「像吉普賽人似的，到處漂泊去。」好似漫天飛舞的蒲公英，艾蕪偶然地踏上了南行的流浪征途。

現代知識者的流浪不僅僅是身體和地理意義上的流放，而是更傾向於一種心靈的自由漂泊狀態，這與古時的文人在政治意義層面上的「流亡」相比，更多了一層形而上學的含義，它成為「人類的文化的一個維度，一種獨特的

〔註 4〕艾蕪：《南行記》新版後記〔A〕，轉引自毛文，黃莉如編.艾蕪研究專集〔M〕，成都：四川文藝出版社 1986：110。原載於艾蕪：《南行記》，作家出版社 1963 年。

〔註 5〕艾蕪：艾蕪文集（第 2 卷）〔M〕，成都：四川文藝出版社，1984：142。

〔註 6〕艾蕪：艾蕪文集（第 2 卷）〔M〕，成都：四川文藝出版社，1984：146。

話語形式以至一種人的生存方式或臨界處境。」〔註 7〕對於漂泊者而言，「所有外在的追尋，其實都在完成一個內心旅程。」〔註 8〕在這場身與心的旅程中，漂泊者與路途中的人和事在共生的時空下彼此糾葛、相互影響著，切實的生命體驗得以在人生的多重維度中展開。關於艾蕪「南行」漂泊的經歷，既往研究往往將更多關注的目光投向「南行」沿途的異域風情，帶著潛在的「中心」眼光，將「南行」途中的「人」和「事」置放在滇緬這一陌生、新奇的異域進行打量，由此而產生的一種面對「他者」與「異域」的區隔感，導致研究者忽略了艾蕪「南行」的具體歷史情境，遠離了作家漂泊的真實生命體驗，轎夫、趕馬人、賣唱者、強盜、小偷、窮學生、失業工人和勞苦農民則退為風俗圖景的組成部分，而艾蕪的「南行」漂泊經歷亦被簡化為作家的一段傳奇人生被不斷述說。郭沫若就曾對《南行記》有過如下闡釋：「以靜觀的態度，以詩意的筆調」描寫了「邊疆的風土人情」〔註 9〕。不過，茅盾的話倒是給了一個提醒：「我以為單有了特殊的風土人情的描寫，只不過像看一幅異域圖畫，雖能引起我們的驚異，然而給我們的，只是好奇心的饜足。因此，在特殊的風土人情而外，應當還有普遍性的與我們共同的對於命運的掙扎。」〔註 10〕面對艾蕪「南行」漂泊的經歷，最不應忽視的就是這一時代語境下苦難的人生底色。事實上，只要我們悉心體察 20 多歲的艾蕪在「南行」漂泊途中所經歷過一切，我們便能深深地理解艾蕪關於苦難中的個人如何得以生存的獨特感受。

在民國的歷史時空下，南北軍閥混戰從 1912 年至 1928 年持續了十多年之久。從中華民國成立之初起，北洋軍閥與南方軍事政治集團之間的博弈，斷斷續續先後經歷了「二次革命」、護國戰爭、護法戰爭、北伐戰爭及第二次北伐等大大小小的戰爭達 140 次之多，全國所有省市幾乎無一幸免〔註 11〕。

〔註 7〕劉小楓：流亡話語與意識形態〔A〕，這一代人的怕和愛〔M〕，北京：華夏出版社，2012：277。

〔註 8〕楊煉：詩意思考的全球化——或另一標題：尋找當代傑作〔A〕，唯一的母語——楊煉：詩意的環球對話〔M〕，上海：華東師範大學出版社六點分社，2012：3。

〔註 9〕四川大學中文系編：中國當代文學研究資料，艾蕪專輯〔M〕，四川大學中文系，1979：101。

〔註10〕賈桂芳編：文學研究會資料〔M〕，鄭州：河南人民出版社，1985：701。

〔註11〕王文泉，劉天路主編：中國近代史（1840～1949）〔M〕，北京：高等教育出版社，2001：232。

軍閥混戰導致的「兵災」，是「因戰爭而造成的騷擾和災害」〔註 12〕，它與自然災害一樣對社會具有極大的破壞力。兵災嚴重擾亂了中國農民千百年來「日出而作、日落而息」的農耕生活，摧毀了農業生產的正常秩序，造成農民有家不能回，有地不能耕，淪為流離失所的流民，正如諺語所言：「當人們挨餓時，弱者為乞丐，強者為土匪」〔註 13〕。這就是民國軍閥混戰時期農民謀生無門的真實寫照，當法律無力、政府無能、飢餓難當時，「破產的貧農為僥幸免死起見，大批地加入土匪隊伍，土匪的焚掠……使更多的貧農破產而逃亡」〔註 14〕。流民們遊走於兵匪之間，魚肉鄉民，「使富者貧，貧者乞」〔註 15〕，陷入一種惡性循環的生存狀態。黎元洪 1922 年通電時稱「遣之則兵散為匪，招之則匪聚為兵」〔註 16〕。正如《東方雜誌》上的報導所言：「在兵匪縱橫的中國，最能引起國人注意的事件，當然不出戰禍與匪氛；而最能引起國人注意的人物，也當然是軍閥領袖與土匪頭目了」〔註 17〕。美國的埃德加·斯諾曾有過一段關於 1920 年代雲南土匪橫行的記錄：

> 雲南從什麼時候開始有土匪，誰也記不清了。有一段時間，土匪勢力猖獗，能控制許多城鎮和鄉村。……大約在四年以前，土匪人數開始猛增。路邊上的許多村落還留下被土匪洗劫過的痕跡。在舍資，牆壁坍圮，半數左右的房屋倒塌，斷壁殘垣之中還看得見被燒焦的樑柱。縣長剛回到任上不久，他已經離開兩年多了。許多人還流落在鄰近地區。而舍資距省城不足八十英里，土匪佔領達十八個月之久，卻很少或從未遇到過抵抗。……雅藏（音）、廣通、呂合街及其他幾個城鎮，當我們路過之時，才剛剛開始從暴徒的肆虐之下恢復。居民中男子很多被殺害了。幾十個青年婦女被擄走。沒有一樣值錢的東西留下來，大家都非常窮苦。街上只有很少一些生活必需品出售。〔註 18〕

〔註 12〕孟昭華，彭傳榮編：中國災荒辭典〔M〕，哈爾濱：黑龍江科學技術出版社，1989：89。

〔註 13〕〔英〕貝思飛：民國時期的土匪〔M〕，徐有威譯，上海：上海人民出版社，2010：57。

〔註 14〕馮和法編：中國農村經濟資料：下〔M〕，臺北：華世出版社，1978：812。

〔註 15〕張鏡淵：懷安縣志 全〔M〕，臺北：成文出版社，1968：288～289。

〔註 16〕蔡東藩著：蔡東藩中華史 民國史：下〔M〕，北京：中國華僑出版社，2014：694。

〔註 17〕《東方雜誌》，1924 年 2 月 10 日。

〔註 18〕〔美〕埃德加·斯諾著；李希文等譯：馬幫旅行〔M〕，昆明：雲南人民出版社，2002：61～62。

兵匪橫行給廣大農村和農民帶來的毀滅性影響，更是罄竹難書。古人云：「倉廩實而知禮節，衣食足而知榮辱」，若不是社會流動之途、人生可選擇的路徑被堵死，又怎會有如此多的人不顧禮義廉恥、動盪不安去選擇由兵而匪的生活呢？「裁兵無所得食，流為匪」，這種兵與匪的社會角色的互換，無疑是民國時期社會病態的一種體現。〔註 19〕

親歷了保商隊傷天害理的醜事，走過鴉片彌漫的街道，賣過草鞋，尋找工作無門，現實留給艾蕪的是關於飢寒的恐懼記憶，以至於在二十八年後，艾蕪還說道：「一九二五年的秋天，我流落雲南昆明的街上，上了人生哲學的一課，這是我最難忘的一課，也是任何大學所不能授予的一課。」〔註 20〕長達六年的漂泊經歷，讓艾蕪對饑荒、逃亡、無所依傍的人生，對那些在生存的邊緣苦苦掙扎的人們有著更為真切的日常生活體驗和心理感受。而這些日常體驗也決不是道聽途說、書本知識或相關描述性的詞彙所能賦予的。就算長期處於異常煎熬的環境中，日常生活仍需繼續，而此時最迫切的問題是如何生存下去。顯然，艾蕪對於流民在長期異常狀態下的生存訴求和行為選擇的合理性有著更為深刻的體認。在絕望無奈的日常生存體驗中，知識者將「失去對於『權威』和『理念』的信仰，不再能安然自信地親近任何有形或無形的精神慰藉，以此，知識分子形成能夠抗拒任何『歸屬』的批判力量，不斷瓦解外部世界和知識生活中的種種所謂『恒常』與『本質』。在其視野裏，組成自我和世界的元素從話語的符咒中獲得解放，彷彿古代先知在遷轉流徙於荒漠途中看出神示的奇蹟，在剝落了『本質主義』話語符咒的歷史中探索事物的真相。」〔註 21〕在這層意義上，漂泊磨礪了作家的心性，強化了作家對現實人生體驗的厚重和深度。面對「那些在生活重壓下強烈求生的欲望和朦朧反抗的行動」，艾蕪呈現出這些生命本該具有的真切、複雜的樣態。正如作家李健吾所感受到的：「多粗野、多殘忍、多溫存、多忠厚、多可愛，一句話，多原始，讀過《南行記》的我們愛那群野人、粗人、窮人、苦人。」〔註 22〕

〔註 19〕劉迪香：北洋政府時期「兵」「匪」職業病態轉換問題探析〔J〕。中國石油大學學報（社會科學版），2007，（第 5 期），66～69。

〔註 20〕艾蕪：艾蕪短篇小說集序〔A〕，轉引自毛文，黃莉如編：艾蕪研究專集〔M〕，成都：四川文藝出版社，1986：148。原載於艾蕪：《艾蕪短篇小說集》，人民文學出版社 1953 年。

〔註 21〕宋明煒：「流亡的沉思」：紀念薩義德教授〔J〕，上海文學，2003（第 12 期）。

〔註 22〕李健吾：里門拾記〔A〕，咀華集．咀華二集〔M〕，上海：復旦大學出版社，2005：103。

二

艾蕪曾在《三十年代的一幅剪影》中說道：「題材一涉及了過去的流浪生活，文思便像潮水似地湧來，不能制止」，尤其是「那些比較熟悉的滇緬邊界人民的慘痛生活。」〔註 23〕事實上，「南行」漂泊的經歷之於艾蕪不僅僅只是題材方面的意義，最重要的還在於，這段經歷作為一種生命體驗深深地影響著艾蕪對現實人生的感知力與洞察力。因此，艾蕪往往能基於自己切實的生命體驗對「人生悲苦」提煉出細膩、真切的日常感受，其文學書寫著力表現的恰恰是容易被歷史的宏大敘事所遺漏的「人生悲苦」及其日常狀態。我們可從艾蕪創作於 1947 年的一篇小說中窺見一二。

《都市的憂鬱》創作於 1947 年，描寫的是戰爭語境下普通人的日常生活。通常，我們習慣於通過對戰火硝煙的場景描繪和戰後的數據統計來呈現一場戰爭的得失，並載入史冊警示後人。歷史學、社會學、經濟學等有關戰爭的研究以其權威的數據和案例，也充分地揭示了戰爭對社會結構、政治制度、經濟發展、環境人口等方面的巨大破壞力。然而，長時間處於戰爭影響下的人們的日常生活、情感態度、精神意識方面的創傷卻不是科學數據和圖表所能呈現的。民國 37 年裏，先後經歷了 15 年左右的軍閥混戰，14 年的抗日戰爭以及 4 年解放戰爭，這就意味著，現代中國的時代轉型和社會變革是在「戰爭」的籠罩下進行的。 「戰爭」不僅僅只有敵對勢力的戰場搏殺和鬥爭雙方的極端行為，漫長的戰爭歲月除了驅趕不散的戰亂陰霾，還要經歷各種自然災害以及隨之而來的失業、饑荒、瘟疫，然而，烽火硝煙下人們的日常生活仍需繼續，因此，在戰爭蹂躪之下個人的日常生活感受更需要文學的關注。在《都市的憂鬱》中，艾蕪將目光投向抗戰時期大後方都市的日常生活場景，主人公袁長生母子是紛紛擾擾的都市中最普通、勤勞的貧民，他們身上濃鬱的農民氣息暗示著他們曾經的身份和遭遇，破產的農民蛻變為城市貧民，帶著希望從農村來到城市，戰爭在他們的日常生活中投射下重疊沉重的陰影。持續不斷的戰爭給農業生產、農民生活幾乎帶來了毀滅性的破壞，小農經濟雖然簡單，卻也非常脆弱。水旱災荒、勞力缺失、政治動亂、經濟凋敝等任何一種原因都可以導致經濟的破產。農業生產一旦遭到毀滅性破壞，必然會引發一系列的社會問題。袁長生母子便是在農村經濟凋敝、生存無望的情況

〔註 23〕艾蕪：三十年代一幅剪影〔A〕，轉引自毛文，黄莉如編：艾蕪研究專集〔M〕，成都：四川文藝出版社，1986：43。

下流入城市的。然而，物價飛漲、入不敷出將勤勞的貧民再次拋入生存的窘境。袁長生母子既不是罩著理想色彩的覺醒的抗爭者，也不是需要被啟蒙的愚昧群眾，他們勤勞能幹、踏實節儉，就連這個貧民區內大家公認的「頂厲害的」袁大娘，任她如何努力地生活著，在飛漲的物價面前仍那麼脆弱不堪。曾經農村貧苦卻安定的日子成為袁大娘越來越濃烈的憧憬和美夢，與此同時，現實帶給他們的卻是越來越窄的求生之路。對於無所依傍、苦苦掙扎的袁長生母子，任何意外狀況都能造成致命的傷害。對於物資匱乏、災害頻繁且長期處於戰亂下的農業中國來說，糧食不僅直接關係著民眾的生死存亡，同時還是各種社會現象和心理危機的誘因和結果，可謂牽一髮而動全身。戰爭的爆發直接造成嚴重的經濟損失、人口銳減，頻繁發生的自然災害更是雪上加霜。據相關災荒史專家披露，發生在中國近代的十大災荒中，民國時期就佔了六次之多。〔註24〕在短短37年的時間裏，中國遭遇的災害種類繁多、面積之廣幾乎遍及全國各地，其中不僅有氣象災害、地質災害，還時常伴有瘟疫以及鼠災等無法確定類型的其他災害。民國時期的自然災害之普遍與頻繁，每年就有1／4的地區處於受災狀態，而到了災害頻發的年份，更是有一半的土地處於災害蹂躪之下。〔註25〕於是，糧食危機不可避免地發生，即便政府在當時立刻採取解決措施，但仍無力應對快速蔓延開來的飢寒交迫。隨之而來的便是瘟疫的橫行。以當時的浙江為例，據浙江省主席黃紹竑回憶，1943年的浙江省昌化縣「家家都有病人，每家二人三人不等，甚至有全家人都挨次害過病的，其中三分之一的人家，並受到死亡的不幸」〔註26〕。到了1944年的寒冬，「每人門前都堆著五尺高的雪，而室內卻還是有人為蚊子傳染，生著瘧疾，發四十度以上的高熱」〔註27〕。大多數貧民染病後也「只好等著該死的就死吧！」〔註28〕在《都市的憂鬱》中，作者一開始就通過一口極其普通的井暗示了疾病的出現，讓人在不經意間感受到一股揮之不去的死亡氣息。文中娓娓道來的字裏行間溢出的是人生的悲苦，流掉的是鮮活的生命和生存的希望。

〔註24〕張堂會：民國時期自然災害與現代文學書寫〔M〕，北京：中國社會科學出版社，2012：357。

〔註25〕張堂會：民國時期自然災害與現代文學書寫〔M〕，北京：中國社會科學出版社，2012：58。

〔註26〕黃紹竑：五十回憶〔M〕，長沙：嶽麓書社，1999：455。

〔註27〕張根福，岳欽韜：抗戰時期浙江省社會變遷研究〔M〕，上海：上海人民出版社，2009：180。

〔註28〕老舍：駱駝祥子〔M〕，北京：北京師範大學出版社，2015：230。

在這些慘痛的抗戰記錄和回憶中，歷史的真相永遠比我們想像的更為觸目驚心。那一寸山河一寸血的慘烈，在飢寒病痛中垂死掙扎的恐懼和無奈，決不是和平年代的我們所能真切體會的。當歷史的宏大敘事在不經意間遮蔽了個人的內心真實與生活常態時，通過文學觸摸歷史細節，體察細節背後的複雜面相，對於我們理解現代中國語境下的文化與文學現象至關重要。